フェアリーテイル・クロニクル
～空気読まない異世界ライフ～
20
埴輪星人
Haniwaseijin

真・モノづくりの神様
東《あずま》 宏《ひろし》
屋台好きな女神様
藤堂《とうどう》 春菜《はるな》
余計な知識が豊富な弟子
水橋《みずはし》 澪《みお》

バルシェム
マジメなドラゴンロード
溝口《みぞぐち》 真琴《まこと》
やる時はやる前衛
香月《かづき》 達也《たつや》
妻に会いたい魔法使い
エアリス
民を愛する姫巫女
ライム
アズマ工房の若き職人
主な登場人物
Main Characters
フェアリーテイル・クロニクル
～空気読まない異世界ライフ～

達也が叩きつけそうになった手紙を横からひったくるように回収し、その内容を確認した春菜。目じりに涙を浮かべながら、心底安心したように宏の手紙を胸に抱きしめるのであった。

これまでのあらすじ

ほんま、ついに決着が見えたっちゅう感じやなあ
えっ？　さんざん寄り道しといてどの口がってか？
いやいやいや、どれも必要なことやったやん

しかし、こっちに飛ばされてからもうじき一年半か……
長かったような短かったような、っちゅう感じやけど
考えてみれば、財産も手掛かりも一切ない状態から、
よう一年半でここまでこぎつけたなあ……
ま、思い出に浸るんはちゃんと日本に帰ってからや

話戻すとして、太陽神ソレス様の件が終われば
今度こそ最終決戦や
これまで邪神にさんざんされた嫌がらせ、
のし付けて返したらんと、終わるもんも終われんで

受けた迷惑の深刻さ考えたら、
とどめはアルフェミナ様らに譲ってもええけどな

最低でも倍返し
目標は部屋の隅でガタガタ震えて命乞いするレベルや！

そのための準備も万端、心構えなんぞとうの昔にできとる！
みんなもええか!?

ほな、カチコミや！

邪神編　第三八話

「なんかこう、ものすごく複雑な気分よ……」

前を歩くバルシェムの背中を見ながら、どうにももやもやする内心を吐露する真琴《まこと》。

『フェアリーテイル・クロニクル』のゲーム内では倒せないボスの代名詞であったドラゴンロード・バルシェムが、友好的な女性でしかも巫女《みこ》だという事実がどうにも納得しきれないのである。

もっと正確に言うなら、彼女のドラゴンの姿がゲームの時とは全く違うものだったことが、真琴が一番納得できない部分だった。

「さすがに俺もちっと驚きはしたが、そんなにか？」

「そりゃそうよ。あたしみたいな戦闘廃人、っていうかレベル五百以上のプレイヤーにとって、ドラゴンロード・バルシェムは最大級のトラウマなんだからね」

「そこまでかよ……」

さすがに宏《ひろし》に比べれば鼻で笑える範囲ではあるが、なかなかに根深そうなものを見せる真琴。小声でとはいえ、本人がいるところでそれを言ってしまうのだから、相当である。

「真琴さん、真琴さん。一応本人がいるところでそれを言っちゃうのって、どうかなって思うんだけど」

「分かってるんだけど、どうにも気持ちが付いていかないっていうか……」

「本当に根深いんだね……」

勢いでものを言って後でへこむことが多い真琴だが、何気にこういうことに関しては結構気を使っている。

　そんな真琴がすぐに割り切れないぐらいなのだから、ゲーム内のバルシェムは各方面に相当なトラウマを植え付けているようだ。

「なんかこう、申しわけない。こいつも過去にいろいろあったみたいでなあ」

「なに、気にしなくてもいい。過去のバルシェムの所業を鑑みれば、そういう反応があるのは当然のことだ」

「過去の、ってのは？」

「『バルシェム』という名は、そちらでいうところの称号に近いものだ。そもそも、ドラゴンは知性がある個体が少ないがゆえに、個体名を持たないのが普通だ。私とて、思い上がった先代バルシェムがこの神殿に襲撃をかけてこなければ、ソレス様の巫女という肩書以外に呼び名らしい呼び名はなかったからな」

「……そういうものなのか？」

「ああ。で、私がバルシェムの名を襲名することになった経緯からも分かるように、バルシェムの名を持っていたドラゴンはどいつもこいつも無駄に気性が荒くてな。縄張りを守るためでもなく、ましてや食うためでもないというのに、住処《すみか》の浮島から見える範囲に人間がいたというだけでとりあえず襲う、などといった行動は日常茶飯事だった」

「……まあ、ドラゴンってのは普通はそういうもんだわな……」

　真琴の態度を気にしていない理由の説明、というには妙に嘆かわしそうに先代以前の所業を語るバルシェムに対し、反応に困るといった感じで正直な感想を告げる達也《たつや》。

実際、世間一般のイメージするドラゴンというのは、知性の有無や言葉が通じるか否《いな》かにかかわらず、先代以前のバルシェムのような荒々しいものであろう。

少なくとも西洋の竜に関しては、洋の東西を問わず単なる強力なモンスターという扱いで登場している作品のほうが圧倒的に多い。

言葉の通じるドラゴンが出てくるような作品でも、普通に討伐対象になっているドラゴンが並行して出てくるケースが大半なので、このあたりの割合は結局変わらない。

なんだかんだ言ってこの世界のドラゴンもこの類型に当てはまっているため、達也がそういう感想を持ってしまうのも当然といえば当然である。

「私としては『そういうもんだ』でくくられてしまうこと自体が嘆かわしい。そこらを飛び回っているグレータードラゴン程度ならまだしも、バルシェムの名を持つ歴代のドラゴンは、どいつもこいつも人間種と変わらぬ、それどころか場合によっては賢人と呼ばれるだけの知性を持っていたのだぞ？　それだけの知性を持ちながら、単に気に食わぬという幼稚な理由で喧嘩《けんか》を売りまくった挙句に、無駄にいろんなものと敵対して討伐されるなど、そこらの獣と変わらぬではないか。いや、不必要に喧嘩を売らぬだけ、そこらの獣のほうがはるかに賢い」

「……言いたいことは分かるんだが、こっちとしてはそれにどうコメントしていいのかがさっぱり分からねえぞ……」

「む、すまん。あまりの情けなさについ、大人げなく熱くなってしまった。まあ、言いたいのは、我らがそう見られてしまうのは我ら自身の責任であって、そちらが気にすることではない、ということだ。それに、私はソレス様を通じてダルジャン様やアランウェン様からあなた達の事情を聞いている。ＶＲＭＭＯというものについては概念しか理解していないが、その遊戯でバルシェムの名を持つドラゴンに何度も痛めつけられた人間が混ざっている、ということも」

「概念は理解してるのかよ……」

「ああ。さすがに実物を見ていないから具体的なところまでは理解できてはいないがな。ただ、少なくとも、その遊戯での戦いが実際の戦いと大差ないものであることはなんとなく理解している。故に、その遊戯で私と同じ名を持つドラゴンに何度も痛めつけられれば、思うところの一つや二つあっても当然だ、というのも理解している」

「俺としては、そういう遊びがあるってことをちゃんと理解してることのほうが驚きだよ……」

バルシェムの説明に、思わず遠い目をしてしまう達也。

別に頭が悪いわけではないアルチェムですら、アランウェンから受けた説明を理解も納得もできていなかったのだ。目の前のドラゴンが賢人と呼ばれるだけの知性を持っているとされるのも伊達《だて》ではない、といったところだろうか。

「さて、少々脱線がすぎたな。ご足労願ったうえに急《せ》かしてしまって申しわけないが、ソレス様が安定している時間は意外と短い。急いでいただいてよろしいか？」

「そうだね。あんまりお待たせするのも悪いし、この後も邪神に仕掛けるための準備をもうちょっといろいろしないとだし、ね」

「せやな。っちゅうか、ソレス様が安定してへん、っちゅうんが物騒で気になるんやけど……」

バルシェムの聞き捨てならぬ言葉に、思わず不安を覚える宏。

この世界の場合、神が安定していないというのは割と致命的な事態につながりがちである。

「それにしても、神殿らしい建物とか、どこにも見えないわよね？」

「いろいろ理由があって、現在外部からは見えないように隠してある。今から入れるように門を開くから、少し待っていてほしい」

ようやく気分を切り替えたらしい真琴の疑問にバルシェムがやたらと毅然《きぜん》とした態度で答え、そのまま何もない空間に手をかざし、何やら小声で呟《つぶや》く。

バルシェムの呟きが終わった次の瞬間、空間が大きくゆがみ、虚空にドラゴンサイズの巨大な門が現れた。

「これが、我が主《あるじ》ソレス様と天空神アンゲルト様の神殿への入口だ」

「またデカい門やなあ」

「私のようなドラゴンが通る門だからな。無駄に巨大なのは勘弁していただきたい」

「別にそれはええんやけど、うちらみたいな通常サイズが出入りするとき、どないしとんの？」

「私がちゃんと出迎えに出ているが？」

「なるほど。巫女様っちゅうのに、またご苦労なこっちゃな」

「ここにはソレス様と天空神様以外では私しかいないからな。出迎えなどは私の仕事となる」

そう説明しながら、バルシェムが手をかざして門を開く。

門の向こうには、五十メートルサイズのドラゴンが出入りできるほど巨大でありながら、どこかこぢんまりとした印象を与える建物があった。

「こう、何っちゅうか、えらいがらんとしとるなあ」

外の門をくぐり、入口全体が視界に入るぐらいの位置から内部を確認し、正直な感想を告げる宏。

その巨大さゆえに、かなり奥のほうまで見える。

「バルシェムが人型になってるから、当然だと思う」

「それ踏まえても、やたらがらんとしとる印象が強くてなあ」

澪《みお》の突っ込みに苦笑しながらそう返し、もう一度観察しなおしてその理由に思い当たる宏。

そう。この神殿、ドラゴンが出入りして動き回るスペースを考えてもなお、無駄に空きスペースが広いのだ。

そのうえ、神殿という建物の性質上、必須ともいえる宗教的な装飾や儀式に使う設備などが一切ないことが、さらに空虚な印象に拍車をかける。現役で使われている施設とは思えないほど、寂れて見えるのである。

恐らく、巨大建築なのに妙にこぢんまりとして見えるのも、この寂れた空虚な雰囲気が影響しているのだろう。

「……ここ、ホンマに現役で使われとる神殿か？」

「出入りするのが私のみ、儀式の類《たぐい》もここ数百年は行っていないのだからある程度は仕方がないが、一応現在も実際に使われている神殿だ」

宏の身も蓋《ふた》もない正直な感想に、苦笑しながらそう答えるバルシェム。

「そもそもここは立地が立地だからな。巫女として選べる存在も、どうしてもドラゴンやロック鳥のような大型生物の中の知性持ちになってくる。その全てが人型になれるわけでも、人間サイズになれるわけでもない以上、必然的にこのサイズが必要となってくるし、出入りできる存在も限られてくる」

そこに、何者かが口を挟む。

にじみ出る神力、妙な威厳、何より神殿の中から出てきたということが、少なくともその何者かが神々の一柱であることを示している。

「……よかった。まだソレス様であったか。少々遅くなってしまったから、不安だった」

「今はこのあたりは一応昼だからな。そうそう変わりはせんよ。もっとも、いつまで男でいられるかは分からんが」

その唐突に現れた何者かと意味深な会話を始めるバルシェム。

それを聞きつけた宏が、渋い顔で口を挟む。

「まだソレス様やった、とか、いつまで男でいられるか、とか、ものすごい聞き捨てならん話やねんけど、どういうことなん？」

「それについては少々ややこしくてな。こんなところで立ち話もなんだし、中で茶でも飲みながらにしよう」

宏にそう答えている間に、いつまで男でいられるか、という本人の言葉を肯定するように、立派な肉体の色男がまるでだまし絵のごとく光り輝かんばかりの美女に変化する。

「そうそう、自己紹介がまだだったな。失礼した。私の名は太陽神ソレス。またの名を月光神ルシェイル、もしくはムーナと申す。新神どのとはどれぐらいの付き合いになるかは分からぬが、今後ともよろしく」

「……アズマ工房の工房長やっとる東宏《あずまひろし》です。そのあたりのことは、あとで説明してもろてええですか？」

「無論だ。というより、今後邪神との直接対決にもかかわってくることゆえ、聞いておいてもらわねばややこしいことになる」

こうして、バルシェムに続き結構な爆弾を伴って、ソレスとの初対面を終える宏達であった。

☆

「さて、落ち着いたところで説明……というのはいいのだが、何から話すべきか」

「まずは、月光神様をルシェイル様とムーナ様、どっちで呼べばええんかと、現状ソレス様がどないなっとんのか、その説明が欲しいとこですわ」

「そうだな。まず、月光神としての私の呼び方だが、基本的には男性格をルシェイル、女性格をムーナと呼んでいる。お互いが独立した神格であったころの最初の名がルシェイルだった。もっとも、ダルジャンなどはムーナとしか呼ばなくなって久しいが、」


「ほな、僕らはルシェイル様で」

「ああ。それで私の現状に関してだが、大した話でもない。現在私は、月の満ち欠けや大地の自転、太陽系の公転周期などに合わせて、太陽神としての神格と月光神としての神格が入れ替わりで表に出てくるようになっている、というそれだけの話だ」

「それ、結構厄介な話やと思うんですけど……」

「うむ。それゆえに、あまりよそに顔を出したりせず、引きこもって仕事をしているわけだが」

「うわあ……」

なかなかにブラックな労働環境に、宏だけでなく他のメンバーの顔もひきつる。

代わりがいないうえに現在外的要因と内的要因に加え、春菜《はるな》の権能の暴走により仕事量が激増しているアルフェミナほどではないにしても、一柱で二柱分の仕事をしなければならないのに各々の権能に時間制限があるソレスも、他の神々と比較すれば相当忙しい。

「性別が入れ替わるのは月光神のほうの性質だな。もっとも、太陽神としての私も発生した当初は女神で、世界の完成と時代の変化に伴い自然と男神になったという経緯がある。故に、月光神のその性質と親和性があったのも間違いないが」

「つちゅうかそもそも、なんでソレス様が月光神の神格と権能まで持つ羽目に？」

「半分は自然現象、半分は邪神の影響だな」

宏の問いにそう答えると、考えをまとめる時間を稼ぐように、ティーカップに口をつけるソレス。

「……そうだな。やはり、まず前提となる話から説明したほうがいいだろう。まあ、その前に質問、というか、確認になるが」

「確認？」

「ああ。今からする話に関しては、ある程度前提となる知識が必要となる。それを理解していないと話が通じなくてな。というわけで確認だが、この世界、今我々が暮らしている地が、お主達の故郷同様に太陽の周りをまわりながら自転を行っている、いわゆる惑星である、ということは把握しているか？」

「そらもう、はっきりと」

「では、この星の衛星、つまり月がお主達の故郷と違って複数あることは？」

「それも把握しとります。三つの大月に十の小月、でしたよね」

「ああ、それで合っている。ならば、この世界の昼と夜、おかしいと思わなかったか？」

ソレスの最後の質問、その意図を計りかねて怪訝《けげん》な顔をしてしまう宏。他のメンバーも、いまいちソレスが何を聞きたいのか分からず、お互いに顔を見合わせてしまう。

「おかしい、の定義を聞いてええですか？」

「ふむ。それもそうだな。では聞き方を変えよう。お主達の故郷同様、自転と公転を行っている天体だというのに、同じ経度で時差が大きくばらついていることについて、おかしいとは思わなかったのか？」

「そらもう、不自然やとは思ってましたで。ただ、地球とは物理法則が違うとこが結構あるから、そういうもんやっちゅうことで深く突っ込まんかっただけで」

「なるほどな。まあ、特に害がなければそれも当然か」

宏の回答に小さく頷《うなず》くと、再びお茶に口をつけるソレス。残り少なかったカップの中身を飲み干し、自分の手でお代わりを注ぐとおもむろに続きを語り始める。

「その不自然な時差は、この世界にかつてあった第四の大月、それが砕けたことによって生じるようになったものだ。第四の大月が砕けたことによって生まれたのが十の小月であり、それらが各々独自の周期で太陽と小月に姿を変えることで発生するようになってしまった」

「……その理屈やと、小月が太陽の代わりになっとる間は夜がない、っちゅうんは分かるんですけど、月になっとるときはやっぱり主星のほうが優先されるんちゃいますん？」

「それなのだが、先ほど新神どのが言ったとおり、この世界は物理法則が若干違う。魔力的なものを含めた様々な要因もあるが、何より小月は太陽や大月よりはるかに地上に近い。その距離の問題で、小月が居座っている地域は自転周期と昼夜の周期が合わないのだ」

ソレスの解説を聞き、思わずうなる宏達。基本的には科学に忠実なシステムなのに、妙なところでやたらファンタジーを主張してくるのが困る。

「月が輝く仕組みからも分かるように、もともと太陽神と月光神は深い関係がある。それゆえ、月に太陽としての性質が生まれ、ルシェイルが一部とはいえ太陽神としての権能を持たざるを得なくなると、必然的に私のほうも引っ張られてルシェイルの持つ性質を得てしまう。時間経過で性別が変化する、というのがそれだ」

「なるほど。引っ張られた際に、一番影響が少なくて親和性が高い性質を取り込んだ、っちゅうわけか……」

「そういうことだな。先に言っておくが、なぜ大月が砕けて小月が生まれたのか、なぜ小月が太陽に姿を変えるようになったのか、という疑問に関しては、結局誰にも分からずじまいだ。アルフェミナもこれについて調べたが、他の世界も含めた様々な場所からの多数の影響が複雑に絡み合い、これが原因だと言い切れるようなものはなかったらしい。干渉して回避しようにも、邪神と同じく何をしたところで百パーセント発生する出来事であったがゆえに、手出しはしなかったそうだ」

「……まあ、妙な時差の発生やらソレス様の外見がころころ変わる理由やらは理解しました。そんで、ソレス様とルシェイル様が一つの体に融合したんは、三の大月に邪神が居座っとるんとやっぱり関係がありますん？」

「むしろ、それが原因だな。三の大月を乗っ取られた結果、ルシェイルが神格を保てなくなるほど侵食され、地上にも深刻な悪影響が出てしまった。打てる手が限られていたうえに時間もなかったため、私がルシェイルを取り込んだが、やらないよりはましだとはいえやはり悪い影響は出ていてな……」

「不安定やっちゅうんは、表に出てくる神格がころころ変わる、とかそういうレベルやない、っちゅうことですか？」

「うむ。新神どのならば少し注意深く観察していただければ分かると思うが、やはり二柱分の神格と権能を一つの体に収めるというのはいろいろ無理がある。特にルシェイルはムーナとしての面も持っているから余計に不安定だ。おかげで油断すると己が何者なのかすら分からなくなりそうなので、最近はとにかく仕事に打ち込んで無理やり己を保っている始末だ」

かなりのっぴきならないことを平然と言ってのけるソレスに、思わず宏の表情が引きつる。消滅寸前までいっていたザナフェルよりははるかにましとはいえ、ソレスの状態も決して楽観できるものではない。

なお、邪神が三の大月に居座っていることを宏が知っているのは、神の城が完成した際に、そのことが原因で日本へ帰るための道が完全にふさがれていたことを確認したからである。

「とまあ、こういう状態ゆえ、残念ながら私は邪神への直接攻撃には参加できん。邪神が月で暴れるだけでも存在が怪しくなるうえ、そもそも、私やザナフェルのような死にぞこないが前線に出たところで、足手まとい以外の何物でもない。恐らく弾除《たまよ》けにすらならんどころか、邪神の性質的に派手なパワーアップに直結しかねん」

「っちゅうか、この世界のことやからっちゅうて、無理に全部の神様が直接攻撃に移らなあかん理由もないですし、バックアップしてくれる神様がようけおったほうがやりやすい面もありますし」

「うむ。故に、私はバックアップに専念する予定だ。ついでに言うならば、危険な役割はこの世界の神に任せて、そなた達も私やザナフェルとともにバックアップに回ってもらいたい。これまで私達が手を出せず、かつ危険なところを常に丸投げし続けてきたのだから、最後ぐらいは安全圏にいてもらいたい。これに関しては、アルフェミナ達も本音の部分では同じ考えだ」

「ここまできて、最後だけ高みの見物とか、何のためにいろいろ準備したか分かりませんやん」

ソレスの要請を、はっきりきっぱりと断る宏。

正直、心情的に一発ぐらい邪神を殴らないと気が済まない。

「……ねえ、宏君」

それまで黙って会話を聞いていた春菜が突然口を開き、その場の注目が集まる。

「どないしたん？」

「今思ったんだけどね。私の腕輪みたいに、ソレス様やザナフェル様のための補助具って作れないかな？」

「……ザナフェル様は、まだ無理や。今下手なことしたら、それこそ消滅しかねん」

「ザナフェル様は、ってことは、ソレス様には作れるんだよね？」

「仕様を詰めんとあかんけど、無理ではないな」

春菜の提案に、そう答える宏。

アルフェミナからもらった素材こそ使い切っているが、春菜の神具作りに使ったほかの素材はまだ残っている。それに、奈落で仕入れた素材も十分な物量がある。

春菜のものと同等性能とはいかないが、十分な性能のものは普通に作れるだろう。

「だったら、ソレス様の分だけでも作ったほうがいいと思う。なんとなくなんだけど、作っておかないと邪神と戦うときに困ることになりそうな気がするんだ」

「……せやな。相手が三の大月におるんやから、今の話聞く限りソレス様にゃ絶対影響あるやろうしなあ」

春菜の主張に宏が頷く。

この手の勘は人間だったころから割と鋭かった。時空系の女神となってさらにそのあたりが増強されている春菜の意見を無下にするなど、自殺行為にもほどがある。

それに加え、ソレスに関しては春菜の勘など関係なく対策を打つべき明確な根拠もある。

もっとも、春菜が言い出した時点で宏が何も作らない選択を取ることなどありえない。

素材も口実もあるのに生産活動をしないなど、生産ジャンキーの名が廃《すた》るというものだ。

「っちゅうわけで、邪神対策も含めてその不安定さをちょっとはマシにできるよう、補助具作ろう思うんですけど、ええですか？」

「願ってもない話だが、いいのか？」

「気にせんともの作ってええ機会は重要なんで、むしろどんどん作らせてください」

「……新神どのが望むのであれば、恩恵を受ける私がごちゃごちゃと文句をつける筋合いはない。正直、私個人の能力やこの世界の神では、権能やルールの関係でどうにもできなかったことだ。助けていただけるのであれば、どれだけ感謝してもし足りない」

「そういうんは、完成品が目的に添うてるときだけ言うてください」

「……そういうものか?」

「そういうもんです」

まだ何もできていないのにやたらと喜んで感謝を告げてくるソレスに、ぴしゃりと言う宏。日頃ヘタレで割とすぐに調子に乗るうえにやってることは結構いい加減なくせに、こういうところは妙にまじめだ。

「で、作る前に仕様をちゃんと詰めとかんとあかんわけですけど、細かい部分は完成後の調整になるとして、まずは最終的にどないするか、っちゅうんを決めやんとあきません」

「最終的にどうするか、とは?」

「簡単に言うたら、そのまま二柱分の権能を統合して完全に一柱の神様として安定させるか、それとも、もとのソレス様とルシェイル様の二柱に完全に分離独立した状態にするか、っちゅうことですわ。どっちにするかで、アプローチの仕方がえらい変わってきよりますし」

「そんなもの、決まっているではないか。叶《かな》うことなら、ルシェイルと再び肩を並べて仕事をしたい」

「分かりました。あと、これはもうどないしようもないことなんですけど、三の大月に関しては恐らく砕くなりなんなりするしかないんで、今の段階で権能から切り離してまいますわ」

「……そうだな。ダルジャンに言わせれば、それも宿命なのだろう」

三の大月に関する宏の言葉にわずかに逡巡《しゅんじゅん》する様子を見せるも、結局全て受け入れるソレス。もはや何も失わずに元通り、など不可能だ。

三の大月にはいろいろ思い入れがあり、それを切り離すというのは身を切られるようにつらい。

それに、三の大月を切り離してしまえば、邪神がフリーになってしまうという懸念もある。

ソレスの不安定さの最大要因は、三の大月を邪神が取り込んでしまったことより、その邪神を牽《けん》制《せい》し、三の大月が持つ森羅万象の力を使わせぬよう、かつ、自身が取り込まれぬよう常に微妙な干渉を続けなければならないことのほうが大きい。

だが、ソレスが三の大月とリンクしている限り、本当の意味で邪神を消滅させることはできない。根本的な解決のためには、いずれかのタイミングで覚悟と割り切りが必要となる。

ならば、そのあたりのフォローをしてくれる存在が提案してくれているように、その千載一遇の機会に覚悟を決め、過去を割り切って決別するのが筋であろう。

まさしく宿命的な何かを感じ、自分でも驚くほどあっさりと、ソレスはその決断を下した。

「ほな、その仕様で作ってまいりますわ」

「ああ、お願いする」

「帰ってすぐ作って、持ち込みは明日になる思います」

「それほど慌てなくとも、と言いたいところだが、私の補助具が遅くなれば、それだけ帰還が遅くなるか……」

「そういうことですわ。ほな、今日のところはいったんこれで失礼します」

「待て待て。私がすべきことが、まだ終わっていない」

そう言って話を切り上げ、さっさと帰ろうとした宏を、慌てて止めるソレス。

やってもらうだけで、はいさようならでは、あまりにも不義理だ。

「やるべきこと、ですか？」

あまりに慌てて止めるソレスに、思わずといった感じで達也が聞き返す。

神と神との話し合いには口を挟んではいけない、と静観を決め込んでいたのだが、そののっぴきならないソレスの様子に、つい口を挟んでしまったのだ。

「うむ。神化したお二方にとってはあまり意味はないが、一応こちらの権能の一部をコピーしてお譲りする」

「……ああ。そういえば、今までもそういうのがあったわよね……」

「ん。久しぶりすぎて忘れてた」

ソレスの用件を聞き、微妙に肩から力を抜きながらそんな正直な感想を漏らす真琴と澪。

最後にその手のやり取りがあったのはダイン相手であり、それ以降は神と顔を合わせるというと食事だったり予言だったり復活の手伝いだったりと、力の譲渡を受けることがなかったのだ。

そんな話をしているうちに、軽く振られたソレスの手から光が飛び出し、人型のバルシェムを通過して宏達を包み込む。

そのままいつものパターンで、割とあっさり力の譲渡が終了する。

バルシェムをわざわざ通過したのは、人の姿をした巫女の力を借りねば、宏達に力の譲渡を行えないからだ。そのぐらい、現在ソレスの力は安定していないのである。

「さて、今渡した力の内容だが、太陽や月に属する力や技と、それらを扱いやすくする能力がメインだな。それ以外に重要なところでは、呪いと恐怖と混乱に強くなり、逆に恐怖と混乱を与える技の威力や付与確率が上がる。まあ、強くなるといったところで、三幹部クラスからのものを確実に弾《はじ》けるかというと、高確率で大丈夫としか言えんところだが」

「確実には無理なのはまあ分かります。ただ、高確率ってのがちょっと怖い感じなんですが……」

「そうだな。具体的に言うなら、大体七割から八割は大丈夫、といったところだな。恐らく、生身の人間の限界もそのあたりだろう。そこから先は道具なりなんなりでどうにかしてもらうしかない」

「なるほど、十分といえば十分ですか……」

「邪神相手となると最低限その程度の耐性はないと、たとえ道具などで補強したところで姿を見るだけで精神が破壊されかねんが、な」

聞きたくなかった補足を聞き、思わずうなってしまう達也。

つい先日、神器装備を身にまとった春菜の姿に思いっきり飲まれまくったことを考えると、ソレスの言葉を否定できる要素はどこにもない。人が神に挑むためには、そもそも戦いのフィールドに立つことすらいくつもハードルを越えねばならないのだ。

「あとは、そうだな。太陽神の力を得た時点で、浄化機能を持つ技や魔法の浄化能力は必然的に強化される。太陽というのは浄化の象徴でもあるからな」

「それって、春姉《はるねえ》の歌とかも？」

「一応は。まあ、上がったところで、もはや元が強すぎて誤差の範囲ではあろうが」

「……そのあたりは納得」

「うむ。さすがに、奈落を一時間でほぼ完全に浄化するような力を、はっきり分かるほどの強化はできんよ。というか、それができるなら舞台装置なんぞに甘んじてはおらん」

割と身も蓋もないことを言い切るソレスに納得してしまう人間組。

もっとものソレスの発言、裏を返せば、できる存在も普通にいる、ということでもあるのだが。

「そうそう。あまり引き留めるのもなんなので、私がどんな技を伝授したのかは後で適当に確認しておいてくれ。それと、忘れそうになっていたが、現在他の神のもとへ出張中のアンゲルトから預かっているものがある。これも渡しておかねばならぬ」

そう言って、何やら宝玉のようなものを渡してくるソレス。

それを受け取り、しげしげと観察する宏。

「いろいろ入り混じりすぎとって完全には把握できんのですけど、どんなもんが仕込まれてます？」

「具体的な内容は聞いておらんが、『主に神化していない三人に向け、神の技の伝授を中心にいろいろ仕込んである』と言っておったな。さすがに神相手に力を譲渡するとなると、面と向かってでないと上手《うま》くできんから、仕方があるまい」

「そらまあ、そうですわな。これ、砕いたらええんですか？」

「うむ。素材として使えんこともないが、できれば素材として使うのではなく、ちゃんと力の譲渡を受ける用途で使ってほしい」

「了解です。っちゅうか、面倒やから、ここで砕いてまいますわ」

恐らく、神殿設備があり、かつ神が顕現している場所でなければ確実な譲渡ができない。そう判断した宏が、その条件を満たしているうちにさっさと砕く。

先ほどのソレスの時と同じように、砕いた宝玉からあふれた光が五人を包み込み、天空神由来の力と技を移していく。

「こちらも後で適当に確認してくれ。私も詳細は分からんのでな」

「そうさせてもらいますわ。ほな、また明日補助具持ってきます」

「うむ。すまないがよろしく頼む」

互いに用件を終え、さっくりお茶会を終了するソレスと宏達。

そのまま、これ以上特に何かを引っ張るでもなく、さっさと神の城に帰っていくアズマ工房一行であった。

☆

「エアリス様、資料を用意しました」

「ありがとうございます、サーシャ様」

「エル様、世界樹とのリンクはいつでも行けます」

「そうですか。では、ナザリア様とジュディスさんが到着次第、すぐに始めてください」

「分かりました」

宏達がソレスと話をしていたその頃。神の城の神殿では、来《きた》るべき邪神との最終決戦に向けて、エアリスとアルチェム、サーシャの三人が様々な準備を進めていた。

なお、神の城が完成したときにその場におらず、鍵を受け取っていなかった巫女達に関しては、作業の合間を縫ってエアリスが宏から受け取り、当人達に配っている。なので、資質が弱くて神殿からなかなか動けないナザリアも、特に問題なくこの場に来ることができる。

余談ながら、面識がある他の巫女に鍵を配るようエアリスに頼んだのは、他ならぬ宏自身だ。

エアリスにせよアルチェムにせよ、邪神関連で宏達が動くときは、間違いなくこの場所でバックアップに全力を注ぐ。それが分かっていたため、少しでも負担が減ればと宏達とエアリス、双方に面識がある巫女だけでも出入りできるようにしたのだ。

「それにしても、エアリス様。随分と古い儀式を再現なさるようですが、よくこんなものがあることをご存知でしたね」

「アルチェムさんが世界樹の記憶から掘り起こしてくださったおかげです。私はあくまで、これまでの儀式から可能ではないかと推測しただけですし。ただ、それだけでは詳細が分かりませんでしたので、サーシャ様には随分とご無理をお願いすることになりましたが……」

「これぐらい、エアリス様とアルチェム様がなさってきたことに比べれば、大したことではありません」

「私なんて、ただ言われたことをしてきただけですよ。正直、今でもエル様の指示がないと、何をすればいいか分かりませんし」

この後行う予定の儀式、その資料を見ながら、互いの仕事について称賛しあう巫女達。

今回のために主体的に動いてきただけあって、三人ともこなした仕事の内容は十分に称賛されるにふさわしいものだ。

特に儀式の存在を探り当て、実行するための根回しと下準備を行ったエアリスに関しては、現状他の巫女は誰一人代わりができない。

神域にいるスノーレディや現在謹慎中のレーフィアの巫女、大空に住むバルシェムのような例外を除き、いつの間にやらほとんどの神殿の巫女と顔つなぎを終えていることもあり、身分も含めてもはや名実ともに巫女達のリーダーとなってしまっている。

残念ながら、当人は自身のカリスマやら影響力やらに対する自覚が薄いが、そのおかげで立場を笠に着るような真似をしていないのだから、良し悪しだろう。

「それで、この城で儀式の主要部分を行うのは、ナザリア殿とジュディス殿を加えた五人、ということでよろしいですか？」

「ええ。五大神から二人、五大神以外の主要属性から一人、環境と概念から一人ずつで、必要最小限は満たしています」

「プリムラ殿はよろしいのですか？」

「プリムラさんはザナフェル様の巫女として継承を終えたばかりですし、ザナフェル様の状態も決してよくありません。その穴は、私とアルチェムさん、ジュディスさんで埋めるべきでしょうし、恐らく十分埋められます」

サーシャの確認に、きっぱりそう答えるエアリス。

現在、実質的に空位となっている海洋神レーフィアの巫女を除く五大神の巫女、その内訳はこうだ。

五大神の一柱である時空神アルフェミナの巫女、エアリス。

同じく五大神の一柱の大地母神エルザの巫女、ジュディス。

五大神の一柱、太陽神ソレスの巫女、バルシェム。

五大神の一柱、冥界神ザナフェルの巫女、プリムラ。

そのうち、主要部分を担う能力を持っているのはエアリスとジュディスだけである。

その回答に頷き、さらにサーシャが確認を進めていく。

「あと、こう言っては何ですが、ナザリア殿の資質は正直大したものではありません。この場の儀式に参加するのは、負担が大きすぎるのではありませんか？」

「ナザリア様の役割は、巫女としての資質を求められるものではありません。それに、ご本人も含めていろいろ勘違いなさっておられるようですが、ナザリア様の巫女の資質は、私達が持つような分かりやすいものではありません。その資質は、多数の巫女が同時に行うような大規模な儀式にこそ、最大の力を発揮するものです」

「そうなのですか？」

「はい。ですので、この神の城で本体部分を、さらに各地の神殿で各地の巫女が端末部分を行う今回の儀式において、ナザリア様が本体部分の儀式に参加することは、全てを成功させるために絶対必要な条件です」

エアリスの断言を聞き、そういうものかと納得するサーシャ。アルチェムは最初からエアリスの言わんとしていることを感覚的に把握しているようで、この件に関しては特に何も言わない。

「あとは最後の打ち合わせを行って、来るべき時に備えて英気を養うだけです」

「打ち合わせなのに、世界樹とのリンクを行うのですか？」

「あ、それは私がエル様に提案しました。私の力で世界中の巫女達とリンクをつなげば、わざわざ口で説明しなくても正確に内容が伝わりますし」

「アルチェムさんがいなければ、この難易度の儀式を行おうとは最初から考えていませんでした」

「……そうですか」

サーシャの疑問に答えたアルチェムと、それについて補足したエアリス。

その回答内容に思わず遠い目をしてしまうサーシャ。前々からその傾向はあったが、ちょっと会わないうちに二人して規格外ぶりに磨きがかかっている。

そんなサーシャの気持ちを察してかエアリスもアルチェムも何も言わず、なんとも言いがたい沈黙がその場を覆う。

その沈黙は、ジュディスに連れられたナザリアが入ってくるまで続いた。

「申しわけありません、遅くなりました」

「随分お待たせしてしまったようだ。私の準備に妙に手間取ってしまって、ジュディスだけではなく皆様にもご迷惑をおかけした……」

「いいえ。まだ定刻まで時間がありますので、お気になさらずに」

すでに資料を広げて何かをしていた様子のエアリス達を見て、ジュディスとナザリアが恐縮しながら席に着く。

「この儀式、私達の力でちゃんと成功するのでしょうか……」

全員が揃《そろ》ったところで、リンクを開始しようとしたアルチェムが思わずといった感じで呟く。

「あまり精神論で話をするのは良くはないのですが、こういうことは多少不安があっても『できる』と思い込んで挑まないと、必ず失敗してしまいます。それに」

「それに？」

「今回の儀式はその性質上、全部を完璧に成功させる必要はありません。関わる人数が多いうえに世界各地で同時進行となるのですから、完璧な成功など最初から不可能です。ですので、心構えだけは完璧な成功を目標に、現実には最低で半分、可能であるなら八割から九割を目指す、ということになるかと思います。多少失敗しても気にする必要はありません」

アルチェムの不安にこたえるように、エアリスがそんな説明をする。

その説明を聞き、驚いたような表情を浮かべる他の巫女達。

「この儀式って、そういう儀式なんですか？」

「はい。というより、大人数で同時に世界各地で行うことにより、一カ所の失敗を他の場所でカバーする、というのが規模を大きくした理由です。ですので、失敗があれば他の人がフォローすることを心掛ける必要はありますが、失敗そのものはよほどでなければそれほど気にする必要はありません」

「そうなんですか」

エアリスの補足説明を聞き、ほっとしたような表情を浮かべて一つため息をつくアルチェム。どうやら、余計な緊張や不安はいい具合に払拭《ふっしょく》できたようだ。

この時、エアリス自身が自分に言い聞かせるように今の説明をしていたことに、最後まで誰も気がつかなかった。

「それでは、打ち合わせを始めましょう」

「世界樹のリンク、開始します」

儀式を主導する立場としての内心の不安、それをきれいに隠したエアリスにより、歴史上四捨五入すればゼロになる回数しか行われていない大儀式。その最後の打ち合わせがスタートするのであった。

☆

「ありがたいことに、エアリスが大儀式を行ってくれるようです」

神々の集会所。最終決戦の打ち合わせに集まった神々に、開口一発アルフェミナがそう告げた。

「それは助かる。だが、大丈夫なのか？」

「信じるしか、ありません」

大儀式と聞いた瞬間、全てを察したアランウェンの言葉に、様々な思いのこもった正直な言葉をアルフェミナが返す。

「それと、ソレスから連絡があり、宏殿が補助具を作ってくれることになったとのことです。その際に三の大月をソレスから切り離してくれるそうですので、邪神に対して安心して仕掛けられる環境が整います」

「何から何まで、ずいぶん彼らの世話になってしまったな」

「ええ。ですので、間違っても宏殿達に回復不能な被害を出してはいけません。消滅するなら、我々が先です」

「その覚悟はできているが、アルフェミナが前に出るのは一番最後だ。お前に深刻なダメージが出てしまっては、本末転倒だからな」

今までのことに、よほど申しわけなさと邪神に対する鬱憤《うっぷん》がたまっているらしく、見ている周囲が不安になるほど前のめりな態度を見せるアルフェミナ。

それを必死になって窘《たしな》めるアランウェン。

こういうときのアルフェミナを止めるのは、本来ならソレスかザナフェルの役割であるが、どちらも役割を全うできる状態ではないため、仕方なしにアランウェンが代理を務めている。

正直な話、こんな役割はアランウェンの柄ではないのだが、エルザやレーフィアはブレーキ役としては微妙に頼りなく、かといってダルジャンやイグレオスに任せるとアクセルを全力で踏み込みかねない。

他の神々はもっとパッとしない、というより、こういう場では右に倣う習性の持ち主が多いため当てにできない。

せめてダインがいればと思いながら、アランウェンは毎回怠惰な本質とは裏腹にせっせと軌道修正にいそしむ羽目になる。

「それに、アルフェミナには邪神を滅ぼした後、彼らのためにいろいろとやらねばならんことがある。その余力を残しておかねば、彼らの帰還が遅れに遅れて、時差の調整その他が恐ろしいことになるぞ」

「分かっています。ですが、他者に消滅せよと強要するのですから、わたくし自身も相応のリスクを背負わねばなりません」

「この場合、無傷で生き残ることこそが、一番リスクを背負った結果となるだろうよ。何しろ、どれだけお膳立てを整えたところで、邪神と決着をつけた後には相応にこちらの被害も積み重なっている。無傷であれば、その状況であふれかえる仕事を減らす口実が一切なくなるのだからな」

「……それも覚悟の上です。そもそも、邪神に関しては、いずれは排除しなければいけない存在ですし」

アランウェンに邪神消滅後の後始末や、さらにその後の世界運営について指摘され、思わず目を泳がせながらもどうにかきっぱりとそう言い切るアルフェミナ。

目が泳いでしまうあたり、まだまだ覚悟が甘いと言わざるを得ない。

「まあとにかく、例の創造神の後始末が、ようやく終わるのである。ここが踏ん張りどころなのである」

「正直、あの阿呆《あほう》のために儂《わし》らがここまで被害を受けながら後始末をせねばならんのは業腹じゃが、責任を取らせようにも相手は滅んでおるからのう。これも宿命とあきらめるしかあるまいて」

「まったく、あの愚か者は、こちらに迷惑をかけるにしても、せめて素直に手に負えなくなったと救援要請をすればいいものを、この世界で発生したことにしようと余計な偽装をかけてとことんまで妨害して……」

「ザナフェルが不意打ちを食らわざるを得ないよう偽装や妨害をかけたり、あろうことか必死になって抵抗するザナフェルに横やりを入れて滅亡直前まで追い込んだりと、あのゴミ屑《くず》には正直、何度殺意を覚えたことか……」

イグレオスの言葉をきっかけに、邪神をこの世界に押し付けた愚かな創造神の行動について、口々に怒りの言葉を漏らす神々。

はっきり言ってしまえば、例のやらかした創造神がまともであれば、邪神がこちらに来るのまでは防げなかったにせよ、ここまで余計な被害は出ていないのだ。

だというのに、普通に救助要請を出せばすぐ始末がつく邪神をよそに押し付け、しかもそれが自分のところとは関係ないと偽装をかけた。

さらに、手に負えなくても仕方がないとアリバイ工作をするために、対処しようとした現地の神々を妨害して、無駄に邪神をパワーアップさせている。

それだけでも度しがたいというのに、現地の神々が救援要請を行ってもすぐに対処できないように、一定以上の力の持ち主は通り抜けができない結界をこの世界の周りに張るというダメ押しの嫌がらせまでしていたのだ。

実のところ、これらの工作は全部他の世界の神々に筒抜けで、仮にやらかした創造神が滅んでいなかったとしても、存在の維持が怪しくなるレベルで後始末をさせられていたのは間違いない。

直接手出しされた都合上、この世界の神々にそんな余裕はなかったが、こういうことの対処専門の存在がいつでも行動できるよう準備したうえで訴えを起こすのを待っていたのだ。

訴えを起こすのを待っていた理由は簡単で、邪神を指先一つで消滅させられるような存在が何の準備もしていない世界に介入などすると、下手をすると一緒くたに被害を受けた世界も滅ぼしてしまいかねないからである。

この時、待機していた存在のうち一柱が春菜の関係者だったのは、偶然にしては出来すぎかもしれない。

結局、その隙《すき》をついてやりたい放題妨害工作を行った例の創造神が、止《とど》めとばかりに罪を捏造《ねつぞう》するために行った日本からの召還。

それを切っ掛けに邪神から攻撃を受けて滅び、誰も責任を取れない状態でアルフェミナ達が尻拭《しりぬぐ》いに奔走せざるを得なかった。

最初に邪神を押し付けてから反撃を受けて滅ぶまでの間、他の世界の神が手を出せぬほどの手際の良さで妨害工作を続けたあたり、その能力を邪神が生まれないようにするほうに活かせなかったのか、と小一時間ほど問い詰めたくなる話だ。

恨みをぶつける先が消滅していることもあり、たまりにたまった鬱憤。

下手にカチコミをかけようにも、神が一柱消滅するたびに滅んだ神の力の数倍パワーアップする仕様では迂闊《うかつ》なこともできず、巻き込んでしまった日本人達に対する申しわけなさもあって荒《すさ》んでいく心。

そんな日々がようやく終わりを告げようとしているのだ。神々の士気が高いのも当然であろう。

「とりあえず、連中もあの邪神に対しては、一発ぐらいは殴っておかんと収まりがつかんと言っていたらしいし、その邪魔をせず、かつ、あやつらの安全を確保しながら、効果的に邪神を削る方法を検討せねばな」

「うむ。そのような加減をする余裕はなかろうが、できれば一番おいしいところは彼らが持っていくようにしたいところである！」

恨み言に場の言動が流れ始めたところをアランウェンが修正し、イグレオスが最大級の感謝も込めて、希望を口にする。

「なに。儂らは余計なことを考えず、やつがパワーアップせんように被害を最小限に抑えながら相手を仕留めることを考えればよい。遠慮して譲るなどということをせんでも、どうせ小僧あたりが止めを刺すだろうさ。それがあやつらの宿命ゆえに」

そんなアランウェンとイグレオスに対し、ダルジャンが身も蓋もない、だが妙に説得力のある言葉を口にする。

その言葉に妙に納得しつつ、作戦について活発に議論を始める神々であった。

邪神編　第三九話

「さて、まずは三の大月とルシェイル様を切り離すアイテムやな」

ソレス神殿を訪れたその日の夜。

夕食を終えた宏《ひろし》は、邪神討伐の準備としていろいろなものを製作しようとしていた。

「っちゅうても、今のルシェイル様の状態を考えたら、消滅させせんと切り離すっちゅうんがすさまじく難しいで……」

今日会ったソレスと、その中に溶け込んでいたルシェイルの状態を思い出しながら、思わず顔をしかめてしまう宏。

言うまでもないことかもしれないが、三つあるうちの一つとはいえ、月光神から権能の本体ともいえる月を切り離すのだ。新米の創造神である宏にとって、今まででも一、二を争う難易度なのは間違いない。

しかも現在のルシェイルは、邪神に侵食されて存在を維持するのも苦労するほど弱っている。

もはや、一か八かで死を待つ病人の手術をするのと変わらない。

「で、無事に切り離せた後の難題は、ルシェイル様と三の大月がまたくっつかんようにせんとあかん、っちゅうことか」

素材を吟味しながら、次に難易度が高くネックになりそうな要素について検討する。

神というのは、消滅さえしなければ驚くほどしぶとくて復活しやすい。

そのしぶとさゆえに、単に切り離した程度では普通にリンクが復活する。

そこをなんとかしなければ、切り離しによって負担をかけただけという結末になりかねない。

「負担軽減と術後の回復促進にソーマとアムリタは必須やとして、部分的に再生阻害する方法っちゅうと、何があったか？」

やるべきことにあたりをつけて、方法を考える宏。

再生を防ぐ方法というと、ぱっと思いつくのは定番の傷口を焼くやり方だ。

再生を防ぐ以外に、感染症防止や壊死《えし》の範囲が広がらないようにするためにも、傷口を焼くという行為は行われている。

が、問題は、神の権能という抽象概念によって再生しようとするケースにおいて、傷口を焼くというのはどういう状態を指すのか、ということであろう。

「っちゅうか、そもそも焼くっちゅうても、切り離した痕っちゅうんがどんなもんなんかがよう分からんなあ……。ルシェイル様と三の大月を切り離すいうんも、別に物理的にぶった切ってまうわけやないし……」

焼く焼かない以前に、そもそも抽象概念を切り離した際の傷口とはどういうものなのか、という点が宏にはピンとこない。

ピンとこない時点で、手段としては実用にならない。

さっさと諦めて、別の方法を考えることにする。

「そもそもの話、再生を防ぐっちゅう考え方でええんか？」

傷口という考え方でピンとこなかったこともあり、もっと根本的なところから考え方を変えることにした宏。

いろいろ考えた末に、今回はどちらかというと、勘当するとか絶縁するとか、そちらのほうが近いという事実にようやく行き着く。

「絶縁か。っちゅうことはこの場合、線切ってショートせんように絶縁テープ巻く感じでやればええか」

絶縁という単語から、電気系統での対処方法を連想する宏。

古い機械の修理や使わなくなった機械の撤去などをする際に、今まで使っていた電線が取り外せない状態で余ってしまうことが多々ある。

そういう場合、余った線の端子部分を絶縁テープで巻いてショートしないようにして放置する、というのが対処の仕方としては一般的だ。

今後絶対に使わないと断言できる場合、安全を考えて端子自体を切り落としてから断面をテープで絶縁するのもよくやる方法だ。

突っ込みどころとしては、仮にも神様に対してそれと同じ方法を取って大丈夫なのか、という点であるが、前例らしきものが根本的に存在していないので仕方がない。

「切り離しそのものについても、いろいろ検討せなあかんな」

絶縁の方法を決めたところで、作業としては最も重要であろう切り離し方に意識を向ける宏。

普通に考えるなら、順序としてはむしろそちらを先に考えるべきであろうが、今回に限っては切り離した後の処理方法を確定させなければどう切り離すかを決めづらいところがあったのだ。

「刃物でやるにしても、どんな刃物がええか……」

候補としてハサミ、鎌、ナイフ、刀などを挙げながら、本気で悩む宏。

縁切りの象徴として使う刃物なので、斧《おの》や鉈《なた》は候補から外すにしても、なんとなく思いつくだけでも種類はいろいろある。さらに、電気工事的な考え方でやるのであれば、ニッパーやワイヤーカッターも候補に挙がってくる。

「……ようう考えたら、僕の産土神様《うぶすながみ》がええ感じやったやん」

刃物をいろいろ並べて検討しているうちに、自身のルーツにちょうどいい神様とその象徴があることを思い出す宏。

宏が生まれてから小学校に上がるまでのあいだ住んでいた土地には、刀を御神体とする全国的に見ても比較的有名な神社がある。

単に刀を御神体としているだけなら今回の案件に合致しないのだが、どんな縁かその神様は吹き出物の神様として名をはせ、特に癌《がん》に効く病気平癒の信仰を得ている。

実のところ、吹き出物の神様として信仰されるようになったのは昭和に入ってからで、本来は病気には一切関係ない神様なのだが、後付けの信仰で権能がころころ変わることも珍しくないのが神様の世界だ。

一世紀以上、延べで億の単位にとどくであろう人数に、しかも遠い土地から来た人間にまでそう信仰されてきたとなると、少なくとも権能の一部は吹き出物や病気平癒のものになっていると考えていいだろう。

邪神を癌細胞、三の大月を切り離すべき吹き出物と定義すれば、宏の産土神が持つ権能のイメージを借りて対処することはできそうだ。

「ほな、切り離しには神刀を打てばええな。っちゅうか、このやり方で切り離すんやったら、絶縁テープいらんのとちゃう？」

最終的に外科手術方面に流れたことで、最初に考えたものが必要なくなったことに気がつく。

だが、そこは何かを作ると決めたら、そのために理由や目的を探す宏のこと。

思いついたのに作らない、なんていう選択肢はない。今回も、

「引っ張られて変な形で権能が定着してもまずいし、そもそも刀で切り離しただけで上手《うま》いこといくとは限らんから、念のために作っとかんとあかんな」

という理屈をつけて、絶縁テープも作ることを決める。

とはいえ、まずはメインである刀からだ。

ソーマをベースにユニコーンの角を主とした様々な治癒関係の素材を混ぜた添加剤を作り、それを加えて芯金にする神鉄を精製する。

最初の神鉄ができたら、今度は同じ素材でベースをアムリタに代えた添加剤を作り、焼きが入るように組成を調整して皮鉄にする神鋼を精製する。

ここまでに使われた素材から分かるように、神鋼製の刀とはいえ、ソーマとアムリタ以外にはそれほどランクの高い素材も神器に必要なコア素材も使っていない。

今回の刀は一回限りの出番しかなく、用途もルシェイルから三の大月を切り離すという限定的なものだ。

なので、『神刀』と呼んでこそいるが、この刀は神器ではなく儀式に使う神具という立ち位置になり、武器としては大した性能になっていない。

「……よし、要求仕様はちゃんと満たしたな」

鍛造が終わり、聖水とアムリタ、ソーマを混ぜた水で焼き入れを行ったところで、満足げに頷《うなず》く宏。参考にしたご神体の刀を見たことがないので恐らく形状は別物だろうが、それに関してはむしろ同じになるほうが問題なので、気にする必要は一切ない。

そのまま、絶縁テープの製造に移る。

「粘着剤は神米使った糊《のり》にしたほうがええな。あとは絶縁体にするからゴムは必須。金属素材は使わんか、使っても電気流さん種類の非鉄金属やないとあかんけど……」

世界樹の樹液にベヒモスの獣脂と神の城の温泉から抽出した硫黄、世界樹の枝を焼いて作った炭の欠片《かけら》を混ぜて薄いゴムシートを作りながら、そんなことを検討する宏。

もっとも、検討はしていても一切金属素材に意識を向けていない時点で、今回は全く使う気がないのは明らかだ。

それでもとりあえず念のために検討だけはするのは、より良いものができる可能性を模索する習慣によるものである。

ゴムシートが反応待ちになったところで、残り物のご飯を取り出して糊の調合に入る。

「間違ってとか、鬱陶《うっとう》しなって我慢できんとかで剥《は》がさんように、完全に三の大月と縁が切れるまでは剥《は》がれんようにして……。いや、この場合は完全に縁が切れたら自然に消滅するようにしといたほうがええか。ついでに、絆創膏《ばんそうこう》的な感じで消毒と若干の治療促進効果入れて……」

糊の調合を始めたところで思いついた要素を加えるため、簡単に剥がれないもののイメージとして鈎爪状《かぎづめ》になっている虫の足を、治療促進効果としてユニコーンの角の粉末を混ぜる。

なお、ゴムシートに混ぜた硫黄以外は全部そのまま消化吸収できる素材なので、自然消滅はその要素を概念として利用することで解決している。

十分後、ゴムシートの反応が終わったところで糊も完成し、シートに薄く塗布して絶縁テープが出来上がる。

さらに、少しでも成功率を上げるために、思いつく限りの結界具やバフアイテム、フィールド発生装置を作り上げる。

その流れで手首と足首に巻くバンド型のものをはじめとしたいくつかの補助具を作り上げ、ソレス関連の準備が全て完了する。

「これで、切り離し準備は終わりやな。ソーマとアムリタの在庫がちょっと心もとないから作り足すとして、あとは……」

ソーマとアムリタの製造準備を進めながら、他にできそうなことはないかと頭をひねる宏。

ルシェイルの問題が片付いたら、それほど時を置かずに総攻撃となる可能性が高い。

ならば、今のうちに製造欲求を満たしつつ効果的な対策となるものを準備しておきたい。

「……よう考えたら、偵察関係が弱い気ぃすんなあ」

ソーマを仕込み終え、アムリタの醸造に入ったところで、そんなことに気がついてしまう宏。

気がついてしまった以上、対策を練るのは当たり前のことだ。

「邪神の能力を調べよう思ったら絶対無傷ではすまん。せやったら壊される前提で、こっちのパワーダウンにつながらんよう細工した無人偵察機の類《たぐい》を作るんが安全やな」

三幹部との戦闘でのトラウマもあり、安全最優先という考え方で方針を考える宏。

乾坤一擲《けんこんいってき》の大勝負に出なければいけない可能性は十分にあるし、必要であれば命がけで邪神の本体に殴り込みをかける覚悟もできている。

だが、偵察というのはその前段階であり、そこで人的被害を出すのはよろしくない。

あえて被害を受けることで判明するものもあるが、それこそいくらでも作れる使い捨てのもので調べればいい。

「さて、この場合、ドローンみたいな機械式か、それともどっかのアニメで見たサーチャーみたいに魔法でダイレクトにリンクしたシステムか、どっちがええかやな」

偵察機のシステムに関して、そんなことを悩む宏。

どちらも無視できない長所と短所があるのが悩ましいところである。

今回の場合、破壊されたときの宏自身へのノックバックを考えるならば断然機械式となるが、機械式はコントロールの柔軟性と情報転送のタイムラグがどうしても解決できない。

魔法式はダイレクトにリンクして制御するだけに、サーチャーが得た情報は得た瞬間に宏と共有され、また状況の変化に対する対応も即座に行える。

しかし、ダイレクトにリンクするということは、破壊された際のダメージも宏にダイレクトに伝わることになるうえ、コントロールの都合上それほど多くの数は動かせない。

このあたりは完全にトレードオフの関係にあるため、リスク軽減のために間に何か入れれば入れるほど多数の偵察機を同時に運用できるようになるが、制御の柔軟性や情報の共有速度は落ちる。

オクトガルのように、群れ全体で情報を共有しながら個別の判断で数を増やしたり減らしたりしつつ、一部が破壊されても一切ダメージとならない偵察機群を作ることができればいいのだが、そこまでとなると新米の創造神でしかない宏の手に余る。

「……せや。オクトガルとまではいわんでも、ある程度自己増殖可能なゴーレムっちゅう感じのんは作れそうや。組み込む頭脳の性能を限界まで上げて学習機能とか組み込んどけば、制御の柔軟性はかなりマシになる」

オクトガルからの連想で、制御に関する解決策を見出《みいだ》す宏。

言っていることがすさまじく高度というレベルでは済んでいないのだが、これぐらいならまだどうとでもなる。

せっかく思いついたのだからと、放置しておけば完成するところまでアムリタとソーマの作業を一気に進め、本格的に偵察機の製作にかかる。

「構造としては統轄《とうかつ》兼バックアップ用のマザーユニット作って、それとパラレルリンクした子機を大量生産、っちゅう形やな。処理速度向上のために、子機には本体の制御用のメイン頭脳と、群体制御用兼分散処理用のサブ頭脳を組み込んで……」

宏が思いつきで作業を進めるほどに、壊される前提の使い捨てとは思えない高度で複雑な構造となっていく偵察機。

この時点ですでに半ば目的を忘れて暴走しているのだが、当然本人は気がついていない。

このまま完成させても十分すぎるほどオーバースペックな偵察機だが、子機の試作機の内部構造が仕上がったところで、

「せや。どうせ壊されるんやから、壊されたときのデータをもとに勝手に改良して再生産する機能をつけとこ」

さらに宏がそんな余計なことを思いついた結果、よりおかしな方向へと進んでいく。

「マザーユニットに工場機能を組み込んで、使用する環境とか状況に合わせて子機の外装を換装できるようにして……。こら、マザーユニット自身の自己改良機能もいるな」

邪神を仕留めた後、使い道があるかどうかも分からない偵察機が、どんどん高性能化していく。

ここまでのものになると、子機はともかくマザーユニットには当然わずかではあるが宏とのリンクが発生し、宏のパワーアップによっても勝手に進化するようになる。

「……よし、まずはこんなもんか。ほないっぺん、マザーユニットからテストしよか」

マザーユニットと十機ほどの子機を作り上げたところで、テストのために起動する宏。

起動されたマザーユニットは自動的に周辺環境などを読み取って初期設定を行い、用意された子機を取り込んで自分の制御下に置き、そのまま子機の生産を始める。

「基本機能はちゃんとできてるな。最大生産数は三千機、生産にかかる期間は一週間ほどか。さすがに初回は作り足したらんとあかんとして、一週間っちゅうことは毎週っちゅう解釈もできるな……」

毎週、という単語でまた何やら思いついたらしく、マザーユニットにさらに手を入れる宏。ついでに子機のほうも改造する。

「よし、こんな感じか」

子機をなんとなくコミカルな感じのデザインにし、満足そうに頷く宏。

その流れで、実際に起動してテストする。

「ほな、対邪神用偵察機プロトタイプ、ゴーや」

宏の号令に合わせ、神の城のあちらこちらへと散っていく百機ほどの偵察機。

この時、宏は自分が致命的なミスをしていることに気づくことができなかった。


「そろそろ、データ表示してみるか」

偵察機を発進させてから五分後。

そう呟《つぶや》いた宏の言葉に合わせ、マザーユニットが情報モニターを適当な空間に投影する。

投影されたモニターには気温、湿度、植生といった基本的な情報から建造物の種類に数、強度、存在する生物の種類や各ステータスなど、思いつく限りの情報が表示されていた。

中にはラーちゃんから攻撃を受けた個体やダンジョンに侵入した個体もあるようで、それらの攻撃特性や威力などのデータも集まっている。

「基本的なデータ収集はちゃんとできとるようやな。ほな、映像のリアルタイム表示いってみるか。何番の映像にするかはサイコロ振って……、七十九番か」

百面サイコロを振り、出た目の映像を表示するよう指示する宏。

宏が指示した瞬間、湯船に浮かぶ大きな乳房と深い谷間、綺麗《きれい》な鎖骨が大写しになっていた。

「ひぃ!?」

何の覚悟もしていないところに不意打ちで襲い掛かる全裸の女体。それに全力で怯《おび》えてガクブルしてしまう宏。

幸いにして大部分は湯船の中であり、撮影している角度の関係もあって見えているのはかなり攻めた肩紐《かたひも》のないビキニの露出と同じぐらいではあるが、そんなことは何の慰めにもならない。

顔は映っていないが、首筋の金髪を見れば、それが春菜《はるな》の胸であろうということは容易に推測できる。

いや、そんな手掛かりなどなくとも、ほぼ全てがトラブルの類でとはいえ、今まで何度も目撃し押し当てられ顔をうずめてきたおっぱいだけに、不本意ながら宏にはチラ見だけで春菜のものだと分かってしまう。

その事実がさらに宏の精神にダメージを与えているのは、言うまでもないだろう。

ご丁寧に映像の下に実寸データまで表示されており、それが春菜の神具を作った際に確認してしまった数値と一致していることも把握してしまった。

はっきり言って、言い訳が効かないレベルで盗撮である。

データ収集を終えたためか、全体が映るようにズーム倍率を下げ始める偵察機七十九番と、まるでその動きに合わせるように立ち上がろうとする春菜。

そのことに気がついた宏が、春菜の顔が映った瞬間に大慌てで命令する。

「七十九番、撮影中止！　引き上げや！」

その命令を聞いて速やかに離脱する偵察機七十九番。

偵察機が湯船を離れたところで映像が終了し、それを見届けた宏が膝をついて震えながらうずくまる。

「……しもたなあ……。……進入禁止区域の設定……、……忘れとった……」

数分後、ようやく立ち直った宏が、荒い息のまま己のミスを振り返る。

いくら単純な見落としによるミスとはいえ、やってしまったことはれっきとした犯罪行為である。

正直、言い訳できるようなものではない。

先ほどの春菜の反応から、もしかして気がついていないのかもしれないと思わなくもないが、だからといってそのまましらばっくれるなど恥知らずにもほどがあるし、バレていたら自分から信頼関係を捨てることになる。

一刻も早く謝罪して罰を与えてもらわなければならないが、今だとまだ春菜が風呂から出ていない可能性が高い。

そのタイミングで通信を入れた日には、さらに罪を上乗せすることにしかならない。

「他に、変なところに行っとるやつ、居《お》らんやろな……」

どうせすぐに謝罪できないのだからと、再発防止のために他の偵察機がどこを飛んでいるかを確認する宏。

すると、七十九番以外に三機、個人の私室や神殿の更衣室などに侵入しそうになっている機体がいた。

それらを全て引き上げさせた後、履歴を調べて侵入自体はしていないことを確認し、トイレや更衣室、浴場、私室などの、撮影すれば問題になるエリアを全て進入禁止に設定する。

この時ついでに、見られると効力を失う儀式を行う可能性がある神殿についても、進入禁止エリアに設定しておく。

「あとは、春菜さんらに謝って、沙汰を待つだけか……」

まだ時間的にグレーゾーンだということで、他にも気づいた点を改良しながらそう呟く宏。

なかなかに針の筵《むしろ》である。

それから三十分ほど様々なものを作ったのち、さすがにいい加減風呂は終わっているだろうとあたりをつけて、覚悟を決めて春菜を通信で呼び出したのであった。

☆

『あれ？　宏君？』

春菜の自室。風呂から上がり、今から寝るまでの時間で何をしようかと考えているときに、唐突に宏から通信が入る。

『春菜さん、今ええ？』

『大丈夫だけど、どうしたの？』

『ちょっと、最低なミスしてしもて、春菜さんらに謝らなあかんねんけど……』

『えっと、どういうこと？』

『通信やなくて、直接説明するわ。さっき風呂入っとったん、春菜さんだけ？』

『えっと、澪《みお》ちゃんと一緒に冬華《とうか》をお風呂に入れてたけど……。澪ちゃんと冬華も呼んだほうがいいってことだよね？』

『頼むわ。今からそっち行くけど、ええ？』

『うん』

不思議そうに首をかしげながら、宏の言葉に頷く春菜。

私室とはいえ、ごたごたが続いているためこの部屋はあまりいじっておらず、せいぜい花を飾っている程度である。

また、春菜は性格的に出したものはすぐ片付けるタイプなので、裁縫などの作業中でもない限り部屋が散らかることもない。

故に見られて恥ずかしいものは一切なく、他人を招き入れるのにためらう理由もない。

「えっと、澪ちゃんと冬華を呼ばなきゃいけないんだよね」

そう口にした直後に、澪が冬華を背負って転移してくる。

「春姉《はるねえ》。冬華が寝ちゃった」

「あらら。宏君が話があるって言ってたんだけど……」

「寝てる子供を無理に起こすのはよくない」

「だよね。寝室のほうに寝かせておいてくれる？」

「ん」

春菜の指示に頷き、ベッドルームに冬華を運び込む澪。

澪が冬華をベッドに寝かせて戻ってきたところで、宏が転移してくる。

「冬華は？」

「もう寝てるから、そのままにしといたよ。無理に起こすのもよくないし、冬華に関しては内容を聞いて私達が判断するってことじゃダメかな？」

転移してきてすぐに発せられた宏の問いに、簡潔に答える春菜。

そういうことならと、話を進めることにする宏。

「えっとな、さっき邪神の能力調べるための偵察機作っとったんやけど……」

「師匠、もしかして設定ミスって偵察機がボク達の入浴中に侵入してきた？」

「せやねん。ちょうど湯船に浸《つ》かっとる最中で、やたらズームしとったからはっきり映っとったんは春菜さんの鎖骨から谷間ぐらいまでやねんけど、どう言い訳したところで風呂覗《のぞ》いて盗撮したっちゅうんは変わらんから……」

「聞いてる限りでは純然たるミスだし、他の人がいたのならともかく、私と澪ちゃんしかいなかったから、そんなに気にしなくてもいいよ。宏君がわざと覗きとかするなんて誰も思ってないし。ね、澪ちゃん？」

「ん。ボクは師匠になら見せてもいい、というより見せつけたいぐらい。それに今までが今までだから、今日になって急に覗きたくなったとか、どう考えてもありえない」

「だよね。そもそも仮にわざとやったにしても、宏君が自分から進んでお風呂覗こうとするっていうのは、ある意味で喜ばしいことだから怒る気にはならないよね。だけど、偵察機が来てたの全然気がつかなかったよ……」

「ボクも……」

宏の謝罪を聞いて、そもそもカメラの侵入に気がつかなかったことに対し、思わずがっくりする春菜と澪。

相手が宏の作った偵察特化の道具とはいえ、創造神がその気になればあっさり出し抜いてくるというのは、いろいろ怖いし反省が必要である。

「ねえ、師匠。その時の映像って、残ってる？」

「証拠隠滅や、言われたらあかんから、今の時点では残してる。この話終わったら消すつもりやった」

「だったら、どういう感じで侵入されたのかとか、本当に何も気がつかずに撮影されてたのかとか確認したいから、一度見せて」

「分かった。ほな、ちょっとマザーユニットから映像引っ張り出すわ。再生したら席外すから見終わったら呼んで」

そう言って、画面にデータを引っ張り出して検索を始める宏。

それを見ていた澪が、爆弾発言をする。

「別に、一緒に見てもいいと思う」

「さすがに……それはあかんやろ……」

「むしろ、盗撮画面の確認なんて半端なことじゃなくて、今回の罰として一緒にお風呂に入る」

「無茶言うなや……。っちゅうか、確認の時点で春菜さん思いっきり巻き込んどんで……」

「えっと、私も宏君がその気になってくれるなら、ちょっと恥ずかしいけど一緒に見るのもお風呂入るのも全然問題ないけど……」

春菜のまさかの裏切りに、つい全力で絶望的な表情を浮かべてしまう宏。

その宏の表情に、思わず苦い笑みを浮かべる春菜と澪。

惚《ほ》れた弱みを差し引いても、こんな表情を浮かべる宏にわざわざ罰を与えようという気にはならない。

「………とりあえず、設定しといた。僕が見てしもたんがどの辺からか、っちゅうんも分かるようにしといたから」

「了解。でも、さっきも言ったように、宏君が私達の裸を見る分には気にしないからね」

「ん。特に春姉の場合、割と今更感も」

「そうなんだよね。アルチェムさんほどでこそないけど、なぜか宏君に裸見られたり胸押し当てたりすることが多いし」

「春姉のそれ、半分ぐらいはアルチェムに巻き込まれてる気がしなくもない」

「かもね」

などと言いながら、映像をチェックしていく春菜と澪。

その感想は、

「……結構がっつり撮影されてるね」

「ん。ただ、角度とタイミングの問題で、冬華はほとんど映ってない」

「だね。あと、あんなに謝るからもっとすごいところを見られたのかと思ったけど、あれぐらいだったら本気で気にするほどでもないかな」

「ボクもそう思う。というか、高度成長期のテレビはもっときわどいところまで映してたし。そもそも師匠相手だし、見られたのがボクだったとしても、これぐらいは見られたうちに入らない」

という、非常にひいき目が入ったものであった。

もっとも春菜に関しては、今回のレベルで、理由が事故やミスの類でちゃんと反省して謝罪するのであれば、やったのが宏以外であってもさほど気にしない。

ばれていないなら黙っていよう、といった対応をされたとしても、軽蔑して信用しなくなるぐらいで本気で怒る気はない。

「私達のことはそれでいいとして、冬華のことだけど……。それも映像さえ消しておけば、そんなに気にしなくてもいいんじゃないかな？」

「ん。ぶっちゃけ、一度一緒にお風呂に入ってる時点で、見たとか見ないとか今更の話」

もうひとりの当事者である冬華についても、映像の内容などからそう判断する春菜と澪。

実は前に一度、宏は冬華のおねだりに負けて一緒に風呂に入っている。

その際に達也《たつや》も一緒に入っているのだが、これは万一の時に備えてのことである。

なんだかんだであれこれビビりながらも無事に入浴を終え、最後まで吐かずに就寝にこぎつけたことで、本当に症状が軽くなっていることを証明したことになる。

その事実に思わずこれまでの苦労を思い出し、ほろりときた日本人チームとローリエだったが、一緒に入ると言いだすと面倒なのでライムには黙っている。

「見終わったし、宏君呼ぶね」

「ん」

『宏君、もういいよ』

『了解や』

春菜の呼びかけに答え、すぐに入ってくる宏。

その死刑執行を待っているような表情に思わず苦い笑みを浮かべつつ、自分達の気持ちを伝えようと春菜が口を開く。

「先に結論を言っちゃうと、正直、気にするほどじゃないと思うよ」

「……ほんまに？」

「うん。そんなにもろに見えてたわけじゃないし、胸元に関しては、こっちに飛ばされた当初に着てた服も、前かがみになれば結構きわどい感じだったし」

「そうやったっけ？」

「うん。宏君、私と最初に合流したときに『このゲームの初期衣装って、リアルやと案外目のやり場に困るなあ……』って言ってたよ」

首をかしげる宏に対し、懐かしそうに春菜が言う。

実時間で一年半以上前、主観時間ではそれこそ何年も前のことだが、記憶力がいい春菜は今でも昨日のことのように覚えている。

宏との関係の始まりなのだから、恐らく春菜は生涯、あの日のことは忘れないだろう。

「まあ、それ以外にも、胸を強調したり谷間見せたりする服を着る機会は結構多かったし、漂流したときのビキニも肩紐外せばあれぐらいは見えてたし、宏君が見ちゃったぐらいの映像だと、今更それぐらい気にしても、って感じなんだよね」

「ん。ついでに言えば、春姉はアルチェムのエロトラブルに巻き込まれて、師匠に全裸を隅々まで余すことなく見せつけたことも……」

「……思い出させんといてえや……」

春菜の言葉に便乗した澪の言葉に、青ざめながら言い返す宏。

アルチェムのせいで春菜の全裸を見たというのは、きっとオルテム村の温泉でのことだろうが、宏的にはいろんな種類の恐怖を感じた思い出でしかない。

思い出したいはずがないのだ。

「そのあたりの恥ずかしい思い出はちょっと横に置いとくとして、冬華のことだけどね、これも気にする必要はないかなって」

「そもそも師匠は見てもいないし、今の段階で消去しておけば後に残るものでもないから、なかったことにしていいと思う。それに、師匠は冬華とお風呂に入る仲だし」

「まあ、消すんはすぐ消すつもりやけど……」

「気になるのは仕方ないけど、ね。むしろ私と澪ちゃんは、わざわざ冬華に言わないほうがいいんじゃないか、って思ってるよ。まあ、澪ちゃんの要素が入ってる冬華の場合、知っちゃったとしても軽蔑とかじゃなくて、なんか変なネタに持ち込みそうな気はするけど」

「ん、それはある。ボクと同じ思考ルーチンだったら、覗きたいなら一緒に入ろうって感じ？」

「かなあ。まあ、どう転んでも宏君が覗きたいからやったとは思わないだろうけど」

春菜の結論に、真顔で頷く澪。

むしろ宏の場合、覗きたくてやったというのであれば、下手をすればみんなでお祝いすることになりかねない。

無論、悪いことなのは間違いないので、説教の一つや二つは受けることになるだろうが、その内容が十中八九、澪の思考ルーチンと変わらないものになるのは想像に難くない。

真琴《まこと》などは下手をすると、今なら肉体的にはなかったことになるのだからと、覗きなんて半端なことではなく肉体経験まで一気に進めと言いだしかねない。

結局のところ、どう転んだところで、宏が恐れる一般的な内容で叱《しか》られたり失望されたりすることだけはない、と断言できてしまうのである。

「……あっ」

「どうしたの、澪ちゃん」

「ねえ、師匠、春姉。よく考えたら、この城で起きたことって、城のコアとか世界樹とかにアクセスすれば全部映像付きで分かるんじゃ……」

「……言われてみれば、そうやったかもしれん」

「……だね。私の身長、体重、各種サイズとかだけでなく、アストラルパターンとか権能の変化とかそういったのも全部記録してるぐらいだから、そのあたりの情報も普通に記録してるよね」

「もっと言ったら、師匠や春姉だと、多分アカシックレコードとかにアクセスできるから……」

「そこまでして覗きとかしてたまるかい！」

神の城の持つ情報関係の仕様に気がついたことから、やたら壮大な方向に話を広げる澪。

アカシックレコードなんて大層なものまで持ち出した澪に、思わず絶叫して突っ込む宏。

結局、根本的に城で何かする時点で考えるだけ無駄だと気がついてしまい、覗き問題はうやむやのまま話が終わるのであった。

☆

「そーいや、ルシェイル様から三の大月を切り離すって、いつやるの？」

翌朝、神の城の食堂。日本人チームしかいない朝食の席で、真琴が重要な予定について宏に確認を取る。

なお、ファム達は料理の練習のため、今朝はあえてウルスの工房で朝食をとっている。

「昨日のうちに準備は整えといたから、今日ソレス様とルシェイル様の状況見て、いけそうやったらそのまま敢行やな」

「了解。あたし達は何かやることある？」

「基本的には何もないけど、もしもの時の対処に手ぇ借りることになるかもしれんから、念のために一緒に来て」

「ＯＫ」

宏の要請にそう答え、気持ち程度に食事のスピードを上げる真琴。別段急ぐ必要はないが、なんとなく気分的に早く食べて動かなければいけないように感じてしまったのである。

「一応確認しておきたいんだが、もしもの時ってのはヒロ的にどんなのを想定してるんだ？」

「いろいろあるけど、兄貴とか真琴さんに手ぇ借りる必要がありそう、っちゅうたら、切り離した邪神がちょっかい出してくるケースやな」

「起こりそうなのか？」

「断言はできんけど、間接的にとはいえ邪神の本体にちょっかい出すわけやから、十中八九はなんかあると思うで。破壊と消滅に特化しとるらしいっちゅうたところで、大きくなろうとしたり、食らったダメージ回復させようとしたりする本能はあるやろうし」

破壊と消滅の神なのにそのあたりの本能が存在すると言われ、腑《ふ》に落ちないという表情を浮かべる達也。

見ると、真琴と澪も同じような表情を浮かべている。

逆に春菜は、自身が神化しているのでそのあたりのことを感覚的に理解しているらしく、そうだよね、という感じで頷いている。

「上手い説明はできへんけど、神様やろうがなんやろうが、存在してる時点で自分を維持しようっちゅう本能はどうしても持ってまうねんわ。どの程度それに振り回されるかは、理性とか知性とか、そういうもんに依存する話なんやろうけどな」

「特に権能に直結してる要素とか、自分の存在意義に関わってくる要素とかは、そういう本能みたいなものが強く働くよね」

「せやな。っちゅうても、僕なんかは多分、はたから見てやってることが変わらんから、神様になってからものづくりしたい衝動が強なっとる、っちゅうても絶対ピンとけえへんやろうけど」

「それ聞くと、あんたの場合、本気でなるべくして神様になった感じよね……」

権能と衝動についての説明を聞いて、呆《あき》れとも感心ともつかない感じで真琴が漏らす。

はっきり言って宏の場合、元からものづくりの衝動をこらえたところを見たことがないうえ、ものを作っている最中にテンションが上がってしまったときのヒャッハーぶりは、一般人が普通に引くレベルに達していた。

そこまで行きついているのだから、少々衝動が増していようがどうしようが、外から見て分かるわけがない。

「でまあ、僕のことは置いとくとして、や。邪神からすれば、ルシェイル様とかザナフェル様を食い散らして消滅させるっちゅうんは、僕がもの作ってヒャッハーしてんのと変わらん状態なわけや。そこで邪魔されたら……」

「ああ、そりゃ理性とか知性の有無に関係なく、報復の一つや二つはしてくるか」

宏の言葉に、全力で納得する達也。

さすがにそこまで言われたら、本能云々《うんぬん》について疑問も何もない。

「そういうこっちゃな。しかも、それが自分の力を回復させて存在を大きくするための手段やっちゅうたら、何が何でも邪魔もんを排除して、っちゅう風になってもおかしないわけや。考えるとかそんな手順を踏むまでもなく、反射的に反撃に出おるやろうな」

「でも、師匠。ザナフェル様の時はそんなことなかった」

「ザナフェル様の時は、食い込んどったんが完全に本体から切り離された破片でしかなかったからな。今回は直接やないうえにほんの一部分やけど、邪神の本体そのものが食らい込んどる。何もなしっちゅうわけにはいかんやろう」

「……むしろ、その条件で何もなかったら、そっちのほうが怖いかも」

「やろ？」

宏の言葉に、ハイライトの消えた目で同意する澪。

余力が十分にあると分かっている状況で、本体を殴られて一切反応しないなど、何か企《たくら》んでいると言っているようなものだ。

それを理性で考えてやっているわけではないのがはっきりしているのだから、怖いで済む話ではない。

「そういえば、状況見て切り離すのはいいとして、ソレス様の予定は大丈夫なの？」

「朝飯作ってるときにオクトガル便で連絡したら、予定自体は問題ないって返事あってん。せやから、さっきも言うたように気にせなあかんのは、切り離せる状態かどうかだけやな」

「そっか。ルシェイル様のためにも、すぐに切り離せる状態だといいのにね」

「やなあ」

春菜の言葉に頷く宏。

まだ人間の寿命より長い程度の猶予はあるだろうが、そろそろルシェイルの神格も怪しくなっているのは間違いない。

できるなら早くしたほうがいい。

「で、や。首尾よく切り離せたら、僕のほうは邪神にカチコミかける準備終わり、っちゅうことになるんやけど、みんなはなんかある？」

「私は特にないかな。権能の訓練とかいくらでもできることはあるけど、どれもこれも一朝一夕でどうにかなるようなことじゃないし」

「俺も、一応神器の使いこなしに不安があるんだが、今からじゃどうにもならねえしなあ」

「てか、神器関係は全員共通の課題ね」

「ん。使いこなしだけじゃなく、成長度合いも全然足りてない。けど、満足いくまで育てようと思ったら、何年かかるか分からない」

「その辺は、邪神にカチコミに行く時間ギリギリまで追い込みかけるぐらいしか、できることあらへんな」

春菜達の思うところを聞いて、そう告げる宏。

今回の切り離し。恐らく邪神にもそれなりのダメージはいくはずであり、ここしばらくの蓄積も併せれば結構弱体化が進んでいるはずだ。

この状況で相手に時間を与えて、ちまちま蓄積させたダメージを回復されたうえに適応進化でパワーアップでもされてはたまったものではない。

いつ邪神へ殴り込みをかけるかは宏達の一存で決められないとはいえ、神器や権能を使いこなせるようになるまで待てるはずもない。

ソレスが安定するまでの時間が必要なので、さすがに切り離したその足でということはないだろうが、どんなに引っ張っても来週まで待たされることもあるまい。

「ごちそうさま」

そうこうしているうちに、一番よく食べる澪の食事が終わり、その後を追うように宏達も順番に食べ終わる。

「お待たせ。すぐ行く？」

「せやな。早めに行って診察せんとな」

最後に食べ終わった春菜の言葉に頷き、即座に立ち上がる宏。

それに合わせて立ち上がる春菜達と、後片付けのため食堂に入ってくる数体のドールサーバント。

「ほな、転移すんで。忘れもんはないな？」

「ちょっと待って。一応防具だけは先に展開しとくわ」

「そうだな。何があるか分からないからそのほうがいいな。……よし、準備完了」

「ほな、転移すんで」

全員が防具を展開したのを確認し、即座にソレスの神殿へ転移する宏。

後には、せっせと食器類をカートに載せ、テーブルを拭き掃除するドールサーバント達の姿があった。

☆

「よく来てくれた」

「朝はよからおじゃまします。早速切り離しをやってまいたいとこなんですけど、今の調子はどないです？」

「良くもなし、悪くもなしといったところだな」

「そうですか。ほな、念のためにちょっとチェックさせてもらいますわ。すんませんけど、この冠かぶって、手首と足首にこのバンド巻いてくれます？」

「ああ、分かった」

挨拶もそこそこに、早速切り離しの準備を始めるソレスと宏。

現在ソレスは女性の神格なので、検査に使う各種器具は自分でつけてもらうことになる。

因《ちな》みに、冠といってもいわゆるヘッドギア的なものであり、言葉の印象ほど雅《みやび》なものではない。

「……ねえ、春姉」

「どうしたの、澪ちゃん？」

「ギリシャ神話とか北欧神話とかそれ風の女神様にあの手の検査機器とかつけてるの、すごい違和感……」

「あ～、たしかに……」

澪の正直な感想を聞き、どうとも言いがたい声を漏らす春菜。

そもそもの話、洋の東西に関係なく、神話で描かれている神々に近代的な検査機器を取り付ければ、違和感がすさまじいことになる。

そのあたりは、世界の壁を越えても変わらないようだ。

「……問題はなさそうやな。ほな、切り離しの準備に入ります」

「ああ、頼む」

「ほな、今から魔法陣を描きますから、描き終わったら中心に立ってください。あっ、冠とバンドは外しとってください」

「ああ」

宏の言葉に頷き、検査機器を外しながら魔法陣が完成するのを待つソレス。

ソレスを待たせないためにと、宏が特殊陣のスキルで一気に魔法陣を描き上げる。

特殊陣による発光現象が終わり、魔法陣が完成し定着したのを確認して、ソレスが中央に移動する。

「ここに立てばいいのだな？」

「はい。こっちの準備が終わるまで、そのまま待っとってください」

「分かった」

宏に言われ、大人しく魔法陣の中央に佇《たたず》むソレス。

ソレスが移動している間に、数カ所のポイントにフィールド発生装置を、外周部に結界具を設置する宏。

全て設置を終えたところで、数字が書かれたピンが刺さった玉をいくつかとアムリタをソレスに渡す。

「今から番号順にピン抜いてって、全部終わったらそのアムリタを飲み干してください」

「分かった。注意事項とかはあるか？」

「そんな大層なもんはありませんけど、効果時間の兼ね合い考えたら、最初の抜いてから一分ぐらいで全部終わらせるぐらい急いでもろたら助かります」

「分かった」

「アムリタ飲み終わったら手ぇ上げてください」

「ああ」

宏の指示に頷き、言われたとおりに手早くピンを抜いていくソレス。同時に玉が光って消えるが、そういうものなのだろうとスルーして淡々と作業を続ける。

途中、番号の確認で手間取ったりもしたが、四十秒ほどでどうにか全部抜き終わり、念のために落としたり忘れたりしていないかを確認した後、一気にアムリタをあおって右手を上げた。

「ほな、一気にいきまっせ！」

ソレスからの合図を受け、大量に魔力を注ぎ込んで魔法陣を起動する宏。

ソレスとルシェイルの存在を補助し、権能を強化するフィールドが無事に機能していることを確認後、刀と絶縁テープを取り出す。

そのまま絶縁テープを口に咥《くわ》え、刀を引き抜いて大きく振りかぶり、袈裟懸《けさが》けに振り下ろす宏。

宏が刀を振り下ろしたと同時にソレスの右肩から左の脇腹まで大きな切り傷が入り、その直後、刀身が完全に砕け散る。

その刀を投げ捨て、咥えていた絶縁テープを手に取って一気に引っ張り出し、痛みに顔をゆがめているソレスに向かって投げつける宏。

投げつけられたテープが勝手にソレスに絡みつき、そのままぐるぐる巻きにして傷口をふさいでいった。

「よし、切り離し成功や！」

宏の言葉を聞き、武器を構えて警戒を深める春菜達。

切り離しに成功したとはいえ、その影響がソレスに出てくるのはこれからのこと。

宏はどうしてもその経過観察に手を取られるので、その分の穴を春菜達で埋める必要がある。

そんな覚悟を決めながら、気を緩めることなく待つこと三秒。

突如空間が大きくゆがんで穴が開き、中から多数の触手のような闇が飛び出してくる。

「待機してて正解だったわね！」

ここが出番とばかりに虚神刀を合体させ、触手をまとめてばっさり斬り捨てる真琴。

「ちっ！　本体から直接伸びてきてるだけあって、単に斬り落とした程度じゃ消滅しねえか！」

真琴が斬り落とした触手を、そうぼやきながら獄炎聖波《ごくえんせいは》で焼き払う達也。

末端もいいところとはいえ曲がりなりにも邪神本体の一部だけあって、実にしぶとい。

「ねえ、春姉。これ、あの穴通して本体を攻撃したほうが早くない？」

「どうなんだろう。下手に攻撃したら、邪神が耐性とか持たないかな？」

「むう、ありえる……」

後から後から際限なく伸びてくる触手をせっせと潰《つぶ》しながら、そんな相談をする澪と春菜。

さすがにゲームではイベント演出以外でそんな凝った真似をするボスはいなかったが、漫画などでは定番のパターンである。

これから殴り込みをかけることを考えるなら、余計なことはしないに限る。

「やるんだったらおおよそ耐性なんて持ちそうにない攻撃を叩《たた》き込む、って感じなんだが、何かありそうか？」

「ん〜、耐性って観点では微妙だけど、どうせ本体を叩くときには使い物にならないだろうな、って攻撃なら思いつかなくもないよ」

「なら、それを叩き込んでみるか？」

「そうだね」

達也の言葉に頷き、どうせ使わないであろうスピリット系初級魔法のマインドブラストを、権能以外の増幅手段をありったけ使って叩き込んでみる春菜。

今まで一度も使ったことがないだけあって、本来なら非常にひ弱な威力しかないはずのマインドブラスト。

だが、いかに弱かろうと使い手の魔法攻撃力が高ければいっぱしの威力は持つものであり、それを複数の手段で増幅を重ねれば、決定打になるかどうかはともかく馬鹿にできない強さを得る。

女神の魔法攻撃力をベースに数十倍にまで増幅されたマインドブラストは、邪神の触手を吹き散らしながら穴に突撃し、一気に三の月まで到達する。

「……手ごたえが軽いから、ダメージにはなってないかな」

触手が全て消滅し、障害物がなくなった穴を権能でふさぎながら、結果についてそうコメントする春菜。

どんなに強化したところで、ベースが所詮《しょせん》熟練度初期値の初級魔法では、邪神にまともにダメージを与えるところまではいかなかったようだ。

「いったい何を使ったんだ？」

「前にちょっと話したけど、スピリット系初級のマインドブラストっていう魔法。いつ覚えたのか分かんないんだけど使えるようになってたから、とりあえず使ってみた感じ」

「いつ覚えたか分からないって、お前さんが？」

「うん。心当たりとしては、神化したときかな？　あの時いろんな権能とか能力とかが追加されたから、多分そこに紛れてたんだと思う」

春菜の説明に、そういうものかと納得する達也。

これまでに神々からいろんなスキルや能力をもらっているのだから、神化した結果、魔法をいくつか覚えた程度では驚くに値しない。

が、それとは別の問題として、当人が使えるようになったことを自覚できない、などということがあるのはなんとなく危険な話ではないか、と思わなくもない。

「……よっしゃ。完全に縁切れたな」

達也がそのあたりのことを確認しようと思ったところで、ソレスの様子を観察していた宏がそう呟く。

「ってことは、無事終わったの？」

「あとはソレス様の傷が癒えたら終わりやな」

「それってどれぐらいかかりそう？」

「このあとソーマも飲んでもらうけど、ぶっちゃけなんとも言えん」

「そっか」

宏の言葉に頷き、ソレスのほうに視線を向ける春菜。

春菜の視線を受けて、ソレスが小さく一つ頷く。

「えっと、ソレス様。今どんな感じですか？」

「すさまじい倦怠《けんたい》感があるが、同じぐらい体が軽くなった、実に不思議な気分だ」

春菜に問われ、現状を正直に口にするソレス。

それを聞いた宏が、ソーマと補助具の腕輪を渡しつつさらに質問を続ける。

「ルシェイル様はどないです？」

「さすがに今は眠りについている。恐らくだが、起きて活動できるまでに世紀単位の時間はかかるだろうが、今後私が直接攻撃を受けでもしない限り消滅することもあるまい」

「そうですか、よかった……」

ソレスの言葉を聞いて、心底ほっとする宏。他にいい方法がなかったとはいえ、かなり強引な方法で切り離した自覚があるため、後遺症に関してはかなり怖かったのだ。

「侵食されていた時間が長かったから、正直ここまで上手くいくとは思ってもみなかった。傷物にされた甲斐《かい》があったというものだな」

「ちょっ、言い方！」

「すさまじく痛くて、一瞬消滅を覚悟したからな。感謝はしているが、これぐらいのネタは許してくれると嬉《うれ》しい」

ひどく人聞きの悪いことを言われ、思いっきり慌てる宏。

それに対し、実にいい笑顔でそんなことを言い放つソレス。

ここまで尽力してくれたことに感謝はしているが、それを踏まえてもこのぐらいの軽口は叩きたくなるほど痛かったようだ。

アムリタ以外に麻酔の役目を果たすようなものを用意していれば、もう少しましだったのは間違いない。

本人の言うとおり、一歩間違えればソレスの消滅につながっていた可能性もあるので、たとえ善意で行ったことであっても、これぐらいは言われても仕方ないだろう。

そんなことをやっていると、唐突にアルフェミナが現れる。

「どうやら、無事に切り離しを終えたようですね」

「ああ。切り離してすぐに邪神から攻撃が飛んできたり、覚悟していたより大幅に痛かったりといった些細《ささい》なトラブルはあったが、切り離しそのものは無事に終わった」

「そうですか。念のために聞いておきますが、さすがにまだ本調子ではないですよね？」

「ああ。さらに言えば邪神の攻撃が直撃した場合、攻撃の種類によってはお主達のように耐えられない可能性が高い」

「でしょうね。ならば……」

「だが、アンゲルトがいろいろ準備してくれているからな。バックアップぐらいは可能だ」

今回は参加するなと言いそうになったアルフェミナを制して、にやりと笑いながらそう告げるソレス。長きにわたって不自由を強いられたこともあり、腹に据えかねるものはあったようだ。

「……分かりました。軍神にして戦神としての権能を持つあなたにバックアップをしてもらえるのは助かりますので、協力をお願いします。ですが……」

「ああ。せっかく懸念事項が解決したのだ。消滅するような無茶はせんよ。それで、邪神との決戦はいつにする」

「それはあなたと宏殿次第、というところですね。もっとも、あなたが本当に大丈夫かという確認もありますので、早くても決行は明日の朝ということになりますが」

「そうか。私のほうはそれでいい。新神どのは、まだ準備したいことはあるか？」

「最低限の準備は終わってますし、逆に時間があればあっただけやることはあるんで、正直いつでもええわ、っちゅう感じです」

「そうですか……」

ソレスと宏の返事を聞いて、少し考え込むアルフェミナ。

気になることがあったので、念のために確認する。

「宏殿が言う、時間があればあるだけできる準備というのは、どのようなものですか？」

「基本的には訓練と神器の育成です。せやから、いくらでも時間かけられるし、逆に今の段階でも普通の戦闘には問題ない程度にはなっとるから、無理に時間とってまでは必要ないんですわ」

「なるほど」

宏の説明に納得し、軽く頷くアルフェミナ。

そういうことなら、早急に進めてしまってもいいだろう。

「でしたら、ソレスの状態次第ですが、明日の朝からの決行にしましょう。念のために七時ごろにオクトガルに連絡を入れさせますが、基本的にはそのつもりで準備を進めてください」

「了解です」

アルフェミナの要求に、実にいい笑顔でそう答える宏。他のメンバーもやる気十分な表情で頷いている。

そこに、ソレスが声をかける。

「ここまでやっていただいたのだから、いくらか礼をさせていただきたい」

「いや、別にええんですけど……」

「新神どのなら確実に喜んでもらえるはずのものだから、いらぬネタを入れた詫《わ》びもかねて受け取ってもらえるとありがたい」

「一体、何を渡そうとしているのですか？」

無理にでも何かを押し付けようとするソレスに不審なものを感じ、念のために確認を入れるアルフェミナ。

「先代バルシェムの骨と鱗《うろこ》、それに竜玉だ。骨には角や牙、爪も含む」

「マジですか!?」

アルフェミナに突っ込まれてにやりと笑いながらソレスが提示したものに、光の速さで宏が食いつく。

「あの、そんなものが残ってたんですか？」

「ああ。我が巫女《みこ》が下克上に成功したときの死体が丸々残っておってな。浄化してなお怨念《おんねん》が消え切っておらず下手に処分できぬものだから、肉だけ処理して宝物庫に突っ込んでおいた」

「肉だけ処分したんですか？」

「腐るから、やむを得ず権能で焼いた。骨や鱗などは、少々焼いたところで消滅せんのでな。消滅するまで燃やそうとするとルールに抵触するだけでなく、私の存在も少々怪しくなるから、残すしかなかったのだ」

春菜の素朴な疑問に経緯を答えるソレス。

ドラゴンロードともなると、神が権能でなんとかするにも限度があるようだ。

「てか、怨念って消せないんですか？　あたしの勝手なイメージなんですけど、なんとなくソレス様の権能だったら簡単にできそうな気がするんですけど……」

「こびりついた油汚れのようなものだと考えてくれ。ああいうのは、それ専用の洗剤でどうにかせんと、完全に除去するのは難しいだろう？　私の権能は瘴気《しょうき》を消すには最高だが、怨念だけを消すには若干向いていない」

「なるほど、そうなんですね」

庶民的ながらも妙に分かりやすいソレスのたとえに、完全に納得してしまう真琴。

同じく納得しつつ、別の疑問が湧いた澪がさらに質問する。

「えっと、瘴気と怨念って、別物？」

「どう違うかと聞かれると上手く説明できないが、似て非なるものだな。怨念というのは瘴気の発生源になるが、それ自体は知性を持つ生命体の避けられぬ業であり、あまりいいものではないが全面的に悪と断言できるようなものでもない」

「ややこしい話ですが、嫉妬や怨念といったマイナスの感情も、なければそれはそれで発展を阻害したり危機に対する対応能力を削《そ》いだりしますので……」

「そういうもの？」

「はい、そういうものです」

微妙に納得しきれていない様子で首をかしげる澪に対し、やたらと力強く断言するアルフェミナ。難儀な話だが、歴史上の偉人には誰かに対する怨恨《えんこん》を原動力に、他の追随を許さぬほどの功績を残した人物も結構多い。

見ていて決して心地よいものではなく、また大概のパターンではそのまま自滅するのでイメージが悪いが、マイナスの感情もないと困るのである。

「そういうわけで、不良在庫を押し付けるようで申しわけないが、ぜひとも一式全てもらって帰ってくれたまえ」

「そういうことなら遠慮なくもらっときますわ！　これで神の船の装甲板とか、あっちこっち強化できるで！」

「あの、宏殿。くれぐれも、明日の総攻撃に間に合うようにしてくださいね……」

「言われんでも、余裕で間に合わせてみせますわ！」

目を爛々《らんらん》と輝かせながら、やたらテンション高く言い切る宏。

結局この日、宏はついつい夜更かしをしていろいろなものを強化したおすのであった。

邪神編 第四〇話

「さて、ソレス様の状態はどんなもんやろうな」

宏《ひろし》がルシェイルから三の大月を切り離した、その翌朝。神の城。

早起きした宏は、神の船をはじめとした邪神戦で使う様々な道具の最終チェックをしながら、アルフェミナからの連絡を待っていた。

「宏ちゃん、お待たせ～」

大部分のチェックを済ませ、もう少し作り足すかどうかを迷い始めたところで、伝令のためのオクトガルが転移してくる。

「おう来たか。で、どない？」

「本日決行～」

「そうか。ほな、飯食ったら突撃やな。合流はどないする？」

「神様チームのほうで宏ちゃん達に合わせるって～」

「了解や。ほな、春菜《はるな》さんらにも連絡して、忘れもんがないように最後の準備済ませといてもらわんとな」

「そっちも連絡済み～」

「そうか、助かるわ」

「段取り八分～」

宏の感謝の言葉に、謎の一言で応じるオクトガル。

物事は段取りの良し悪しが結果の大部分を占める、的なことを言いたいのであろうが、いまいち現状につながっていない。

「ほな、もうちょい準備したら朝飯の用意するから、報酬はそれまで待っとって」

「は～い」

宏の言葉に元気よく返事をし、邪魔にならない場所にスタンバイするオクトガル。

そんなオクトガルを横目に、今なら一分もあれば作れる消耗品をいくつか同時に作り上げて、すぐ取り出せるように仕込んでいく宏。

思いつく準備が全て整ったところで、春菜から連絡が入る。

『宏君、そろそろ朝ご飯作ろうかと思うんだけど、どう？』

『こっちも大体の準備は終わったから、今からそっち行くわ』

『了解。朝ご飯、なんにしよっか？　ゲン担ぎでテキカツ？』

『さすがにそれは、朝から重すぎひんか？』

『やっぱりそうかなあ』

宏の指摘を、素直に認める春菜。

朝からステーキやカツを出されて食べられないほど胃が弱い人間はいないが、喜んで平らげそうなのは澪《みお》ぐらいであろう。

『食う余裕あるかどうかは分からんけど、弁当にカツサンドでも用意したらええんちゃう？』

『そうだね、そうしよう』

何もしないのも味気ないので、余計な提案をする宏。

その提案を受け、なんとなく気合いを入れ始める春菜。

どうやら、一見平常心に見える春菜も、なんだかんだで決戦前ということで気が昂《たかぶ》っているところがあるようだ。

「せや、オクトガルはなんか食いたいもんある？」

「鮭《さけ》茶漬け～」

『春菜さん。朝飯は鮭にしよう。オクトガルが鮭茶漬け食いたいらしいわ』

『了解。じゃあ、和定食だね』

宏の提案を受け、サンドイッチに使うカツの準備をしながら鮭を見繕い始める春菜。

春菜が落ち着いたのを見て、広げたあれこれを片付けて厨房《ちゅうぼう》に移動する宏。

「なあ、春菜さん。さすがに暴走気味やっちゅう自覚あるか？」

「うん、ちょっとだけ」

宏が着いた頃には、なぜかカツだけでなくステーキまで焼いてサンドイッチにしている春菜の姿が。

使った肉のデカさもあって、挟んでカットした結果、微妙な大きさの切り落とし部分が大量に発生しているあたり、春菜がどんなテンションでサンドイッチを作っていたのかがよく分かる。

「明らかにサンドイッチにできん半端がようさん出とるやん……」

「朝ご飯に回そう」

「結局、朝からカツ食うんやな……」

朝からがっつりした揚げ物は避けようという事前の合意も空《むな》しく、メインのはずの焼き鮭がかすむほど豪勢で重たいおかずが食卓に並べられることになるのであった。

☆

「朝飯食ったら、邪神しばきにちょっと三の大月まで行ってくるわ」

三十分後、神の城の食堂。

やたら豪勢でデカ盛りな朝食を大方平らげたところで、宏がファム達に対し、まるで近所に散歩にでも行くようなノリで重要事項を告げる。

今までの雑談の延長という感じで放たれたその言葉を一瞬流しそうになり、内容に気がついてファム達が絶句する。

「ちゃんと帰ってくるつもりではあるけど、途中でどんなことがあるか分からないから、みんなはウルスの工房に戻って作業してててね」

そんなファム達に追い打ちをかけるように、春菜がやんわりと退去命令を出す。

基本的に、この神の城は鉄壁の要塞《ようさい》であり、神々ですら内部に対しては簡単に手出しできない。

だが、今回は邪神という今までで最強の相手であることに加え、ピンチになったら転移でここに逃げてくる、ということも考えられる。

その際、どうしても相手からの攻撃が城の内部に届くリスクが発生するため、できるだけ人を置いておきたくないのだ。

さらに最悪の事態としては、宏と一緒にこの城が消滅する可能性もある。

もっとも、そうなってしまえば正直、邪神の特性から考えて手がつけられないほどパワーアップするのは確実であり、この世界の崩壊が免れないのは間違いないので、ファム達が城にいようがいまいが大差ないといえば大差ない。

それでも戦闘圏内に守らなければならないものがあれば、強敵相手の戦いではかなり大きな影響が出てくる。

相手が相手だけに、リスクは可能な限り軽減しておく必要がある。

「……ハルナさん。その言い方はだめなのです」

「そうですよ。すっごく不吉です」

「正直、死にに行くようにしか聞こえないよ……」

「ん～。そんなつもりはないんだけど、ね」

どう聞いても死亡フラグにしか聞こえない春菜の言葉に、全力で反発する工房職員達。

普段ではありえないほど豪勢な朝食と併せて、不吉なことこのうえない状況だ。

正直、嫌な予感しかしない。

「多分、ちゃんと勝てはすると思うんだ。ただ、世の中には絶対なんてことはないし、ね。実際、私達は一度負けてるし」

「だったら、親方達が前線に立つ必要ない！」

「必要がどうとかやあらへん。あの邪神が腹立つから、一発しばいたらなおさまらんだけや」

ファム達工房職員の前では一度も見せたことがない、どころか、いつも一緒に冒険をしている春菜達ですら四捨五入すればゼロになる程度しか見たことがない、非常に獰猛《どうもう》な表情を浮かべ言い切る宏。

その表情に思いっきり引き、同時に説得が無駄であることを悟るファム達。

「それにしても、俺達はそんなに死亡フラグ立ててたか？」

「春菜の台詞には、それっぽいのがちょっと集中してる感じはするわね」

「それは俺も思ってた。が、身内に安全圏へ退避するよう言うのって、基本的にはどっちになる？」

「ケースバイケースね。退避させて正解だったってパターンもあるし、どっちも全滅ってパターンもあるし。あと、考えすぎで特に問題なかったケースもそんなに少なくない感じ？」

「つまり、微妙なところだってことだな」

ファム達の態度を見て、そんな緩い会話を始める達也《たつや》と真琴《まこと》。

どちらも死んだら後がないというのに、恐ろしく平常運転である。

「ボク達のことが心配なら、ファム達にもできることがある」

「何をすればいいの!?」

「今まで挑戦してこなかった新しいことに挑戦して、いろんなものを作ればいい。作れば作るほど、邪神の力は弱くなる」

「もう一つ言うと、ここ以外で宏君との関わりが一番深いウルスの工房でなら、創意工夫を凝らして物を作れば、それだけでも宏君の力になるよ。種類も数もたくさん作れば、もっと力が強くなるし」

「本当に!?」

「うん。私の力を増やすのは、今のところこれといった手段はないんだけど、宏君に関してはいろんな意味で創り出すことが力の源になるから」

それを聞いたファム達の顔つきが変わった。

大急ぎで朝食を平らげると、一つ頷《うなず》きあって席を立つ。

「今日明日ぐらいはノルマ無視しても、納品分は大丈夫だよね?」

「ええ。今日明日どころか、一週間は余裕よ」

「とりあえずまず、ジノは八級の特殊ポーションにシフト、他の三人は現状維持で八級ポーションをやらせるのです。本当は新人全員特殊ポーションでもいいのですが、さすがに成功の目がほぼない作業をさせるのは忍びないのです」

「ライム、七級のとくしゅポーションにチャレンジしていい?」

「どんどんチャレンジするのです。材料はいくらでもあるのです」

食器を片付けながら、今日からの予定をどんどん決めていくファム達。これまでも手を抜いていたわけではないが、今日から数日は命をかけるレベルで全力投球だ。

余談ながら、特殊ポーションというのは宏がこちらに飛ばされた直後にバーサークベアの内臓を使って作っていた、能力値を一時的に強化するタイプのポーションだ。特殊と付くだけあって、同じ等級のヒーリングポーションなどより難易度が高い。

普通のポーションの需要が圧倒的なこともあり、アズマ工房ですら量産までは手が回らないという理由で、訓練課程以外ではあまり作っていないポーションである。

錬金術のドーピングアイテムと違い、効果自体は控えめだがその分持続時間が長く、また錬金術で作られるドーピングアイテムと併用できるため、売りに出されると割とすぐに売り切れる隠れた人気商品だったりする。

「何でもかんでもは無理だろうから、まずは得意ジャンルで次のステップにチャレンジ」

「その前に、後回しになってたけど、親方の指示にあった小舟づくりをしましょう」

「せっかくだから、カカシさんとシームリットさんも呼ぶのです。作業に従事する人が多ければ多いほどいいのです」

澪と春菜からもらったヒントをもとに、どんどん話を進めていく工房職員達。

はからずも、ステップアップのための起爆剤となっているようだ。

「そういや、エル達が飯を食いに来てねえが……」

「うちらが邪神に突撃かけるんやったら、っちゅうて、なんぞ大規模な儀式するための禊《みそぎ》をやってるらしいで」

「なるほどな。さて、飯も終わったし、後片付けしたら他に準備漏れがないか確認して……」

「とっとと邪神を仕留めないとね」

静かに、だが気合い十分な様子を見せ、達也と真琴が食器をまとめて立ち上がる。

「ぴぎゅ」

「ん？　ラーちゃんも一緒に行くか？」

「ぴぎゅ」

宏の問いかけに一声鳴いて答え、そのまま背中を這《は》い上がっていくラーちゃん。かなり久しぶりの行動だ。

因《ちな》みに、過程が不明なままラーちゃんから増えた芋虫達は、その大半が蝶《ちょう》や蛾《が》、カブトムシ、妖精などに羽化しているが、大本であるラーちゃん自身はいまだに多少サイズが変動する以外は芋虫のままだ。

「私達も一緒に行くの～」

「伝令～」

「爆撃～」

「伝令はともかく、爆撃は指示があるまで勝手にやったらあかんで」

「分かってるの～」

三段重ねで宏の頭上に陣取り、ラーちゃんともどもも一緒に神の船に乗り込むオクトガル達。

邪神との最終決戦は、そんな風に割といつも通りの感じでスタートした。

☆

「ソレス、調子はどうですか？」

「ここ数世紀の間、なかったぐらいには好調だ」

「そうですか。それはよかった」

「新神どのには、感謝してもしきれん」

「こちらとしては、返せていない恩がさらに増えた形で心苦しいところです」

宏達が出発のための最終確認をしているのと同時刻。

最後の準備を終えたアルフェミナがソレスの容態を確かめていた。

「念のために確認しておくが、まずは太陽神として援護を行えばいいのだな？」

「ええ。ですが、あなたは三の大月を切り離したばかりです。宏殿のおかげで安定しているとはいえ、まだまだ予断は許しません」

「分かっている。だから今回は、前に出る役割をエルザとレーフィアに任せたのだ」

アルフェミナの注意に、真剣な表情で頷くソレス。

実際、邪神からの干渉がなくなって安定はしているが、無理がきくほどでもないのはソレス自身が一番理解している。

故に、本来なら戦神や軍神としての側面も持つソレスが、大人しくバックアップに回っているのだ。

獣ではあるまいし、応急処置で元気になった程度で治ったと思い込んで動き回るような、そんな考えなしな真似をするほどソレスは愚かではない。負荷の軽い援護に徹し、いざというときに少しでも無茶ができるように自身の状態を整えるのが一番の役割だ。

無論、どうしても無理をせねばならないときはあるし、その時には限度いっぱいまで無理をするつもりである。

「それで、こちらの準備はすでに整っているが、どのタイミングで最初の支援を行えばいい？」

「そうですね。合図をしますので、作戦開始と同時に、でお願いします。どうあがいても長丁場になるのが確定している現状、できるだけロスは減らさねばなりませんが、攻撃の直前にというのもタイミングがシビアすぎますし」

「分かった」

「できることなら、休憩に入る必要などないぐらいの時間で仕留めたいところですが……」

「それはどう考えても無理だろう。そもそもの話、それなりの規模の世界一つと創造神一柱を滅ぼした邪神だけあって、本来なら我々が対抗できる相手ではない」

「分かっています。というか、そうでなければ、こんなに手こずった挙句に窮地に追い込まれたりはしません」

「新神どのが随分と削ってくれてはいるが、それでもまだ並の破壊神の倍以上はエネルギーを持っている。それらを踏まえると、新神どのがこちらの想定を大きく外した行動をせん限り、どう頑張ったところで一年やそこらで終わりはすまい」

「ええ。はっきり言って、システム的な不適合がなければ、この世界はとうに滅んでいます。倒せるだけまし、時間がかかることぐらいで文句を言っても始まらない。三年以内に仕留められれば御の字、といったところだというのは分かってはいますが……」

「あまり彼らを長く拘束したくない、というのは理解しているが、それで焦って仕掛けて消滅する神が出て、邪神にパワーアップでもされては目も当てられんからな。急がば回れの精神で、地道に削るしかなかろう」

ソレスの言葉に頷くアルフェミナ。言われるまでもなく、現状はちゃんと把握している。

正直な話、この世界に押し付けられた邪神の権能が、破壊と消滅のみに限界まで特化したものだったことは、ある面においては不幸中の幸いだったといえよう。

仮に宏のように無意識のまま無駄に柔軟に権能を使いこなすタイプだったとすれば、システムの違いによる不適合が起こらず、十全に権能を振るってこの世界を消滅させていたに違いない。

現在の邪神は、いうなれば攻撃力とヒットポイントだけが極端に高く、特定の属性を持つ攻撃以外が通じない、誰かが浄化系以外の手段でやられるたびに大幅なパワーアップをする、というだけの単純な脳筋ボスだ。

攻撃力が極端に高いといっても、システムエラーの影響により直接世界を滅ぼせるほどではなく、攻撃・破壊以外に能動的な行動をとる理性も知性もない。

その分、システムエラーの影響を受けない素のエネルギー量の膨大さが厄介ではあるが、逆にそのエネルギー量が災いして、システムに適応することができていない。

故に、できるだけ攻撃を受けないように逃げ回りながらそのエネルギーを削り切ればアルフェミナ達の勝ちとなる。

だが、五大神クラスの攻撃ですらよくて数百、戦闘向きの権能を持たぬ神では一けた台のダメージしか与えられない状況で、初期値が京の単位に上る。しかもこの世界の生き物の活動によりそれなりの速度で回復するヒットポイントを削れというのだ。

しかも、三の大月を切り離したことでソレスからの干渉がなくなり、時間が経《た》てば経つほどパワーアップする状態になっている。

ソレスやアルフェミナが年単位の時間を覚悟するのも当然であろう。

「……どうやら、神の船が出発したようです。エアリス達も儀式を始めたことですし、ソレスも支援の開始をお願いします」

「分かった」

アルフェミナに促され、支援を開始するソレス。

この後の会話でも知らず知らずのうちに特大のフラグを乱立させながら、支援作業を進めていくソレスとアルフェミナであった。

☆

「全速力で出発！　……大気圏突破、完了や！」

ソレスの支援開始と同時刻。

出発からわずか三秒で、早くも宏が大気圏突破を宣言する。

神の船の周辺には、先ほどまでいた大地、いうなればこの世界の地球と評すべき惑星の引力にひかれた無数の小さな岩が、衛星軌道に乗ってゆっくり漂っていた。

振り返れば宏達の地球同様、青と白を主な色彩とするこの世界の地球の美しい姿。進行方向には、徐々に大きくなっていく三の大月。

正真正銘、神の船は宇宙空間へと飛び出していた。

「宇宙に出るってのはそういうもんだとは分かっちゃいるが、恐ろしいスピードだな」

「詳しい数字は忘れたけど、重力振り切るんにたしか、時速二万キロやったか三万キロやったかぐらいは要《い》ったはずやからな。準備はともかく、大気圏突破自体はあっちゅうまに終わるんが普通っちゅうか、あっちゅうまに終わらんとまずいわな」

「この船も、それぐらいのスピードは出てるのか？」

「いんや、もっと出とる。神の城のデータやと、あの地球に似た惑星は大気圏自体もうちらの地球より広いからな。そこを三秒で突破しとるんやから、むしろ遅いわけがあらへん」

「私的には、そのスピードでGとかが一切ないっていうのが一番すごいことだと思う。衝撃波とかも出てなかったし」

初めての宇宙飛行に関して、そんな微妙にずれた会話をする宏達。そこには、これから宿敵でもある邪神と戦う、という緊張感はかけらもない。

因みに、宏達は現在、神の船の甲板に立って会話をしている。

こちらの世界でも宇宙空間自体は無重力で空気もないのだが、神の船の甲板にはちゃんと空気があり、重力も発生している。

本来なら突っ込むべきところではあろうが、これまでに神の船という名にふさわしい性能を見せつけてきたこの船に関しては、そういうものだと誰も気にしていない。

「さて、そろそろいっぺん、テストもかねてエルと通信やな。悪いけど、ちょっとアルフェミナ様んとこ行って進軍ストップの連絡してきてくれへん？」

「りょうか〜い」

通信テストのために神の船の速度を落とし、オクトガルに伝令を頼む宏。

オクトガルのうち一体が転移したのを確認し、おもむろに精神波通信を開始する。

『テステス。通じとる？』

『感度良好です』

『こっちも感度良好。業務連絡やけど、五分後に城をこっちに転移させるから、転移に備えとって』

『分かりました』

そこでエアリスとの通信を切り、三の大月に向かうように進路を微調整する。

「ただいま〜」

「おう、おかえり」

「アルフェミナ様から伝言なの〜」

「攻撃開始の指示任せるって言ってたの〜」

「了解や。そのほうがこっちとしても都合ええでな」

オクトガルからの伝言を聞き、にやりと笑いながら慎重に三の大月との距離を詰める。

そのまま五分かけてじっくり調整を済ませ、神の船の最大有効射程ぎりぎりの位置で船を固定し、ステルスタイプの偵察機を飛ばして状態確認を済ませる宏。

全機無事に帰ってきた偵察機と、それらが持ち帰ってきた情報に再びにやりと不敵な笑みを浮かべる。

「予想通りやな。ここからやったら、あれからの反撃は届かん」

「反撃を受けないのはいいけど、この船の天地開闢砲《てんちかいびゃくほう》が届くのって、あのあたりが限界だったよね？　今から先制攻撃で撃つの？」

「いんや。まずは神の城をここに呼んでからや。それに、天地開闢砲で砲撃するつもりやけど、その前に軽くひと当てして確認せんとな」

春菜の問いかけにそう答え、神の城を呼ぶための座標固定作業を行う宏。

それを見ながら、月の様子をじっと観察する春菜。

「……どこからどう見ても月なのに、すごく名状しがたい感じがするよね」

「邪神に乗っ取られてるってのは、要するにそういうことなんでしょ」

表面が脈動していたり硬質化していたり、見るたびに受ける印象が変わったりと非常に怪しく不安定で、そのくせ月という根本的な部分は一切変わらぬ三の大月。

月という印象が変わらぬがゆえに、見るものにひどく名状しがたく冒涜《ぼうとく》的な禍々《まがまが》しさを感じさせる。

まさしく、邪神である。

『エル、聞こえるか？』

『はい』

『今から城呼ぶけど、そっちの準備はできとるか？』

『いつでもどうぞ』

エアリスの返事を聞き、一つ頷く宏。

そのまま無言で、さくっと神の城を呼び出す。

エフェクトも何もなく、何事もなかったかのようにあっさり出現する神の城。

こういうときのお約束を一切合切無視した、あまりに風情のない召喚シーンに、思わずといった感じで澪が口を開く。

「……師匠」

「なんや？」

「こういうときは仰々しく厨二病《ちゅうにびょう》風味満載の台詞で呼び出すか、せめて派手な魔法陣とエフェクトで格好つけて転移させせないと……」

「なんで自分の体の一部動かすのに、そんな面倒で恥ずかしい真似せなあかんねん」

「お約束とか風情とかを理解しないなんて、師匠はクリエイター失格……」

「どうせこの後仰々しいことやりまくるんやから、城呼ぶぐらいでわざわざそんな手間かかる真似してられるかいな。第二クールあたりの省略バージョンやっちゅうことにしとき」

その、城を呼ぶぐらいというのが澪的には重要なのだが、もはや体の一部としてなじんでしまっている宏には、そのあたりの感覚はすでにぴんとこなくなっているようだ。

「そういや、今更気になったんだが、ファム達はわざわざ追い出したのに、エルとアルチェムは最前線に連れ出していいのか？」

「それに関しちゃ、簡単な話や。うちらがやられたときの儀式の反動でな、エルとアルチェムは今、神の城と魂がリンクしてもうてんねんわ。半年もしたら切れる程度の一時的なもんやけど、逆に言うたら半年はどこおっても一緒やから、それやったら設備が整っとる神の城の聖堂で儀式してたほうが安全や」

「……それでさらにリンクが深くなる、ってことはないのか？」

「そっちは大丈夫や。なるとしたら、半年以内に僕があの二人と肉体関係持ったときだけやけど、ありえると思うか？」

「……半年なら、絶対にありえないな」

宏の説明を聞き、深く深く納得する達也。

五年ぐらいの期限があればともかく、半年ではエアリスやアルチェムの気持ちがどうとかに関係なく、まず絶対に不可能だろう。

女性恐怖症がある程度解消したというのに、最も信頼している異性である春菜相手ですら、性的な対象として見るような度胸を持たないヘタレが現在の宏である。

近いレベルで信頼しているとはいえ手を出せば犯罪臭が漂うエアリスや、その覚悟を決めるには距離が遠いアルチェム相手に肉体関係を迫れるわけがない。

逆にエアリスやアルチェムの側からはどうなのか、というと、エアリスは宏と肉体関係を持つには成長が足りず時期尚早だという自覚があり、アルチェムはいまだにその手の知識には微妙に疎い。

故に、この二人のほうから押し倒す選択肢はありえない。

むしろ、五年どころか十年あっても、そこまでいけるのかすら疑問である。

世の中には、後で問題になることなど絶対にありえないと分かっていても、どうしても据え膳を食えない男というのが普通に存在するのだ。

「さて、話がそれまくったけど、本格的に攻撃しかける前に、今日のために夜なべして作ったあれこれで軽くひと当てや」

「……この船の装甲板を張り替えただけじゃなかったの？」

「なあ、真琴さん」

「何よ？」

「邪神とやりあうっちゅう話になっとって、僕がその程度でお茶濁すとでも思っとったん？　せっかくソレス様から先代バルシェムの角とか鱗《うろこ》とか骨とかもらったんやから、がっつり準備するに決まっとるやん」

「……確かに正論だし、あたしも昨日こっそりいろいろ準備してたからそこは否定できないんだけど、正直あんたがやることっていろんな意味で余計な不安を感じさせるのはどうしてかしら？」

「そんなん知らんがな。まあ、ごちゃごちゃ言うとっても進まんし、さっくりいくで」

真琴との不毛な会話を切り上げ、ポケットから宏がスイッチを取り出す。それを頭の上に大仰にかざすと、高らかに宣言しながらスイッチを押し込む。

「今週の、ビッ○リドッ○リメカや！」

「おいっ！」

宏の宣言に、思わず全力で突っ込みを入れてしまう達也。

その間にも、神の城や神の船からトンボ型のメカが『トンボ、トンボ』などと言いながら無数に飛び出している。

言うまでもなく、二日前に神の城で春菜と澪の入浴を覗《のぞ》いた偵察機を改造したものである。

トンボ型なのは改造にドラゴンロードの素材を使ったので、ドラゴンフライにしてみたというしょうもない理由だ。

ドラゴンロード素材でベースユニットも改造した影響か、当初の想定より大幅に数が増えており、下手をすればオクトガルの平均生息数に迫りそうな勢いになっている。

余談ながら、ヒーロー側が男女のペアで悪役がコミカルな悪女、出っ歯でドジョウひげの小男、角刈りマッチョの三人組、悪役の爆発はドクロ型のキノコ雲で毎回首領《ドン》にお仕置きをされるあのシリーズは、宏達の時代でも何度かリメイクされて放送され続けている。

なので、今回ばかりは、宏がネタを知っているのは年齢詐称でも何でもなかったりする。

それが行動の正当性につながっているかどうかは別だが。

「ねえ、宏君。もしかしてあれ、例の偵察機……？」

宏が呼び出したトンボメカを見て、特に根拠もなく直感でそんなことを確認する春菜。

その質問に真顔になって宏が頷く。

「せやで。それを改造して、いらんミスせんように遊び心たっぷりに強化したんがあれや。時間と初手の都合で、何個かは改造せんと残したけどな」

「例の偵察機ってのが何のことかは分からねえが、遊び心たっぷりにもほどがあるだろうが！」

最初こそ真顔だったものの、途中からやたらと自慢げな顔になりながら言い放った宏の言葉に、つい我慢できず全力で突っ込む達也。

「てか師匠、今週のってことは、来週もあるの？」

「来週まで戦闘が続くようやったら考えるわ」

「澪、突っ込みどころはそこじゃないからね！」

「他のところを突っ込んでたらキリがない」

「いや、そうだけど……」

その突っ込みが呼び水になったか、ようやく話を元に戻したというのにそのまま再び脱線する日本人チーム。強大なラスボス相手に余裕である。

「それにしてもすごい物量だけど……」

「全部をダイレクトにぶつけるわけやあらへん。……うし、邪神の波長把握。オンラインアップデートや！」

春菜の疑問に答えながら、両手を叩《たた》いて謎のオンラインアップデートを開始する宏。

次の瞬間、トンボ型のメカだけでなく神の城に船、果ては宏達自身が身につけている装備品まで光り輝く。

「よし！　まずは邪神のパッシブ防御無効化完了や！　次は基本防御特性解析！」

「邪神のパッシブ防御？」

「破壊神だけあってな、対策なしで一定範囲内に近寄ると、神器やろうが神やろうが問答無用で消滅しおるんよ。まあ、神様はそう簡単に消滅せえへんけど、その分余計なことに力を割かれるわけやから、おいしないわな」

「なるほど。でも、その確認のためにいくつかメカ壊されてるし、邪神が結構パワーアップしてる感じもするけどいいの？」

「必要経費や」

何かを壊せば壊すほどパワーアップする邪神。他と一線を画す素材で作られた宏の生産物とはいえ、小型メカ数体を破壊した程度で起こるパワーアップにしては、やたらに過剰であることに懸念を示す春菜。

そんな春菜の懸念に、力強くそう答えつつ、二十体ほどのトンボ型メカの犠牲と引き換えに得たデータを解析する宏。

あんなバカでかい構造物、それもダメージの与え方次第ではかえってパワーアップするようなものを消滅させせようというのだ。

効率よくやるためには、この程度の手間と犠牲をいちいち気にしてはいられない。

「ええ感じやな。攻撃特性と基本防御特性もほぼデータ取れたし、次のオンラインアップデートで攻撃準備は完了しそうや」

「じゃあ、それが終わったら切り込めばいいの？」

「いんや、まずは規模のデカい攻撃をありったけ叩き込むとこからやな。ぶっちゃけ、春菜さんらが上陸して殴り始めんのは、神様方の最大火力攻撃が一通り終わって、僕がジオカタストロフ叩き込んだ後や」

「了解。それで、オンラインアップデートは？」

「今からや。それと、ちょっと思いついたことあるし、ついでに一緒にやってまうわ」

そう言って、再びオンラインアップデートを開始する宏。

先ほどと同じく宏の作ったものが次々と輝き、見た目に反映されない種類の進化を遂げる。

「アップデート完了。続いてセンチネルガードの強制進化や！」

「えっ？」

「進化開始！　……完了！　ガーディアンフィールド増幅展開！　センチネルガード起動、ガードターゲットはこの世界の神様全部や！」

「ちょ、ちょっと宏君!?」

「アルフェミナ様に通達！　今から天地開闢砲の全砲門で最大出力砲撃するから、それ終わったら総攻撃開始！」

「りょうか～い」

「伝令行ってきま～す」

春菜の慌てる声をきれいにスルーし、砲撃準備を進めていく宏。神の船のチャージが完了したところで、今度はローリエへの通信を開く。

『こっちはエネルギーチャージ完了や。そっちはどない？』

『現在95％完了です。96、97、98。……完了しました』

『照準は一応任せるけど、こっちで考えとることがあるから、何が起こっても驚かんといてや』

『了解しました。トリガーをお預けします』

この世界始まって以来、空前絶後の規模を誇る大規模破壊攻撃。その準備を全て終えた宏が、トリガー代わりのスイッチに指をかけながら春菜に視線を向ける。

「春菜さん、百パー当たるように確率制御とかできる？」

「……それぐらいなら」

「ついでやから、射程延長のために各砲門の前にゲート開いて、あの月の至近距離に一束になるように展開するっちゅうんも頼んでええ？」

「了解、なんとかするよ」

先ほどガーディアンフィールド展開時に宏が発したとんでもない言葉。それについていろいろ問い詰めたいのをぐっとこらえ、頼まれた作業を完了する春菜。

「準備完了。いつでもいいよ」

「ほないくで。天地開闢砲全砲門、フルパワーシュート！」

気合いの入った掛け声とともに、手元のスイッチを押し込む宏。

トリガーに合わせて惑星や恒星の三つや四つ、余裕で粉砕して消滅させるだけの砲撃が一気に解き放たれる。

それが春菜の創り出したゲートをくぐり、邪神周辺の微妙な力場の影響で逸《そ》れそうになりながら不自然な軌跡を描いて直撃コースに戻り、エアリス達の儀式をはじめとした様々な要素により徹底強化された二十と三発の天地開闢砲は、一つとなって三の大月を撃ち抜いたのであった。

☆

「……なあ、アルフェミナ」

「……さすがとしか言いようがありませんね……」

見事に直径の半分を超える特大クレータが穿《うが》たれた月面を、唖然《あぜん》とした表情で見ていたソレスとアルフェミナ。

数秒の硬直ののち、ぐちゃぐちゃになった感情を吐き出すように言葉を交わして、どうにか気持ちを立て直す。

非常識なことに、宏が放った最初の一撃は、邪神相手に見た目相応のダメージを与えていた。

何が非常識かといって、本来天地波動砲や天地開闢砲は破壊特化の兵器。

浄化や聖属性といったものは含まれておらず、邪神に向けてぶっ放した日には、パワーアップさせることはあれどダメージを与えることなど一切ありえない、そんな攻撃なのだ。

それで殴って、この場にいる誰の攻撃よりも大きなダメージを与えたのである。

ソレスやアルフェミナが唖然とするのも当然であろう。

「とりあえず、呆《ほう》けていても始まりません。各員、最大火力で仕掛けるように！」

「了解！」

アルフェミナの指令に、同じように呆けていたレーフィアが即座に立ち直って応じる。

そのレーフィアに従い、次々と突撃を敢行する神々。

そんな神々全員に、どこからか現れたオオカミが付き従う。

「このオオカミは、誰の眷属《けんぞく》ですか？」

「工房主殿のセンチネルガードであるな！　実にありがたい支援である！」

突撃組の一柱が発した疑問に、火力を高めながらイグレオスが答える。

火力とともにイグレオスが発散する暑苦しさも増すが、イグレオスの最大攻撃はその暑苦しさが威力に直結しているので仕方がない。

「ふん！　ふん！　ふん！　ふん！　ふん！」

暑苦しさが最高潮に達したところで、法衣を脱ぎ捨てたイグレオスが何かの儀式でも行うかのように連続でポージングを決める。

レーフィアが放った大津波が収まり、邪神の表面が完全に流されつくしたところで、イグレオスのポージングが最高潮になる。

そのまま最後のキメポーズをびしっと決めたその瞬間、三の大月の表面を紅蓮《ぐれん》の炎が焼き尽くす。

温度だけでいえば、青や白の炎には到底届かない紅蓮の炎。だがその炎は鉄鉱石を溶かし精製するのに最適な、ものを生み出すための温度を保っていた。

邪神にとっては、ピンポイントで苦手な温度帯の一つである。

しかも、レーフィアが放った海水由来のミネラル分が次々に結晶化して吐き出されているのだ。苦手どころの騒ぎではない。

「ふむ。ならば、こういうのも効きそうですね」

イグレオスの炎に身もだえする邪神を見て、エルザが三の大月に干渉する。

もはや分離は不可能なほど邪神と融合しているとはいえ、完全に取り込まれているわけではない三の大月。

月とはいえ大地は大地であり、まだ取り込まれていない部分であればエルザの権能で十分干渉は可能だ。

そして、まだ無事な部分が動けば、連動して邪神に取り込まれてしまっている部分も動く。

たとえ自身の一部ではなかろうと、いかに邪神が強大な力を持っていようと、地続きとなっている部分の変化からは影響を受けるのだ。

結果、三の大月が持つ金属資源がイグレオスの炎により精製され、高品位な地金として次々に生み出されていく。

炎そのものよりも、大地が動くことよりも、自身の体の一部から新たな素材を生み出されることにより、邪神はさらに深く傷ついていった。

「ナイスアシストである！」

「今だからこそできるやり方です。宏殿にちょうどいい贈り物となりますし、どんどん作ってしまいましょう！」

長きにわたって溜《た》まりに溜まった鬱憤《うっぷん》を晴らすかのように、実にいい笑顔で生産活動を続けるイグレオスとエルザ。

これまで、ソレスに対する影響と邪神教団からの妨害、さらに邪神との戦いで滅ぼされてしまった神の仕事に対する穴埋めなどが重なり、ここまで大規模な攻撃は不可能だった。

宏達の手によって邪神教団が事実上の壊滅に追い込まれ、三の大月がソレスから切り離されたことにより、時間制限はあれど何をやっても問題ない環境が整ったがゆえのはっちゃけぶりである。

なお、なぜ時間制限があるのかは単純な話で、いかに邪神を滅ぼすためとはいえ、いつまでもその他の仕事をほっぽり出してはいられないからだ。

特に地脈の管理が主な仕事であるエルザの場合、あまり長時間放置しているとあちらこちらで不必要な天変地異が続発する。

そんなことになれば世界の存続も怪しくなる。

それに、個々の生物の生死などいちいち気にかけはしない神の立場とはいえ、大量の死者が出ることに心を痛めないわけではない。

必要であれば割り切って気にかけないというだけで、不必要な天変地異を起こして平気なほど、エルザは冷酷になれる女神ではないのだ。

さらに目先の話を言うならば、地脈の管理を怠って天変地異を大量に起こしてしまった日には、それによる破壊と大量の死者により、せっかく弱らせた邪神がパワーアップしてしまう。

邪神への攻撃に専念しすぎて邪神がパワーアップするなど、本末転倒もいいところだ。

「……そろそろ限界のようですね。資源を感知できなくなりました」

「うむ。こちらも炎の維持ができなくなった。潮時であろう」

「では、一度通常業務に戻ります」

「吾輩《わがはい》も通常業務に戻る。アズマ工房の第二波が終わったあたりで戻れば、ローテーションとしてはちょうどよかろう」

「そうですね。ですが、あれだけやって半分も削れていないあたり、さすがというか……」

「もとより長丁場は覚悟のうえ。むしろ、開幕早々で四割近くも削れている、と考えるべきなのである」

邪神のエネルギー残量を確認し、渋い顔をしながら離脱するエルザとイグレオス。

予定より大幅にダメージを与えているとはいえ、対邪神にいろいろ特化させた天地開闢砲二十三門に加え、五大神の二柱が放つ最大の攻撃と、それを利用した生産活動までやっても四割いかなかった。

今後叩き込める攻撃に同等以上のものがほとんどなく、また自身が破壊されているという事象により、わずかとはいえパワーアップしている邪神には、同じ手段ではほぼダメージを与えられない。

そう考えると、先の長さはうんざりするほどだ。

「そういうわけだ、アルフェミナ。悪いが、吾輩とエルザは一時的に離脱させてもらうのである」

「分かりました」

「一応こちらが押しているのだ。焦るなよ？」

「分かっています」

念を押すイグレオスに頷いて二柱を見送り、戦況に目を向けるアルフェミナ。

とはいえ、邪神からの攻撃はセンチネルガードがほぼ防いでくれており、逆にこちらからの攻撃は大きなものはほぼ出尽くしている。

ここから先、宏達が開幕で見せた以上の予想外の一手を繰り出すか、邪神側が何らかのきっかけで大幅にパワーアップするか、もしくは何か見落としている要素で大きく状況が変わりでもしない限り、基本的にはひたすら根競《こんくら》べだ。

イグレオスの言葉ではないが、こういう状況では焦ったほうが負けである。

「一度アズマ工房にバトンタッチでいいのではないか？」

「……そうですね。こちらの攻撃にもそろそろ対応されてしまっていますし、あまりだらだらと攻撃を続けて彼らが焦《じ》れて無謀なことをしても困りますし」

アルフェミナやソレスとともに戦況を見守っていたアランウェンの提案。それに頷くアルフェミナ。

今は与えるダメージと回復量が均衡するかややダメージが上回っているが、恐らく遠くないうちにそのバランスは逆転する。

神々の攻撃に関しては、このあたりで一度仕切りなおす必要がある。

「第一陣、戻れ！」

アルフェミナの決断を受け、アランウェンが全体に指示を出す。

この時、大多数の神は指示に従って戦場から離脱したが、どんな時代、どんな集団、どんな戦場にもはねっかえりは存在する。

今回の戦においても戦神系の下級神が数柱、離脱前の最後のひと当て、とばかりに素直に指示に従わずに突撃を敢行していた。

そのうち三柱に関しては、単にすでに攻撃態勢に入って十分すぎるほどスピードが乗っており、当てた勢いをもって離脱したほうが早くて安全だったという命令無視でも何でもない理由だったのだが、それ以外がいけなかった。

ほとんどの神が離脱し、攻撃密度が下がったところに突撃をしたのだ。

当然、いい的になる。

「ギャッ!?」

「があ！」

「あう！」

必死に守っていたセンチネルガードの奮闘もむなしく、邪神の猛攻を防ぎきれずに三柱ほどがセンチネルガードごと粉砕され取り込まれ、消滅。

さらにその余波に離脱中の三柱が巻き込まれ、この戦闘ではこれ以上攻撃を続行できないほどのダメージを受けてしまう。

残りのはねっかえりも無事では済まず、全員が目や足、利き腕といった戦いを行ううえで重要な部位を消滅させられ、戦神としての命脈を断たれてしまった。

いかに戦神に名を連ねていようと、所詮《しょせん》下級神。必ずしも戦略眼や戦術眼に優れていたわけではなかったことによる悲劇である。

一口に戦神といっても様々であり、中には単に個人の武芸に優れているだけの実戦経験皆無な神も存在する。

また、戦神系の神々は過去の邪神との戦いにおいて最も数を減らしていた系統であり、生まれてから数百年程度の若い神も多数含まれている。

そんな神でも引っ張り出さねば手数が稼げぬぐらいには、この世界の神々は人手不足だ。

そして、物事において状況を悪化させるのは、大抵の場合、経験が少なく自信過剰で人の話を聞かないやつだと相場が決まっている。

そこに大した反撃をできていないように見える邪神と味方が押している状況、さらにこれまでの例の創造神や邪神相手に溜《た》まりに溜まったフラストレーションが重なったのだ。

ある意味では起こるべくして起こった出来事であった。

「邪神のパワーアップを確認。いずれ起こるだろうとは思っていたが、予想外に強化されているな」

「……ワーレン、部下の手綱ぐらいきちっと握っていてください」

「……済まぬ」

目の前の惨劇とソレスからの報告、それらを受けて戦神ワーレンに文句を言うアルフェミナ。

ワーレンも自身の部下のあまりに愚かでふがいない行動に、苦い顔を隠せない。

不毛な会話をそこで切り上げ、善後策を練るために邪神を観察しようとしたアルフェミナの視界に、複数の閃光《せんこう》が飛び込んでくる。

「とりあえず、あの連中のおかげで発生した破片のうち、大きなものは消しておいた。だが、数が多すぎて細かいものはかなり取りこぼしている。連中のコアになったような大きなものは全て消したが、場合によっては三幹部のような存在が復活するかもしれん」

「……本当に、アズマ工房の皆様に対して申しわけないほど、厄介な状況になりましたね……」

「邪神のパワーアップと回復が、イグレオスが離脱した後に稼いだ分をチャラにして若干余るぐらいの範囲だったことが不幸中の幸い、か……」

「いえ、それだけでは終わらないようです」

アルフェミナの指摘を受け、ソレスとアランウェンが邪神と三の大月を観測する。

その観測結果は、かなり厄介なものであった。

「……三の大月の残りが、取り込まれてしまったか」

「……私が撃ち込み、新神どのが補強した楔《くさび》が完全に外れてしまっているな」

「どうやら我々は、とんでもない判断ミスをしてしまったようですね……」

焦ったほうが負け。そう分かっていた削り合いの初っ端《しょぱな》で、末端の焦りがいきなり戦況の悪化を招くのであった。

☆

「……こらヤバいことになっとんなあ」

「……うん。どうする？」

下級の戦神達が起こしたミス。それを確認した宏と春菜が、まるでワーレンの表情がうつったかのような苦い顔で対応策を考える。

予定外なこともあり、状況はかなり悪化していた。

「とにかく一番まずいんは、かなりの量の破片が地上に落ちてもうたことや。あれなんとかせんと、後方撹乱《かくらん》されて一気にこっちが押し込まれかねん」

「だよね。具体的な落下状況とか分かる？」

「こっちでは把握しきれてへん。っちゅうか、そういうんは春菜さんのほうが得意なはずやで」

「そうなんだけど、今回は私もちゃんと把握しきれなかったから……」

「そうなると、あとはエルかローリエが観測しきれてるかどうかやな」

宏の言葉に、小さく頷く春菜。

堕《お》ちた邪神の破片が春菜の観測方式に強く干渉することもあり、今回に限っては、儀式中のエアリスか、神の城の観測設備全てからデータを即座に得られるローリエのほうが、正確なデータを取れる可能性が高いのだ。

「とりあえず、そっちに関してはいったん後回しや。上陸して、いてこます予定やったけど中止やな。まずは兄貴と澪だけここから最大出力で一撃入れて離脱、それから破片については把握できたデータをもとに対応や」

「了解。さっきみたいに、ゲート開いて増幅状態で当てるようにすればいいかな？」

「せやな。っちゅうわけやから、兄貴、澪。サクッとアムリタとソーマ飲んで、全力であれにエクストラスキルや」

「ん、了解」

「タイミングは合わせたほうがいいな。澪、十五秒くれ」

「分かった」

状況の変化に合わせ、総攻撃という予定をさっくり破棄して次の行動に移る宏達。

だが、邪神は十五秒も時間をくれなかった。

「っ！　邪神のエネルギー放出量、急増！」

達也が神の城の地脈と接続し、杖《つえ》の持つ増幅系固有エクストラスキルを展開したタイミングで、邪神が本能に従い全力での広域攻撃を発射しようとする。

それを察知した春菜の悲鳴交じりの報告に、宏は即座に覚悟を決めてすべき行動に移った。

「こらあかん！　ちょっと攻撃潰《つぶ》してくるわ！」

「宏君、それはいくら何でも無茶だよ！」

春菜の泣きそうな声での制止を無視し、邪神の注意を引くように最も目立つ場所に飛び出す宏。

全方位に向かって解き放たれる、純粋に破壊し消滅させるためだけのエネルギー。

「オストソル、防御機構全開！　アラウンドガード！　金剛不壊《こんごうふえ》！」

下級神どころか中級の神ですら食らえばひとたまりもない攻撃。それがあたり一帯を飲み込もうとする直前、持ちうるありったけの防御手段を展開し、宏は邪神の攻撃を全て一人で抱え込む。

もはや手出しが不可能と悟った春菜が、少しでも宏が無事で済むようにと、祈るような気持ちできる限りの手段を講じて攻撃の威力をそぎ、宏の防御力を強化する。

「仲間死なすことに比べたら、これぐらい、なんぼのもんじゃい！」

そんな宏の絶叫と同時に攻撃が着弾。

攻撃を放った邪神を巻き込んで解き放たれた破壊力により、空間が軋《きし》みゆがみ、因果律が乱れ、外部からの観測が不可能になる。

「宏君、返事して、宏君!!」

完全にエネルギーが沈静化してなお観測が不能となった三の大月一帯に、春菜の悲鳴が響き渡るのであった。

邪神編 第四一話

「こらまた、難儀なことになってもうたなあ……」

体を張って邪神の攻撃を止めた宏《ひろし》は、邪神ともども亜空間を漂っていた。

宏自身は完全に無傷。そこそこ損傷があった神鎧《しんがい》オストソルも自動修復ですでに修理が完了しており、肉体的には一切問題はない。

邪神のほうは、いかにオストソルの機能が噛《か》んだといえど、自分の攻撃に巻き込まれてダメージを受けるような性質はしていないため、これまた攻撃前と状態は変わっていない。

お互いに相手の存在は視認できてはいるが空間の問題で直接見ているわけでもなく、どちらからも手を出せる状態ではない。

結局、双方ともに、ダメージに関しては現状維持であった。

「そういえば、あれと意思疎通とか、できるんかいな?」

視界の片隅に漂っている邪神に意識を向けながら、ふとそんなことを考える宏。

破壊衝動しか持っていないという話だったので今まで気にしていなかったが、三幹部やバルドのように会話自体は成立する存在を生み出しているのだから、もしかしたら意思疎通ができるのかもしれない。

「問題はどうやってコンタクトとるか、やねんけど……」

現状はお互い視認ができるというだけで、空間的には完全に隔絶されている。というより、現在宏と邪神が存在している亜空間は、見えている場所のどこにも一切つながっていない。

「試しに、念話でもつないでみるか……」

見えているのだから念話ぐらいはどうにかなるのでは、というアバウトな理由でとりあえず試すだけ試してみる宏。

邪神の脳波とでもいうべきものを捕まえ、少し中身を覗《のぞ》いた瞬間にすぐさま念話を諦める。

「あれはあかん。意思疎通以前に、思考と呼べる類《たぐい》のもんすらない」

邪神が冗談抜きに破壊衝動と怨念《おんねん》だけで構成されていることを実感し、完全に相容《あいい》れないものだと割り切る宏。

あれと並んで歩く未来などない。

「つちゅうか、音鳴らすための機能すらなかったんやけど。そこまで特化するとか、いったい元の世界で何があったんや?」

破壊特化とかそういう次元を超えている邪神の様相を前に、思わずそんな感想を漏らす宏。

たった一瞬の接続でそこまで筒抜けになるほど特化しきっているのだ。

今更何があったところで戦って仕留める以外の選択肢などないが、創造神として同じ轍《てつ》を踏まないためにも、可能であれば一体何があったのか知りたいところである。

「まあ、どうせやるかやられるかの間柄やねんから、一切意思疎通できんぐらいのほうが迷わんと消滅させれてええか」

すがすがしいまでに相容れない邪神についてそんな物騒なことを考えながら、もう一度周囲の状態を細かくチェックし、現状ではお互いに直接手出しができないことを再確認する。

「さて、本気でどないしたもんか」

「ぴぎゅ」

「おっ、ラーちゃんもおったんか。あの攻撃受けて、よう無事やったなあ」

「ぴぎゅ」

現状把握のついでに邪神と相容れないことを確認したところで、鎧《よろい》の隙間《すきま》からラーちゃんが這《は》い出してくる。

実のところラーちゃんは、出発時から今まで一度も宏の体から降りていなかった。

邪神の攻撃の時もオストソルの微妙な隙間を上手《うま》く移動し、背中側の鎧用アンダーウェアと神衣の間という、下手をすれば戦場のどこよりも安全な位置に潜り込んで攻撃をやり過ごしていたのだ。

「それにしても、どないしたもんやろうなあ」

どうせ攻撃はできないので、とりあえず邪神を放置し現在位置を確認しようとできる限りの手段を講じる宏。

今一番の問題は、現在位置が全く分からないことである。

とはいえ、この手の空間感知は、宏の権能的には苦手ではないが得意とも言えない。これまでを見ると感覚系が神としても優れているほうには入るが、能力値だけでどうにかなる種類のものでもない。

残念ながらそのあたりの技術はせいぜいアマチュアレベル。専門家である春菜《はるな》やアルフェミナの足元にも及ばない。

いくら視力や空間把握能力が優れていようと、それだけでは十分な情報を集めることはできないのだ。

結局、宏が確認できたのは、神の城の大雑把《おおざっぱ》な位置と、そこまで通じるルートが存在しない、空間の特性上転移陣を張ることもできないという、ある種、絶望的な事実だけであった。

「本気で参ったもんやな」

「ぴぎゅ」

かなり絶望的な状況だというのに、いつも通りの態度でそんなことを呟《つぶや》く宏。はっきり言って、全然参っているようには見えない。

そのまま、せめて春菜達と連絡が取れないかと、さらにいろいろと確認を続ける。

「予想はしとったけど、やっぱりギルドカードとかその系統の通信手段は使えん。城とのリンクは生きとるけど、ノイズが乗りすぎてモールス信号レベルの通信も無理。タコ壺《つぼ》はオクトガル不在やからただの壺やし、こらホンマに参ったもんやな」

「ぴぎゅ」

「そういえば、ラーちゃんの食いもんも気にせんとあかんねんな。気合い入れたらキャベツぐらいはなんもないところからでも出せるかもしれんけど、どうにも材料もなんもなしにっちゅうんは納得できる気がせん……のが難儀やでな」

「ぴぎゅぴぎゅ」

「まあ、ごちゃごちゃ言うとっても始まらんし、ポーチの中になんぞ野菜があるかも……。って、なんや、倉庫との容積共有は生きとるやん」

ラーちゃんのご飯になりそうなものはないか、と、腰の後ろのあたりに仕込んであったポーチを漁《あさ》ったところで、なんと倉庫との接続は普通に生きていることが発覚。

ラーちゃんのために神キャベツを取り出しながら、どう連絡を取るかを考える。

「これで通り抜けれたら話は早いけど、共有倉庫の場合は入ったら自力では出れんから、知的生命体は入れんように術式の段階でロックかかっとるしなあ」

「ぴぎゅ」

「ラーちゃんは微妙なラインやで」

「ぴぎゅ……」

「まあ、そう言いな。そもそもラーちゃん入れたかて、向こうが気ぃつかんと連絡手段にはならんし」

妙にしょぼんとした感じの鳴き声を上げるラーちゃんを、そう言って宏が慰める。

根本的な話、ラーちゃんが倉庫を通って春菜達のもとへ移動できたところで、まともなコミュニケーションが取れないのだから連絡手段にはなりようがない。

だが、それを指摘するのはあまりに無情なので、あえて触れない宏であった。

「共有倉庫の接続たどって移動は……。あかん、経路が複雑すぎて、余計迷子になりそうや」

見えている場所に行くために、一度現在いるビルの三階まで上がったあと別のビルに移動し、そこから地下まで降りてさらに違うビルに、という感じの移動を要求されるという、まるで東京や大阪の中心部にある巨大駅のような複雑なルート構造に、早くも断念する宏。

標識も何もない以上、下手に足を踏み入れたら永久に迷い続ける羽目になりかねないのがつらいところである。

「……まあ、適当な紙にメッセージ書いて、誰か気ぃつくまで待つ……。いや、それはなんぼなんでも不確実すぎるか。この場合、共有しとる鞄《かばん》とか倉庫全部に手ぇ加えて……」

結局、自力での帰還を諦め、手っ取り早く確実に早急に春菜達と連絡を取る方向で計画を進めていく宏。

あまりまごついていると、特に春菜がいろいろ不安定になりそうで怖い。

別に精神的に依存しあう仲ではないが、ここに飛ばされる直前の状況が状況だ。

春菜の性格なら、ここまで仲よくなった相手が目の前で消滅したように見えたとなると、しばらく取り乱してもおかしくはない。

なんだかんだと言っても精神的にタフなのですぐに立ち直りはするだろうが、それでもいらぬ心配はかけないに越したことはない。

「倉庫の改造完了。メッセージはこんなもんでええとして、あとは、これで気ぃついてくれるかどうか、やな」

Ａ４サイズの紙にメッセージを書き、倉庫の中に突っ込んで追加機能を起動。ちゃんと作動したのを確認して一つため息をつく。

「さて、あとは向こうの反応待ちやし、ラーちゃんを見習って腹ごしらえでもしとくか」

そう言って、倉庫の中から関西でよく売られているオレンジ色のプラスチックフィルムに包まれた細長いポークソーセージ（ただし使われている肉は豚肉ではなくベヒモス肉）を取り出し、フィルムをむいて食べ始める宏。

結局、最初から最後まで全く危機感を抱いていなかったのであった。

☆

「宏君、返事して！　宏君‼」

宏が亜空間でいろいろと試行錯誤をしているその頃。

本来音が聞こえないはずの宇宙空間に、春菜の声が響き渡っていた。

「一度落ち着け、春菜！」

宏の予想通り、見ていられないほど取り乱している春菜を落ち着かせようと、必死になって達也《たつや》が声をかける。

何度目かの声かけにようやく反応を見せた春菜が、今までにない怒りと焦りをもろに表に出した、やたらと迫力のある表情で達也を睨《にら》みつける。

「この状況で、どうして落ち着けるっていうの⁉」

「こんな状況だからこそ、落ち着けって言ってるんだ！　一度頭を冷やして周りを見ろ！」

「宏君が死んじゃったかもしれないのに、落ち着いてなんて!!」

「もう一度言うぞ！　周りをよく見ろ！　神の城が健在だろうが！」

達也に言われ、ようやくその事実に気がつく春菜。

完全に視野狭窄《きょうさく》を起こしていたのだ。

「リンクしてんだから、ヒロに何かあったらあの城が無傷なわけがねえ。城に一切損傷がない以上、ヒロは無事だ」

「……うん。でも、それじゃあどうして……」

「分からねえ。だが、すぐに命の危機がある状況に追い込まれてるってわけじゃないはずだ」

「……よく考えたら、そんな状況だったらローリエちゃんがとっくに連絡をくれてるはずだよね」

平常運転な神の城を見て、そこまで切羽詰まった状況ではないことだけは確かだろうと確信する達也と春菜。

それだけに、気配も痕跡も一切残さず消えてしまった宏をどう探せばいいのか、皆目検討もつかない。

「これだけ呼びかけても反応がない以上、声が聞こえる範囲にはいないと思うわね」

「宇宙空間だからあまり意味ないけど、五キロぐらいの範囲には神も邪神も人も存在してない」

真琴《まこと》と澪《みお》の言葉に、何かを考え込む春菜。

冷静にさえなれば、それなりに打開策ぐらいは思いつく。

「……もしかして、だけど」

「何か思いついたことがあるのか？」

「うん。あくまで、もしかしてなんだけど、通常空間にはいないんじゃないかなって思ったんだ」

「……ありえるな」

春菜の思いつきに、真剣な顔で頷《うなず》く達也。

そもそもの話、三の大月そのものが消失したというのに、付近には全く痕跡が残っていないのだ。

仮に高エネルギーにより粉砕されたというのであれば、破片ぐらいは飛び散っていなければおかしいぐらいには、三の大月は巨大である。

それだけの大質量が消えたというのに、重力その他のバランスが不安定になっていない点については置いておくにしても、破片どころか大技特有の余韻すら残っておらず、宏が無事である根拠があり、そのくせ邪神ともども気配すら感じさせない。

この条件を満たしうる状況など、いくつもないのだ。

「できるかどうか分からないけど、少し時間を遡《さかのぼ》って調べてみるよ」

「おう」

立てた仮説を確認するため、三の大月の中心から宏が攻撃を止めたあたりまで、空間の状態を調べようとする春菜。

そのタイミングで、全員の鞄と神の船の倉庫が振動し、黒電話の呼び出し音のような音を出す。

「っ！　びっくりしたあ……」

「なんだ急に……、って、ヒロからの手紙……!?」

「えっ!?　本当に!?」

「もう取り出しちまったから、鞄見ても分からねえよ！　今から読み上げるから、ちっと落ち着け！」

色めき立って鞄の中を確認しようとする春菜を宥《なだ》めつつ、見つけてすぐに反射的に取り出した手紙を広げる達也。

そして中身を見た瞬間、『読み上げる』という言葉も忘れて、

「人に散々心配かけといて、えらく余裕だなおい!!」

と、全力で突っ込みの声を上げながら、思わず手紙を甲板に叩《たた》きつけそうになる達也。

それも無理はなかろう。

宏からの手紙には、

「ボスケテ（´・ω・｀）」

とだけ、Ａ４用紙いっぱいに書かれていたのだから。

「……よかった。大丈夫そうでよかった……」

達也が叩きつけそうになった手紙を横からひったくるように回収し、その内容を確認した春菜。

目じりに涙を浮かべながら、心底安心したように宏の手紙を胸に抱きしめるのであった。

☆

「エル様、交代の時間です」

宏からのメッセージにより、春菜が落ち着きを取り戻してから少し経《た》った頃。

儀式開始から一度も休まず神楽を舞い続けるエアリスに、アルチェムが交代を告げる。

「……」

アルチェムの言葉が聞こえているのかいないのか、エアリスは神楽をやめようとはしない。それどころか、返事すらせずに儀式に没頭している。

「エル様、ヒロシさんの無事が確認されました。それに関連して相談したいことがあるそうですので、そちらのほうをお願いします」

交代を告げてもエアリスが反応しないことは、最初から分かっていた。

それゆえ、無視したように儀式を続けるエアリスの態度を気にもせず、同じように神楽のステップを踏み始めながら、もう一つ告げておくべきことを口にするアルチェム。

儀式を切り上げるにせよ交代するにせよ、すぐに神楽をやめることはできない。

なので、反射的に儀式を中断させぬため、また、エアリスが聞く耳を持たなかったときの切り札として、アルチェムはすぐにこの朗報を告げることはしなかったのだ。

「……!?」

今度はアルチェムの言葉に反応するも、まだ神楽のステップをやめず、返事も保留するエアリス。

完全に儀式の引き継ぎが終わっていないこの状況で、迂闊《うかつ》に声を出すのはよろしくない。

アルチェムに返事をするのも安堵《あんど》と喜びの感情を表すのも、儀式を完全に引き継いでからだ。

そう心に言い聞かせ、アルチェムと神楽の動作が完全に同期したところで、交代のためのステップに移る。

そうやって手間暇かけて、中断させたり効果を落としたりすることなくエアリスはアルチェムに儀式を引き継いだ。

「それでは、あとはお願いいたします」

引き継ぎを無事に終え、アルチェムに向かって一つ頭を下げるエアリス。

儀式の動作に合わせて視線を送ることでそれに応えるアルチェム。

儀式を行っていた聖堂を出ると、エアリスは矢も楯《たて》もたまらず、すぐにローリエのそばに転移する。

直前まで通信で春菜達とやり取りをしていたローリエは、その打ち合わせと並行して資料作りをしながら、会議室でエアリスを待っていた。

「お待ちしておりました」

「状況はどうなっていますか!?」

「まず最初に、マスターの命に一切危険がないことは断言しておきます」

アルチェムと同じような反応を見せるエアリスに、ローリエが実に落ち着いた様子で説明をする。

エアリスやアルチェムと違い、宏とのリンクがしっかりしているので、今回の件では取り乱す理由が薄いのだ。

とはいえ、では困っていないのか、というとそういうわけでもない。

リンクは生きているが位置をはっきり特定できず、また、相互にあまり直接的な干渉を行えない状態になっている。

さらに言うなら、直接連絡を取ることすらできない。

そのため、遭難中の宏をこちらに連れ戻そうにも、自力でできることがなくて困っているのだ。

「ただ、マスターとの連絡手段はどうにかなりましたが、それ以外に関しましては現在手詰まりでして……」

「連絡は取れたのですか？」

「はい。幸いにして共有倉庫の機能は生きていまして、そこを経由してマスターと手紙をやり取りすることで、現在連絡を取り合っています」

「なるほど、分かりました」

共有倉庫が生きているのであれば、そこを通ってこちらに出てこられるのではないかと一瞬考え、すぐにその考えを捨てるエアリス。

それぐらいのことを誰も言わないわけがないし、そもそもできるのであれば宏がとっくにやっているだろう。

「それで、ヒロシ様とはどういう話し合いになっていますか？」

「それについては、手紙を見ていただいたほうが早いでしょう」

そう言って、現時点でスペースが完全に埋まってしまっている紙を見せるローリエ。

受け取って最初からじっくり追いかけようとしたエアリスだが、一分もしないうちに最初のほうを読み飛ばす。

はっきり言って、一枚目の表面は実のあるやり取りがまるでなかった。

ネトゲなどでのチャットそのままのノリで会話をしているのだ。

実のあるやり取りのほうが少ないのも当然であろう。

「……本当にヒロシ様が無事であることはよく分かりました。ただ、あまりいい状況ではありませんね」

「はい。ハルナ様ですら、位置は特定できても移動経路を割り出せずにいます。アルフェミナ様にも協力いただいたようですが、空間の状態が悪すぎてどうにもならないようです」

「そうなると、私ではどうにもならないような気がするのですが……」

「いえ、そうでもありません」

やけに力強く断言するローリエに、エアリスが思わず不思議そうに首をかしげる。

すでに状況は神々が全ての権能で全力で当たる段階にきており、いかに巫女《みこ》だといえど現状では単なる人間でしかないエアリスに出番などあるとは思えない。

「エアリス様にお願いしたいことは二つ。まず一つ目は、邪神に余計な力をつけさせないために、神々との戦闘で地上に散らばった邪神の破片を浄化する手伝いをお願いしたいのです」

「確かに、それならこちらの領分ですね」

ローリエが持ちかけてきた話。それを聞いて真剣な顔で頷くエアリス。

神々は地上に対する干渉に大きな制限がかかっている。地上の邪神の破片をどうにかするとなると、間違いなくエアリス達巫女や各地の神殿のほうが手っ取り早く柔軟に動ける。

「もう一つは、マスターの力を増やすために、マスターと縁のある人物、もしくは場所によって行われている創造的な活動、それによって発生するエネルギーを儀式で増幅していただきたいのです」

「創造的な活動、ですか？」

「はい。今まで挑戦していなかった難易度の高い生産に挑戦する。新たな作物を育てる。先の戦争で受けた被害からの復旧、復興。なんでも結構です」

「それも問題はありませんが、私達には、そのエネルギーの認識ができません。認識できない以上、入り混じったエネルギーの中からの識別はできませんよ？」

「エネルギーの識別は、この城で行います。こちらで識別し送り込んだものを増幅していただければ問題ありません」

「はあ……」

ローリエの二つ目の頼みに、心底困った表情を浮かべてしまうエアリス。一つ目と違い、自分で感知も識別もできないエネルギーを増幅しろ、などと言われても困るのだ。

認識できるエネルギーの増幅なら自信をもって引き受けられるが、認識できないとなるとそうもいかない。認識できない以上、増幅できているかどうかの判断もつかないのだから当然である。

それどころか、反対側の、本来増幅してはいけないエネルギーを増幅してしまう危険性すらある。そして、恐らくそれすら認識できない可能性が高い。

宏のためならどんなことでも引き受けたいところだが、その結果として宏の足を引っ張ってしまっては元も子もない。

当然ながら、判断も慎重なものとなってしまう。

「難しく考えなくても大丈夫です。そもそも、エアリス様が挑戦してくださること、それ自体がマスターの力となります」

「そうなのですか？」

「ええ。未知の分野に対する新たな挑戦、という創造的な活動となるのですから、当然です」

宏のパワーアップに関するなんともアバウトな判定基準に、戸惑いを隠しきれないエアリス。

それがありなら、大体の事柄でパワーアップできるのではないかと真剣に感じてしまう。

実際問題、エアリスが感じたように、宏のパワーアップに関しては、作る、生み出す、新しい、などが絡めばなんでもよかったりする。

判定基準がアバウトであり、かつ、元の出自が単なる人間であるため、一つ一つでのパワーアップは微々たるものだが、人間出身である影響とこじつけのやりやすさから、邪神のようなパターンでダメージを受けたり力が削《そ》がれたりすることはない。

残念ながらこの世界は宏が生み出した世界ではないため、全ての事象をパワーアップにつなげることはできないが、それでも縁の深い人間の行動や大規模な活動は、それ自体が確実にプラスに働く。

その実例ともいえるのが、エアリスとアルチェムが主導し、世界中の巫女が参加している今回の大儀式である。

参加者全員にとって初めての試みである、過去に数えるほどしか行われていない大儀式の復活が、宏の創造神としての権能を大きく強化したのだ。

天地開闢砲《てんちかいびゃくほう》で邪神が受けたダメージがとんでもなく大きかったのも、大儀式によって天地開闢砲自体が強化されただけでなく、これらの新たな挑戦の効果が加わったためである。

結局、効率を度外視するなら、エアリスのような身近な関係者の行動は、挑戦という要素が入っている限り何をしてもパワーアップにつながるのだ。

「……とりあえず二つ同時には難しいと思いますので、まずは急を要し、地上への被害も大きい邪神の破片への対応を優先します。破片が変質して、ヒロシ様を追いつめた例の幹部クラスのような強力なものが生まれる前に対処せねば、再び以前の状況に逆戻りですから」

「そうですね。まずはそちらを優先でお願いいたします」

「エネルギーの増幅に関しては、それが終わった後、まだヒロシ様が戻ってこられていなければ挑戦させていただきます」

「分かりました」

エアリスの判断に、小さく頷くローリエ。

戻ってこられない者を強化しつつ帰り道を作るのも重要だが、まだ健在である敵を削り、その者の安全を確保するのも同等以上に重要だ。

「破片の落下に関して、分布などは分かっていますか？」

「大まかには観測しています。ただ、精度としては頑張っても誤差二キロが限界です」

「十分です。それでは、その分布に基づいて浄化を行います。朗報をお待ちください」

方針が決まり、ローリエにそう告げ一礼して会議室を出るエアリス。

そのままお手洗いや水分補給、長丁場に備えて軽食での腹ごしらえを済ませて、同じように交代のために待機しているプリムラのもとに向かうのであった。

☆

『いい加減、このやり取りが面倒になってきたんだが、いちいち倉庫に手紙を出し入れする以外の手段をどうにかできないか？』

　手紙のやり取りが四枚目になったあたりでの達也の注文に、宏が考え込む。

　正直な話、宏のほうも同じようなことを思っていたのだが、あまりいいアイデアが浮かんでいなかったのだ。

「音声での会話はまあ、諦めるしかないとして、や。リアルタイムか、せいぜい衛星中継ぐらいのタイムラグでメッセージのやり取りができたらええんやけどなあ……」

　通信経路を構築できないか四方八方を精密探査しながらぼやく宏。

　システムそのものは大して問題なく作れるが、通信経路がどうにもならない。

　自身やラーちゃんが通れるようなルートを自力で探すのは諦めるにしても、細く絞った魔力ぐらいなら通り道が作れそうな気がする。

　だが、どこを通しても途中で引っかかって進まない。

　そうやって宏が四苦八苦している間、ラーちゃんは力を蓄えるかのようにせっせと神キャベツを食べ続けていた。

「ぴぎゅ」

　その後、三度ほど手紙をやり取りし、宏の側からのアプローチがいよいよ手詰まりとなってきたときのこと。四玉目の神キャベツを食べ終えたラーちゃんが、何かを主張するように鳴き声を上げた。

「どないしたん？」

「ぴぎゅぴぎゅ」

明らかに何かを訴えかけるラーちゃんに、不思議そうに声をかける宏。

宏の疑問に答えるように鳴き、ほんの少しだけ糸を吐いてみせるラーちゃん。

その糸を見て、宏はラーちゃんが何を訴えかけていたのかを理解した。

「なるほど、何かに括《くく》り付けるか貼り付けるかして、そのまま向こうが取り出すまでラーちゃんが糸吐き続けたらつながるわけか！」

「ぴぎゅ！」

宏が自身の主張を正しく理解してくれたことに、満足そうに高らかに鳴き声を上げるラーちゃん。

その姿、その表情はやたらと自慢げだ。

芋虫なのにドヤ顔ができるあたり、ラーちゃんは間違いなく宏の眷属《けんぞく》であろう。

「ほな早速、有線通信のシステム作ってまうか」

展望が見えたところで、通信システムの構築作業を始める宏。

ただ糸だけを送り込んでもいいが、どうせなら最初から通信手段も確立しておいたほうが手間が省ける。

そんな言い訳のもとに、喜々としてものづくりに打ち込むあたり、どこまでも平常運転である。

「……よし、相手方に送る分は完成や。あとは取り出したときに糸が切れんように倉庫の仕様をいじって、兄貴らがゴミかなんかと間違えんように付箋でメモ貼り付けて……。よっしゃ。ラーちゃん、糸頼むわ」

「ぴぎゅ」

宏の要請に応え、通信用の糸を吐き出すラーちゃん。

その糸の端を通信端末（といっても、見た目はとてもそうは見えないものではあるが）に括り付けて倉庫に送り込み、呼び出し機能を起動する宏。

どんどん倉庫に糸が飲み込まれていき、数秒後、誰かが端末を取り出す。

「よし。ラーちゃん、もうええで」

ずっと糸を吐き続けていたラーちゃんにストップをかけ、終端側に自分用の端末を接続する宏。

史上初の、亜空間からの有線通信システムが完成した瞬間であった。

『もしもし、聞こえとる？』

『おう、ちゃんと聞こえてるぞ。そっちはどうだ？』

『こっちも問題なし。これで、いちいち出し入れせんでも会話できるようになったな』

『そうだな。で、それはいいんだが、なんで糸電話なんだ？』

『そらもう、糸使った通信っちゅうたら糸電話やろう』

達也の当然の疑問に、やたらと力いっぱい断言する宏。

宏が用意した端末、それはどこからどう見ても紙コップにしか見えないものであった。

とはいえ、亜空間を経由して別の亜空間にいる人間と通常空間にいる人間をつなぐのだ。原理は糸電話そのものではあっても、当然そのままで通信などできはしない。

宏は、双方の紙コップにいろいろと手を加えていた。

なお、紙コップに仕込まれた機能のうち、宏が最重要視したのが発言終了と聞く準備の完了を相手に知らせるものなのは、糸電話の仕様上仕方がないことであろう。

こうして、恐らくどこの世界の歴史をたどってもまず実在しないであろう、亜空間糸電話が爆誕したのであった。

　そこそこノイズが乗っかっているが、そもそも糸電話で長距離通信などしているのだから、こればかりは仕方がない。

『まあ、こうやってリアルタイムに連絡が取れるようになったから別にいいんだが、いちいち発言終了と聞く準備の完了を伝達せにゃならんのは、ちょっとばかりテンポが悪くなりすぎるぞ』

『せやねんけどな、上手くいくかどうかの確信が持てんかったから、まずは一番手間がかからんで技術的に枯れとる方法で実験したかったんよ』

『二つ用意するとかは無理だったのか？』

『ラーちゃんの負担が大きすぎるし、中で混線しかねんから今回は避けてん。ぶっちゃけ単なるテストやから、通信そのものに必要なことはともかく、それ以外のことであんまり複雑にしても意味あらへんし』

　割と納得できてしまう宏の言い分に、微妙に小さくうなってしまう達也。

　糸電話、それもわざわざ紙コップを使ったのはまず間違いなく宏の趣味と悪ふざけによるものであろうが、それを認めさせるだけの根拠がない。

　いくら余裕があるとはいえ、一応非常時であるこの状況で悪ふざけに走ったことを叱《しか》るに叱れないところが、達也としてはものすごくもやもやする点である。

『……まあ、理由は分かった。納得はできてねえがな。ただ、このシステムはまどろっこしすぎる。俺はいいが、春菜や澪に話をさせるには、ちょっとどころじゃなく不都合が多いぞ』

『せやなあ。とりあえず、ラーちゃんの糸でどのぐらいの通信ができるかは把握できたから、一気に近代化させてまうわ』

『おう、頼むぞ』

達也の言葉を受け、さすがにこのままではまずいと大急ぎでパソコン的な何かをでっちあげる宏。趣味に走って悪ふざけした成分について達也からのお叱りはどうにか回避したが、大いに心配をかけているであろう春菜や澪の心境を考えると、さすがに少々悪ふざけがすぎている自覚はあったのだ。

余談ながら、宏達の時代のパソコンは、大きさとしてはCDケースぐらいのサイズまで縮小されている。

ディスプレイやキーボード、マウスといった機器は普通に生き延びているが、それらは全て非実体の空間投影式のものに置き換わっており、その気になればデスクトップパソコンの機能と操作性を維持した状態でどこででも作業が可能である。

また、パソコンにありがちな起動時の衝撃に対する弱さに関しても、起動状態のまま航空機から投下する実験でまったく問題なく動作する結果を出すというありえない堅牢《けんろう》さを見せ、また深海二千メートルぐらいまで水没させても一切壊れないというオーバースペックもいいところな性能を有している。

結果としてノートパソコンは完全に駆逐されてしまい、また、電話としても携帯パソコンとしてもどっちつかずだった感があったスマートフォンも、普及し始めた時期にこの仕様のパソコンが登場した結果、最終的にはパソコンに統合されてしまっている。

スマートフォンの衰退により、最終的にカメラとメールと通話機能だけに特化した携帯電話が復活を遂げたのはご愛嬌《あいきょう》といえよう。

なお、ＣＤケースサイズなのは、ソフトの供給メディアとしてＣＤやブルーレイディスクなどの類がまだ生き延びていることや、外付け機器の接続まわりの使いやすさ、接続端子の数の稼ぎやすさ、本体の堅牢さなど、様々な要素との兼ね合いの結果である。

ポケットに入れやすいサイズの小型の機種もあるにはあるが、値段が十倍近くに跳ね上がるうえに総合的な利便性で大きく劣るため、意外と普及していない。

さらに補足しておくと、このパソコンを作ったのは春菜の親戚である世界一の天才科学者・綾瀬《あやせ》天音《あまね》だ。

スマートフォンが技術的に未熟な頃、とある財閥を筆頭とした国内メーカー各社と結託し、操作性や堅牢さ、記憶容量、バッテリーの持続時間や動作の安定性などを武器に、あっという間に世界中に日本製のパソコンをスマートフォン代わりに定着させてしまったことは、今でもこの種の業界で語り草となっている。

特許だけでなく、これだけのものをスペックを一切落とさずに携帯電話と同等のコストで量産するだけの技術を持つのが日本だけであり、さらに政治的にも天音の存在を時の政府が上手く利用することで、官民ともに日本の立場が強くなっていたからこそ可能だった奇跡である。

いまだに日本以外では新機種の開発ができるほど技術解析が進んでいないのはここだけの話だ。

『そっちに端末送ったから、糸から紙コップ外して、適当なところに括り付けたって』

『もうできたのか。っつうか、そんないい加減でいいのかよ……』

『そもそもの話、糸電話に使った糸で通信するっちゅう時点で、システムとしてどうやねんっちゅうレベルやねんから、その程度のええ加減さは誤差の範囲や』

『そりゃまあ、そうだろうけどな……』

そう言いながら、とりあえず発言終了の信号を送り、切り替え作業を行う達也。

自身の権能で達也が紙コップを外したことを確認し、宏のほうも手早く端末を付け替える。

因《ちな》みに、糸はセロハンテープのような透明でちゃちなテープで紙コップに固定されている。

そして、糸を括り付けた端末を起動した瞬間、

『宏君!!』

画面全体を春菜の顔が占拠したのであった。

☆

「達也さん！」

「すぐ終わるから、焦るな！」

宏から送られた端末の取り付け作業を、春菜が急《せ》かす。

無事だと分かってはいても直接声も姿も確認できない状況が続き、春菜のフラストレーションは限界まで高まっていた。

「よし、作業完了。起動するぞ」

そう言って、どこから見てもCDケースにしか見えない端末を起動する達也。

なお、この時の起動操作は宏達の時代のパソコンと同じで、ラッチ式のスライドスイッチだ。

持ち運びの時にぶつけたりしても簡単に起動せず、操作が直感的に分かりやすいことが最大の売りである。

起動と同時にディスプレイが空間に投影され、通信画面が展開される。

普通のパソコンと違って真っ先に通信画面が展開されるのは、恐らく宏がそういう設定にしているからであろう。

投影されたディスプレイの端をつまんで引っ張って拡大し、さらに通信画面を全員に見えるように調整してから、端末の前を春菜に明け渡す達也。

余談ながら、スマートフォンが駆逐された最大の要因が、今回達也がやってみせたように、本体をわざわざいじらずに簡単な操作で画面サイズや操作領域を自由に変更でき、さらに無関係な人間が後ろから覗き込んでも大丈夫なよう、見せたい人間にだけ見えるようにできる機能によるものだが、ここでは深くは触れない。

『宏君!!』

達也が画面調整を行ってから約二秒後。通信画面に映り込んだ宏とラーちゃんの姿に、いろいろと我慢しきれなくなった春菜が、感極まった表情で叫びながら身を乗り出す。

結果として、宏側の画面には妙な色香を漂わせる春菜のどアップが映し出されることになったのだ。

『近い近い近い!!　ちょい落ち着きや、春菜さん』

『あ、ごめんなさい……』

宏に大慌てで注意され、素直に上半身全体が映る程度に画面から距離を取る春菜。

頭が一気にクールダウンした結果、自分の行動のあまりのはしたなさと余裕のなさに、先ほどまでとは違う意味で顔を真っ赤に染めてしまう。

「立体映像をオフにしてて正解だったわね……」

「大丈夫だとは思うけど、春姉《はるねえ》のどアップを立体映像でとか、師匠にはいろんな意味で刺激が強すぎると思う……」

テンパった人間をそばで見ていると他の人間は落ち着いてしまうもので、春菜のある種の醜態に、すっかり冷静になってしまった真琴と澪がそんなことを言い合う。

画面の中では、宏が微妙に青ざめつつ赤くなるという、なかなかに複雑な顔色を見せていた。

いかに慣れ親しんで恐怖症などほぼ発症しない春菜相手といえ、唇が接触事故を起こしかねないほどのアップとなると、さすがに条件反射で恐怖心が湧き起こることまでは避けられないらしい。

かといって、ほぼ日常生活に支障がなくなるところまで女性恐怖症が改善した今、健全な青少年としての感性も取り戻しつつある宏。

春菜のような誰もが認める美少女に嬉《うれ》しそうに詰め寄られれば、照れやら何やらによる動揺ぐらいはするようになっている。

これがエレーナなどであれば、いくら好意的な美女であろうともう少し照れやら何やらの要素は薄かっただろう。

(?)相手のことを思いやりながら地道に本気の好意を伝え続けた春菜の、その頑張りが報われた瞬間であった。

とはいえ、所詮《しょせん》宏は宏だ。

多少進展したところで恋愛関係まで発展するほど根性は据わっていない。女性恐怖症などあろうがなかろうが、この方面では永久にヘタレから脱却することはない。そういう人材だ。

状況が状況だということもあって、あっという間に平常運転に戻ってしまう。

『とりあえず、ちゃんと通信はできとるみたいやし、あれからの進捗《しんちょく》を確認しよか』

『了解。つっても、すでに人間の手に負える状況じゃねえから、動いてるのは実質的に春菜だけなんだよなあ』

『せやろうなあ』

『つうわけだから、俺と真琴と澪は、質問とか提案以外は基本黙ってることにする。方針とか状況確認とかは春菜と進めてくれ』

『了解や。因みにこっちは、他の手段はほぼ手詰まりや。邪神のほうも動くに動けんみたいやけど……。ん？』

『どうしたの、宏君？』

『いや、な。いつの間にか、えらい邪神が削れとるなあ、って』

邪神が削れている、という言葉に一瞬怪訝《けげん》な表情を浮かべ、すぐにその理由に思い当たって苦笑する春菜達。

原因など分かり切っている。

『多分それは、この通信システムに絡んだ一連のあれこれのせいだと思うよ』

『つちゅうと？』

『亜空間を通り抜けて声を届ける糸電話なんて、多分どこ探してもないと思うんだ、私』

『まあなあ』

『この世界どころか、下手すると全ての世界で初めてのものかもしれないから、邪神の性質上ものすごいダメージになるんじゃないかなって思うんだけど、どうかな？』

『あ〜、そうかもしれんなあ……』

春菜の解説を聞き、納得して頷く宏。

そもそもの話、亜空間だの異次元空間だのを利用できるほど技術レベルが上がっていれば、必然的に有線での通信に頼る局面は減っていく。

有望な無線通信の技術が開発されていくというのもあるが、それ以前にその手の空間を利用しての有線通信など、どれほどの長さのケーブルが必要になるのかを考えるだけで、誰もが現実的ではないと断言するだろう。

今回は非常事態であり、通信に使った糸が特殊な代物だったから成立したが、普通はコスト的にも難易度的にも実現できるとは考えない方法である。

「つうか、二十一世紀初頭ならまだしも、今になってこの手の普通の通話を有線でやることになるとは思わなかったぞ」

「達兄《たつにい》。安定性と確実性が有線の長所なんだから、今回は選択肢としては当然」

「まあ、そうなんだがな」

一般家庭では見る機会が減って久しい、パソコンにネットワーク通信のためのケーブルがつながっている姿。

宏と春菜の会話を聞いてふとそれに意識を向けた達也の感想に、澪が技術面での指摘を入れる。

短距離に限定されるとはいえ、どれほど技術が進歩しても、直接ケーブルをつないでの通信以上に確実に安定してデータをやり取りできる手段はないのだ。

「そもそも、糸電話に使った糸で普通にパソコン通信やってるって事実に突っ込むのは今更かしら？」

「そこを突っ込みだしたら、糸括り付けてるところが通信ポートでも外付け機器の接続端子でもないって突っ込みが入るからキリがねえんだよな」

「ん。根本的に、師匠のやることに突っ込みどころがなかったことのほうが稀《まれ》」

「今回は、そういう話は横に置いておこうよ、ね？」

できることが特に何もないこともあり、どうでもいい話題で盛り上がる達也達を、春菜が窘《たしな》める。

特に聞こえないようにとかの配慮をしていないこともあり、パソコンを通じて思いっきり宏にまで会話が届いていたのだ。

それ自体は別に問題はないが、こういう会話は引きずられやすい。

普段ならそのまま雑談に入ってもいいのだが、今は一応非常時。

宏が飛ばされてから現在まで、すでにかなりの回数脱線をしているのだから、いい加減脇道にそれるような真似は慎むべきである。

暗にそう主張する春菜の意を受けて、一度黙ることにする達也達。

それを見て、春菜が話を再開する。

『それで宏君。今、この糸を伝ってそっちの位置を特定したんだけど、通り道を強引に整地するにしても、私の力じゃ効率が悪いうえにちょっと足りてない感じなんだよね』

『っちゅうたかて、こっちからやとそっちの正確な位置とか春菜さんがどんなルートを作ろうとしとるかとか、まるで把握できんで』

『うん。だから、まずは私と宏君との間に細くてもいいからちゃんとしたリンクを作って、そこからの作業になるよ』

『それはええんやけど、そのリンク作ること自体、簡単にはいかんで』

『だから、半分はエルちゃんの儀式待ちって感じになるんだよね。エルちゃんには、宏君をパワーアップさせるための儀式をお願いしてるから』

『さよか。まあ、こっちはこっちで、継続してなんぞ道具類作る形でどうにかできんか頑張ってみるわ』

『私のほうも、今の段階でも宏君とリンクが作れないかいろいろ試してみるよ』

進展はしたが、やはり基本的には手詰まり。

そんな状況に、なんだかんだと脱線しつつも真面目に対策を探し続ける宏と春菜。

未熟な創造神と時空の女神を助けるためのカギは、エアリス達に託されるのであった。

邪神編 第四二話

「「「「遺体遺棄～」」」」

ミダス連邦の戦場に、能天気な声が響き渡る。

エアリスとアルチェムのお願いを聞き、オクトガル達は邪神の破片を浄化すべく空爆を敢行していた。

もっとも、今回は空爆といっても、ウォルディスに対して行ったような大規模なものではない。春菜《はるな》がポメの生産加速を行っておらず、オクトガル自身もドーピングアイテムを口にしていないので、やろうと思っても不可能なのだ。

それでも今回のために、ローリエが神の城の機能で聖職者系ポメの生産を強化してはいるので、範囲がさほど広くないミダス連邦の各戦場に空爆するぐらいは可能である。

また、今回はいつの間にやらポメ栽培に関していろんなノウハウを得ていたローリエが、ある工夫を行っている。

そのため、前回に比べると圧倒的に少数でも実に効果的に爆撃できるようになっている。

その結果、どこの戦場も空爆開始から五分で、すっかり瘴気《しょうき》も邪神の破片も消え去っていた。

「……なんだったんだ、あれ？」

「……俺に聞くな」

能天気な声で人間の頭より大きな憎形ポメを投下し、そのままどこかに転移して去っていたオクトガルを見て、殺し合いを演じていた双方の兵士が戦闘をやめ、毒気を抜かれたようにそう言い合う。

投げ落とされた僧形ポメの近くにいた兵士達は、それが破裂して衝撃波のようなものを周囲にまき散らしていたのを確認していた。

だが、不思議なことに、その衝撃波を浴びた瞬間、妙に気分がすっきりして、戦闘を続けるのが馬鹿らしくなってしまったのだ。

「……なあ」

「……なんだよ」

「……まだ続けるか？」

「……この空気で殺し合いなんか、できると思うか？」

「……だよなあ」

気が抜ける謎生物の意味不明な掛け声と、僧形ポメの衝撃波。

その相乗効果により、瘴気とともに戦意も根こそぎ奪い取ってしまったらしく、ウォルディス大空爆以前から続いていた紛争は自然と収束していく。

僧形ポメを投げ落とした位置が実に効率的だったためか、オクトガル一体あたり四個ほどの投下で全ての戦場を完膚なきまでに浄化し、さらに紛争まで終了させてしまう。

ある意味恒例行事だけあってか、ミダス連邦の紛争は、こんなくだらないことであっさり終わってしまうのであった。

☆

『ミダス連邦の破片の浄化を確認。オルガ村近郊の浄化完了と合わせて、発見された全ての破片の処理が完了しました』

宏《ひろし》達が糸電話やパソコンで遊んでいたちょうどその頃、邪神の破片を追跡していたローリエの宣言に、儀式を終えたばかりのエアリスがほっとした表情を見せる。

大量に降り注いだはずの邪神の破片の浄化は、事前の予想とは裏腹に実にあっさりとけりがついていた。

『アンゲルト様が天空に張った浄化結界が、予想以上に効果を発揮したようです』

『落ちた場所がミダス連邦とオルガ村近郊に集中していたのも、助かりました。ミダス連邦の広さならオクトガルのみなさんで十分対応できますし、オルガ村は仏門に帰依なされたユニコーンの皆様がすぐに対処してくださいましたし。そうでなければ、恐らく年内には処理が終わらなかったでしょう。いくらアンゲルト様の結界で数が減ったといっても、世界中にくまなく散らばってしまえば完全な浄化は不可能でしたでしょうし』

身構えていたほどには手間がかからなかった破片の浄化に、淡々と報告しながらもどこか嬉《うれ》しそうなローリエ。

そのローリエの言葉に、上手《うま》くいった要因をしみじみと語るエアリス。

宏達がソレス神殿に顔を出したとき、何やら忙しくて不在だった天空神アンゲルト。彼は来《きた》るべき邪神との決戦に備え、地球の外周に結界を準備していたのだ。

とはいえ、さすがに星一つを完全に覆いつつ、地上に一切影響を与えない結界となると、いかに五大神の次に大きな力と権能を持っているアンゲルトといえども、容易《たやす》く行えるものではない。

故に、宏達との顔合わせの時間も取れず、今もひたすらせっせと結界の維持を続けているのだ。

なお余談ながら、アルフェミナ達はアンゲルトの結界については知っていても、そこに邪神の破片を浄化できるほどの浄化機能が付加されていることは知らない。

これに関してはアンゲルトが、機能を当てにしてあまり雑な戦い方をされても困るからと、あえて教えていないのである。

さすがに、ソレスが潰《つぶ》したほどのサイズとなると、この結界では無力なのだ。アンゲルトが心配して当てにしないよう秘密にするのも仕方がないだろう。

もとより、この結界自体が神々にとっての最後のセーフティネットだ。

セーフティネットは、本来当てにするようなものではないのである。

『あとは、マスターがこちらへ戻ってこれるよう、力と思いを届けるだけです』

雑事は片付いたと言わんばかりに、エアリスをじっと見据えるローリエ。

その視線に、内心で微妙にたじろぐエアリス。

邪神の破片への対処がかなりあっさり終わったこともあり、エアリスは自身が認識できないエネルギーの増幅について、いまだに踏ん切りがついていなかった。

他ならぬ宏を助けるためだ。自身の手に負えることなら何でもやりたい。

だが、この手の増幅の儀式は、エネルギーの状態を確認し、リアルタイムで内容を調整しながら行うものだ。

認識できないとなると、そのあたりの調整のしようがない。

それが、どうしても怖い。

失敗の結果が自分に降りかかってくるだけなら、あるいは、失敗したところで周囲が笑ってフォローできることならば、エアリスは喜んでどんな難しいことにでも挑戦する。

だが、今回はそうではない。

何が怖いといって、失敗したときに自分で責任を負いきれないどころか、世界中を危機にさらしかねないことだ。

何より、ミスしたことが分からないまま、好きな男性をさらなる窮地に追い込みかねないのが、怖い。

故に、エアリスはどうしても踏ん切りをつけることができずにいた。

『エアリス様が不安なのも分かります。ですので、どうにかエアリス様が認識できるようにならないか、こちらのほうでもいろいろと試してみました。まずはその結果を確認してから結論を出していただいてもよろしいでしょうか？』

さすがにエアリス一人にだけ努力を求めるつもりはなかったらしく、ローリエが邪神の破片への対処と並行で行っていたことを明かし、エアリスに判断を仰ぐ。

そもそもの話、エアリスはまだ十一歳。年が明けてから迎える誕生日でようやく十二歳だ。日本でなら、まだランドセルを背負っている歳である。

そんな、まだ幼い少女に世界の命運を預けるのだ。その責任まで背負わせ、さらに一方的に努力や覚悟を求めるなど、あまりに酷だしフェアではない。

今回に限っては、技量的な面もあってエアリス以外にできる人材はおらず、その重圧を押し付けざるを得ないが、だからこそ、ローリエもできるサポートは最大限に行おうとしていた。

そのローリエも、現在の自我を得てからまだ数カ月ほど。その前のエルザの巫女《みこ》だった時代も合わせても十六歳にもならず、エアリスと大差ない年齢と人生経験しか積んでいないことは、深く触れてはいけない。

『早速で申しわけありませんが、エアリス様が普段儀式をするときのように、世界を感じてみていただけませんか？』

『分かりました』

ローリエに促され、普段のように世界と己をつなぐエアリス。

物心つく前から日常生活でも普通に行ってきた行動だけに、己と世界をつなぐのはもはや息をするのと同じぐらいたやすくできる。

エアリスが神の城《この世界》とつながったことを確認し、ローリエは己の主《あるじ》にとって最も有益なエネルギーを強調する作業に移った。

『……これ、ですか？』

ローリエによって強調されたエネルギーを敏感に感じ取り、そっと掴《つか》んで動かしてみるエアリス。

アルフェミナが固執し、エレーナがあっさり姫巫女の座を明け渡し、カタリナを追いつめることになったその資質を、エアリスは今回も遺憾なく発揮していた。

『はい。そのエネルギーを増幅し、マスターに届けていただきたいのです。可能でしょうか？』

『やってみないと分からない、というのが正直なところです。何分、今初めて認識して操作するものですから、どうすればどんな反応をみせるか、というのが全然分かりませんし』

掴《つか》んで動かしてみた感触をもとに、ローリエの質問に正直に答えるエアリス。

単に今よりロスを抑えて宏に届けるというのであれば余裕だが、増幅して、となるとなんとも言いがたいところだ。

この種の魔法的なエネルギーというやつは、量が変化したり増幅したり圧縮されたりすると、おかしな挙動をするものが珍しくない。

むしろ、変化前と同じほうが圧倒的に少なく、エアリスが慎重になるのも当然である。

『……少し、時間をください』

これは腰を据えて特性を見極めねばならない。

実際にいじって反応を確認したエアリスは、即座にそう判断を下す。制御そのものは全然難しくはないが、反応の癖が非常に強いのだ。

少々扱いをミスったところでマイナスになることはないようだが、増幅をしようとした結果、かえって弱くなったりとかは普通にしそうだ。

少なくとも、認識できずに闇雲《やみくも》に儀式で増幅しようとしても、まず間違いなく上手くいかないのは確かだ。

『分かりました。現状、マスターのほうは良くも悪くも平和な状況だそうですので、思う存分お試しくださって大丈夫です。儀式を行えるようになったら、連絡をください』

『ええ。ですが、それほどお待たせせずに済むと思います』

そうローリエに告げ、恐ろしいほどの集中力でエネルギーの特性を見極めにかかるエアリス。

そして、十五分後。

『お待たせしました。これより、儀式に移りたいと思います』

『……分かりました。お願いします』

とてもすがすがしい笑顔でそう告げるエアリスに、普段通り淡々とした口調で頭を下げるローリエ。

澪《みお》とは違う意味で感情表現が苦手なローリエだが、これでも予想の何倍も早く特性を掴んだエアリスに、内心では大いに驚いている。

正直ローリエは、特性を掴むまで最低でも一時間以上はかかると思っていた。いかにエアリスといえども、初めてのエネルギーをそこまでたやすく扱えるとは思えなかったのだ。

これが他の人間であれば、もっと慎重にと苦言を呈したであろうが、口にしたのは他ならぬエアリスだ。

責任感が強く慎重な彼女が、できもしないことをこうまで自信満々に言うはずがないのは、これまでのことでよく分かっている。

どちらにせよ、ローリエにできることはエアリスのサポートのみ。普段と特にやることは変わらない。

「待っていてください、ヒロシ様。すぐに力をお届けします」

そんな普段と変わらぬローリエの顔を頼もしそうに見た後、ぐっと両手を握りしめて静かに気合いを込めながらそう宣言するエアリスであった。

☆

『ん？』

完全に手詰まりとなり、宏達が通信対戦ゲームで遊んでいたときのこと。

いくつかのゲームを経て宏が適当に作った落ちものパズルに移り、十七連鎖を十七連鎖できっちり相殺し……などという春菜と澪の無駄にハイレベルな対戦を観戦していた宏が、自身に何かが届いたことに気がつく。

『どうしたの、宏君？』

『いや、なんぞエネルギー的なもんが届いたみたいでな』

最終的に打ち消しきれずに押し切られて負けた春菜が、宏の様子に不思議そうに首をかしげる。

どうでもいいことだが、春菜の敗因は一段ごとの細かい差の積み重ね。先ほど同様澪と同じ数の連鎖をぶつけたものの、一回頭に消した数やラストの同時消しなどの差でリカバリー不能な状況に追い込まれたのだ。

『エネルギー？』

『せやねん。こういうことできんのはエルとローリエのコンビやろうから、多分僕に問題が出るようなことはないやろうけど、ちょっと確認するわ』

『了解。こっちはいつでも動けるように待機しておくよ』

そう言いながらゲームを終了し、広げていたお菓子やおつまみなどを片付ける春菜に頷《うなず》く宏。

緩んでいた空気が一気に引き締まる。

自分のほうも片付けを終え、宏は送り届けられたエネルギーに意識を集中し始めた。

「……なるほど。そういうことか」

エネルギーの詳細を確認し、エアリスの、もっと正確に言えばローリエの意図を理解する宏。

ちゃんといろいろ理解したうえでエネルギーを取り込んでみると、今まで感じたことがないほど己の権能が強くなっていくのが分かる。

「……ありがたいけど、普通に取り込んだだけやと、状況打破するんには足らん感じやなあ」

今まで感じたことがないといっても、所詮《しょせん》は宏の今までだ。

自覚が薄く、じわじわと権能が強くなっていたことにすら気がつかなかったこれまでと比較すれば、どれほどゆっくりであっても強くなっていることが把握できるだけ、今までにない強化速度といえる。

例えるなら、ポタリ、ポタリ、と一時間に数滴程度落ちてくる雫《しずく》を器に受けていたのが、雨粒程度の水滴になって数秒間隔で落ちてくるようになったようなものだ。

目に見えて溜《た》まるようにはなっても、決して早くはない。

それでも今までと比べれば大違いだが、さすがにこれでは足りない。

力を求める気などかけらもなく、こういう種類のパワーアップはもうお腹一杯ではあるが、ここでパワーアップしなければいつ状況を打破できるか分かったものではない。

後先を考えると、これ以上はあまりホイホイ迂闊《うかつ》に力をつけるのはよろしくなさそうだが、今回ばかりは仕方がない。

宏は、素直にエアリス達の手を借りて己を強化することにした。

「なんっちゅうかこう、この取り込み方は非常に無駄が多そうな感じやなあ」

ローリエが計画を立て、エアリスがアルチェム達の力を借りて送り届けてきた力。それが、この程度であるはずがない。

それが確信できる以上、無駄を生み出しているのは間違いなく自分のほうだろう。

「こういうときはものづくりの基本、対象の性質を把握することからスタートやな」

効率よくエネルギーを取り込むため、あえて届いたばかりのエネルギーを吸収せずに集め、他の操作を一切せずに観察を始める宏。

まずは目視、次に手触りや重さ、軽く叩《たた》いたときの音や表面の変化、という風に、未知の素材を前にしたときの基本的なステップを踏んで確認していく。

手触りはともかく、エネルギーに重さだの叩いたときの音だのがあるのかというのは、この際気にしてはいけない要素だ。

「……次は、どれをチェックしたもんかなあ……」

加工に至らない範囲でのチェックを一通り終え、若干ではあるが特性を掴んだところで、選択肢が膨大に広がって思わず考え込んでしまう宏。

やってみるとキリがないほどの数のチェック項目があり、内容を絞り込むにも基準がなくて厄介な状況である。

もっとも、宏が考え込んだのも数秒のこと。基準がないならもう少し官能検査を続ければいいと判断し、すぐにもう一度取り込んで観察を始めたからだ。

ある程度性質を把握したためか、再び体内に取り込んで観察を始めてすぐ、宏の頭の中に膨大なイメージが流れ込んでくる。

「……なるほど。これは確かに僕の属性やな。もうちょいちゃんと観察したら、もっと効率ようパワーアップできそうや」

そう呟《つぶや》き、状況打破のためにイメージの奔流に意識を沈ませる宏であった。

☆

「ノーラおねーちゃん、こんなの作ってみた！」

七級の特殊ポーションをせっせとこしらえていたライムが、思いつきで作った何かをノーラに見せる。

それを見たノーラの顔色が変わる。

「ライム、これは何を作ったのですか？」

「とくしゅポーション全部を一本にできないか、じっけんしてみたの！」

「それは思いつきで実験するようなものではないのです。七級の特殊ポーションから上は、レシピ以外の組み合わせだと大事故につながりかねない反応が起こることがあると、何度も何度も口を酸っぱくして言い聞かせたはずなのです。それを忘れたのですか？」

「ライム、ちゃんと覚えてたよ！　だから、ぼーそうするくみあわせは使わなかったの！」

「暴走する組み合わせでなくても、混ぜた後に他のものを添加すればおかしな反応を起こすものだってあるのです。どんどんチャレンジすればいいとは言いましたが、失敗したら怪我《けが》では済まないようなチャレンジを無断でやってはいけないのです。大体、失敗したときの規模によっては、ライム以外も危ないのですよ？」

結果オーライだからよかったものの、勝手なことをしたライムに対し怖い顔できつく叱るノーラ。

自主性を潰すような真似はしたくないが、さすがに監督下にない状態で命の危険があるような真似を許すわけにもいかない。

これは自分達もそうだが、完全に未知の新しいチャレンジは、どこにどんな危険があるか分からないのだから、絶対に単独でやってはいけないのである。

誰かが大怪我をして、後悔するのはライムだ。だから、これだけは心を鬼にして、本人が納得するまで何度でもしっかり言い聞かせなければならない。

「ライム、絶対にだいじょうぶなことしかやってないもん！　はんのう見れば、混ぜていいかどうか分かるもん！」

「仮にそれが本当だとしても、虫が飛び込んでくるとか途中でくしゃみしてしまったとか、事故を起こす可能性はいくらでもあるのです。そういったことが原因で予想外の事態が起こったときに、ライムの今の腕では対処できないのです」

「……む～」

「やるな、と言っているのではないのです。やるならやるで、やる前にノーラ達に一言断って、誰かがそばについている状態でやるようにと言っているのです」

微妙に反抗期に入ったからか、妙に強情なライムを真剣な顔で諭すノーラ。

そんなノーラに対し、ライムがいやに真剣な表情でなおも反論を続ける。

「ライム、がんばって親方にエネルギーを届けなきゃいけないの！　だれも作ってないものを作らなきゃいけないの！」

これは言っても聞かない。

ライムの表情と主張内容からそう察し、諦めのため息とともに首を小さく左右に振るノーラ。

誰に似たのか、こうなってしまうとライムは非常に強情だ。

それに、宏に関わることになると、ノーラとて黙っているわけにはいかない。

そもそもの話、宏が関わらなくても、新しい挑戦自体はどんどんやるべきことではある。

「それで、次は何をやるつもりなのです？」

「えっ？」

「見ていないところでこっそりやられるぐらいなら、一緒にやったほうがまだ安心できるのです。それに、ノーラが怒っているのはあくまで、ノーラ達よりさらに未熟なライムが事前相談なしに勝手に作業したことであって、そのポーションを作ろうとしたことに対してではないのです」

直前のノーラの反応から予想したものと全く違う言葉に、きょとんとした表情を浮かべるライム。

そんなライムに、小さく苦笑しながらさらにノーラが言葉をかける。

「親方のためにライムが頑張っているのに、ノーラ達が蚊帳《かや》の外というのはずるいのです。それとも、ライム一人でやってライムだけ失敗するほうがいいのですか？」

「やだ！」

「じゃあ、一緒にやるのです」

「うん！」

ようやく納得し、折れてくれたライムに心の中で安堵《あんど》のため息をつくノーラ。

子育てというのは本当に大変だ。

「それで、何を作るつもりだったのです？」

「えっとね、えっとね。毒消しとヒーリングポーションとスタミナポーションのこうかを一本にしたいの！」

「それはまた、どういう理由でなのです？」

「毒だと死にそうになるしつかれるから、一本でまとめて治ったほうがべんりだと思ったの！」

「なるほど。考え方としてはありですね。可能であれば、他のポーション類との干渉がなければもっといいのですが」

「こういうときは、まずは作ってみるの！　細かいかいりょうは後で考えるの！　親方はいつもそうしてるの！」

ライムの主張に頷くと、ファムやテレスに連絡を入れてさっさと作業に入るノーラ。

この時、自分達から今までにない強いエネルギーが立ち上ったことには、最後まで誰も気がつかないのであった。

☆

『こうして、こうして、こうか？』

『はい。お上手ですよ、バルシェム殿』

ソレス神殿。巫女として大儀式に参加していたバルシェムは、技芸神セリアンティーナの巫女であるモリアンに教えてもらいながら、たどたどしく神楽を舞っていた。

何しろ、生まれてこの方、神楽はおろか普通の踊りすら踊ったことがない、光り物は好きだが文化芸術にはとんと興味を持たないドラゴンだ。

練習すらしたことがないのだから、上手く舞えるわけがない。

高い身体能力でどうにか形にはなっているものの、様にはなっていない。

そんな感じで、一生懸命振り付けを間違えないようバルシェムは舞い続けていた。

なお、バルシェムとモリアンの会話は、大儀式の際に構築された念話のネットワークを使って行われている。

余計な声を出すと儀式に影響が出てしまうため、こうする必要があったのだ。

『むう、難しいものだな……』

『初めはみんな、そうですよ。むしろ、バルシェム殿はちゃんと舞えているほうです』

『そうなのか？』

『はい。私なんて巫女候補だった頃は、それでも技芸神の巫女なのか、ってさんざん言われ続けていましたし』

『それは厳しいな……』

モリアンの言葉にうなりながら、間違えそうになった振り付けを強引に修正するバルシェム。

悪名高い破壊竜の名を受け継ぐドラゴンとは思えない、実にほのぼのとした光景である。

たどたどしく舞うこと数分、ついにバルシェムが振り付けを間違える。

『むう……』

『大丈夫ですよ。その程度のミスは、バルシェム殿以外にも結構あっちこっちで起こってます』

『そ、そうなのか？』

『ええ。そもそも、今回の儀式に関しては、もとより全員が完璧である必要はありません。世界各地で大人数が同じ儀式を行っている、そのことが重要なのですし』

恐ろしく大雑把《おおざっぱ》な話を聞き、困惑の色を隠せないバルシェム。

ソレスの巫女になってから今まで、一般的に儀式と言われてイメージするようなものを一度も行ったことがなかっただけに、大儀式と聞いてある種の幻想のようなものを抱いていたのだ。

そもそもの話、一口に儀式といっても、エアリスがよく行うような非常に手順が多く難易度の高いものから、祭壇にお供えをしながらちょっと口上を述べるだけのものまで、様々なバリエーションがある。

バルシェムが巫女になってから行ってきた儀式というのは、お供えをしながら口上を述べるだけのものと、毎日の神殿の掃除のちょっとしたおまけのようなものだけ。

習慣として毎日行ってきただけに、儀式を行っているという感覚は皆無だ。

さらに言うなら、立地条件とソレスの立場や状態の関係で、基本的にバルシェムは巫女としては世紀単位で引きこもっている。

他の神殿の巫女との交流はこれが初めてで、それすら儀式の参加をソレスに命じられたからであり、エアリス達のように自発的に他の神殿と関わろうとしてのことではなかった。

恐らく今回の件で宏を通じてエアリス達と顔合わせをしていなければ、さらに世紀単位で引きこもっていたであろうことは想像に難くない。

当然、他の神殿での儀式など目にする機会があろうはずもない。

バルシェムが儀式という言葉に幻想を抱くのも仕方がないだろう。

『バルシェム殿。堅苦しく考えず、楽しめばいいのです』

『楽しむ？　儀式なのに？』

『ええ』

楽しむと聞いて不思議そうにするバルシェムに対し、力強く肯定するモリアン。

この間も、神楽は一時も止めない。

『もともと、儀式での舞というのは、本来は神を楽しませるためのものです。よほど性格が悪い神でもなければ、舞い手が楽しんでいない舞など見て、楽しいとは思わないものです』

『そういうものなのか？』

『はい。それにこれはエアリス様も断言しておられることですが、舞うことを楽しめるかどうかで、儀式の効果がかなり違うことがはっきりしています。無論、毎回楽しんでいれば効果が上がるわけではありませんが、今回に関しては間違いなく楽しんで舞ったほうがいいです』

『そうか。だが、私はまだ、振り付けを追うだけでいっぱいいっぱいなのだが……』

『上手く舞えたときの嬉しさを素直に楽しめばいいんです。今回はどれだけ失敗しても問題ないんですから、どんどん楽しんじゃいましょう』

モリアンにそう言われ、素直に神楽の上達に専念するバルシェム。

そもそも思念波でとはいえモリアンと話をしながら舞って、少なくとも振り付けを追い切れるだけでも初心者としては相当すごい、という事実には気がついていない。

そんなバルシェムを微笑《ほほえ》みながら見守りつつ、他の巫女達の指導とフォローも同時に続けるモリアン。

技芸神の巫女だけあって、技芸が絡む事柄に対しては人間離れした能力を発揮できるらしい。

エアリス達さえちゃんとしていれば基本問題ないとはいえ、今回の儀式に関してはそれほど練習の時間が取れていない。

実質的にぶっつけ本番と変わらない状況なので、バルシェムと大差ないレベルの巫女はいくらでもいるのだ。

それでも儀式が破綻していないのは、モリアンの的確なフォローのおかげである。

『……ふむ、そうか。こうすれば振り付けを崩さずにスムーズに次の動きにつなげられるのか』

しばらく舞を続けていたバルシェムが、唐突に何かを悟ったように手足の動かし方を変える。

それだけで、目に見えてバルシェムの舞が美しくなる。

『となると、こっちはこうか？』

大抵の物事は、一度コツを掴むと一気にスムーズにできるようになり、それと同時に楽しくなってくるものだ。

バルシェムは生まれて初めて舞う神楽の楽しさを知り、どんどん舞そのものに没頭していく。

そんな彼女から、儀式のためのものとは違うエネルギーが大量に立ち上っていた。

☆

「王都ですら、このありさまか。いや、王都だからこそ、だったのかもしれんな」

旧ウォルディスの王都、ジェーアン。

ウォルディス復興のための視察に来ていたレイオットが、極端に人影が少なくなった街並みに対して、思わず正直な感想を小さく漏らす。

本来、人口だけならウルスに匹敵するほどの規模のジェーアンだが、先のオクトガル大空爆の結果、生き物はほとんど根こそぎ消滅していた。

浄化が効果を示す存在以外に一切影響を及ぼさない聖職者ポメの仕様上、建築物や道具類がそのまま残されてしまうこともあり、ジェーアンは生活の痕跡が残った実に生々しいゴーストタウンとなっていた。

「現在の人口は、把握できているか？」

「そうですね。調査に全員が素直に応じてくれたわけではありませんので正確な数字はまだですが、大よそは把握できています」

「どれぐらいだ？」

「全部で二千八百人ほどです」

「百万以上の人口が、たったそれだけか……」

「原因が聖職者ポメによる浄化でなければ、人類史上最大の大虐殺でしたな」

「言うな……」

腹心の文官の言葉に、思わず顔をしかめながらそう吐き捨てるレイオット。

浄化で消滅している以上、助ける手段などかけらも存在していないことは明白ではあるが、それでも気分がいいものではない。

「それにしても、ここまでのありさまでよく都市が正常に動いていたな……」

「まったくですな……」

浄化により人口が一パーセント未満にまで減少した都市を視察しながら、かつてのファーレーンでのあれこれを思い出してレイオットが言い、文官も心の底から同意する。

基本的に、浄化でダメージを受けるほど瘴気に侵されていると、身体能力や魔法能力が急上昇する代わりに思考能力が極端に落ちる。

浄化を受けて消滅するほどとなると、もはや脳筋とかそういう言葉では言い表せないほどであり、社会生活など到底行えそうもないところに行きつく。

そんな連中が百数十万人。

いくら外部に対して完璧に近い情報統制が敷かれていたといえど、よくもまあ都市機能がまともに動いていたとレイオット達がある意味で感心してしまうのも無理はない。

「いいえ。私が逃げ出した頃には、ジェーアンは都市としてはまともに機能してはいませんでした」

そんな彼らの感想に、つつましやかな声が否定の言葉をそっと添える。

名目だけとはいえウォルディスの女王になるから、という理由で視察に同行していたリーファ王女である。

因《ちな》みにこの台詞、ファーレーン語で発している。必死の努力の甲斐《かい》あって、リーファはすでに、この程度の会話ができるぐらいにはファーレーン語を習得していた。

「それは、どういう意味でしょうか？」

「言葉通りの意味です。常に瘴気を発生させるためだったのだと思いますが、ジェーアンはごく一部の区画と王宮を除き、野生動物の住処《すみか》のようなありさまでした。常にどこかで大規模な殺し合いが起こり、死者の体は貪《むさぼ》り食われ、経済と呼べるものも成立していませんでした」

「その割には、商店のような建物がいくつもあるようですが」

「私も逃げるとき以外はこの街を見ていないので詳しいことは分かりませんが、恐らく最初はまともだったのだと思います」

「なるほど。……無事な建物の傷み具合から考えて、割と最近までちゃんと商店として機能していたようですな」

荒らされた形跡のない、比較的綺麗《きれい》な建物の傷み具合を確認し、文官がそう結論を出す。

一番新しいものは築二年から三年という感じなので、少なくともそれぐらいまではジェーアンで商売が成立していたことが分かる。

「詳しくは知らないという割には、常にどこかで大規模な殺し合いが起こっていることや経済と呼べるものが成立していないことを知っていたようだが……」

「私を連れ出してくれた護衛のものが、逃げるために必要な知識として教えてくれました。実際、私達がジェーアンから脱出するまでの二日で、目の前で急に起こった大規模な殺し合いは二桁の大台に乗りましたし」

「ということは、もしかして……」

「……はい。目の前で死体を貪り食う民衆の姿も、何度か……」

「……すまない、つらいことを思い出させてしまった」

「……いいえ、大丈夫です」

レイオットの謝罪に、淡く微笑みながら問題ないことを告げるリーファ。

ひそかに力いっぱい握りしめていた拳を、気づかれないようにそっと開く。

正直、忘れてしまいたい種類の思い出ではあるが、ここに来た時点で思い出さずにはいられないことは最初から分かっていた。

もうすでに数回、フラッシュバックのような形で思い出しているのだから、レイオットに話を振られたことはほぼ関係がない。

ほとんど単なる飾りだとはいえ、新しいウォルディスの女王となることを決めたのはリーファ自身である。

女王となる以上、この地で起こり自身が見聞きしたことといずれは向き合わねばならないのは分かっていたし、覚悟もできていた。

故に、リーファは顔色こそよろしくないものの、取り乱したりはせず十分に受け止めることができていた。

半分以上はレイオットに対する恋心がもたらす、少しでも彼の隣に立つにふさわしい女になりたいという意地によるものだということはここだけの話である。

「見た感じ、どう復興するにしても大部分は取り壊すしかなさそうだが、どうだ?」

「そうですね。土台が怪しくなっている建物も少なくありませんし、住んでいる人間もいないのですから、いっそ一度更地《さらち》にして区画整備からやり直したほうが早くいい街ができるでしょうね」

「かなり大掛かりな工事になりそうだが」

「壊すだけなら一年はかからないでしょうが、廃材の処理を考えると数年がかりになりそうです」

土木専門の技官の言葉を受け、リーファに視線を向けるレイオット。

レイオットの視線を受け、小さく頷くリーファ。

「ならば、その方針でいくか。我々がこちらに来たときの拠点には王宮を使うとして、問題はそちらがどの程度使い物になるのか、だな」

「あと、整備計画の立案と必要な範囲の取り壊しが終わってからの話になりますが、必要最低限の公共施設を建てるとき、どの建築様式にするのかも重要になってきます」

「そんなものは決まっている。ウォルディス、もしくはミンハオをはじめとした、かつてこの地域に存在した各国家の建築様式だ」

「かしこまりました」

あっさり断言するレイオットに、どこか驚いたような視線を向けるリーファ。

その視線に、思わず苦笑してしまうレイオット。

「我々の目的はあくまでウォルディス、もしくはそれ以前にこの地域に存在した国家の復興であって、ファーレーンの属国を作ることではない。面倒だから統治機構は我が国のものを流用するが、文化や風習に関してはよほどの悪習でもない限り口を挟むつもりはない。政治に関しても、国家が平和的に安定してくれるのであれば、どんな風に国を治めようと好きにしてくれればいいと思っている」

「一から国を作るほどの援助をするのに、それでいいのですか？」

「ここまで距離が離れていては、属国も何もないからな。それに、この地域とミダス連邦が外からの干渉に対しても安定してくれれば、どこの国も目先の天災やモンスター対策に全力を注げる。それだけでも十分に金と人をつぎ込む意味がある」

当然のことのように統治方針を語るレイオットに、リーファがさらに驚く。

ウォルディスの考え方では、距離があろうがどうだろうが、支配できるのであれば支配するのが当然だった。いずれ敵になるかもしれないのに、実効支配する気がない土地の復興を手助けするなどもってのほかである。

やはり育った環境が環境だからか、リーファにもその価値観は根付いている。

他人のものを争って奪うような非生産的な真似をする気はないが、人から非難されるわけでもなく、かつ自身の力だけで手に入れられるのであれば、全部自分のものにするのが当たり前だと思っていたからだ。

ウォルディスで飼い殺されていた頃に奪い合いをする不毛さをいやというほど見せつけられたため、他人のものを欲しいと思う気持ちは薄いが、かといって、いくら余裕があろうと自立できるまで他者に施しを与え面倒を見ようなどという考えもない。

そんな価値観が根付いているリーファにとって、レイオットの考え方や価値観にはただただ驚くことしかできなかった。

「……国というのはどこも、とにかく大きくなろうとするものだと思っていました」

「その認識は正しくもあり、間違ってもいるな。経済や生産活動に関していえば、国家というのは際限なく巨大化しようとするものだ。が、いわゆる国土面積や実効支配する範囲、となると、費用対効果や管理可能かどうか、という要素がかかわってくる。正直なところ、ファーレーンは管理可能な国土面積だけでいうなら、半分ぐらいが妥当だと思っている」

「そういうものですか？」

「そういうものだ。因みに、これはカタリナ姉上が逝った後、国内では普通に公言している話なのだが、話が漏れているはずのダールやフォーレからも、国内の候補に挙がりそうな地域からも、分割移譲や独立の話は来ていない」

「それはきっと、その言葉を誰も信用していないからではないかと思うのですが……」

「父上がアズマ工房の会議室で、ダールやフォーレに直接話を振ったことがあったが、どちらからも全力で嫌がられていたな。どうやら、我が国の北限から四分の一と南端から四分の一は、よほど魅力がない土地だと見える」

本当に自ら小さくなろうとしているファーレーンに、唖然《あぜん》とさせられるリーファ。

ダールやフォーレが全力で拒否するのはともかく、普通に自国の国土をよそに押し付けようとする王族には、衝撃が大きすぎてコメントできない。

因みにこの話、ファーレーン王家が本気だからこそ、当該地域もダールやフォーレも全力で嫌がっていたりする。

当該地域からすればファーレーンの庇護《ひご》下にあったほうがはるかに楽だし、ダールやフォーレからすれば、大国が面倒臭がって手放したがる土地など胡散臭《うさんくさ》くて手を出したくない。

もっとも、さすがにリーファには、そういう方向で駆け引きが起こっているとまでは理解できていない。同盟を組んでいる以上、ダールやフォーレが拒否すること自体は当然だ、というところで止《とど》まっている。

「さて、話を復興に戻すとして、リーファ王女。実際に統治するかどうかはともかく、基本的にここはあなたの国だ。何か、こうしたいという希望はあるか？」

「そうですね。……道をできるだけ分かりやすく、見通しが効きやすくするのは当然として、何かあったときに、民が逃げ込める場所は作りたいですね。あと、どこか一カ所、広くて綺麗な公園、みたいなものがあれば嬉しいです」

「ふむ。その二つは一カ所で両立できそうだな。他には何かないか？」

「他に、ですか。……そういえば、エアリス様やファムさんとおしゃべりをしていたときに聞いたのですが、ヒロシ様の故郷には、大量に人や物を運べる『鉄道』という仕組みがあるそうです。実験的に、それをこの街に取り入れてみたいです」

「ほう、そんな仕組みがあるのか。連中が戻ってきた後で、どういうものか概要だけでも聞いておかねばな」

リーファの意見を聞き、妙に楽しそうに予定を立てるレイオット。

そのあとも王宮を確認したり、生存者に話を聞きに行ったり、と、視察を進めながらどんどん復興計画を立てていく。

そんな彼らの全身から発散されるエネルギーには、やはり誰一人として気づくことがなかった。

☆

「やっぱり、ダールのスープは辛いね～……」

「本当にね……」

インスタントラーメン工場、第二工場の新製品開発室。

モールフォーナラーメンやテローナラーメンの開発に目途が立ったヴォルケッタとエルトリンデは、急に開発依頼をねじ込まれたダール風のラーメンを試作していた。

「これは、調整難しいわ……」

「味の調整もだけど、スープがきっちり溶けるようにするのも難しいよね」

「そうね。溶けてないスープの塊が麺にがっつり絡んで、とか、目から火花が飛び出しそう」

「他のラーメンでもあんまりよろしくないけど、このラーメンだと致命傷になるかも」

最初の一口でその難しさを痛感したエルトリンデに対し、技術的な側面から問題点を指摘するヴォルケッタ。

今までの経験からすると、こういうスープは大抵、よほどきっちり調整しないと塊が麺にびっちり、ということになりやすい。

湯に溶いてなお辛い香辛料の塊を噛《か》み砕くなど、想像するだけでも口の中がひりひりしてくる。

「そういえばヴォルケッタさん。このスープってなんていうの？」

「確かイネブラ、だったかな？　……ああ、うん。イネブラでいいみたい。イネは鳥って意味らしくて、使うのが魚介だとバネブラ、牛肉だとドネブラになるんだって」

「その名前のパターンだと、ブラが煮込みとかそういう感じの意味？」

「多分？」

そう言いながら、もう一口するエルトリンデとヴォルケッタ。

やはり、強烈な辛さが口の中を蹂躙《じゅうりん》し、麺も具も全く味を感じることができない。

一応食感だけは残っているものの、あまりにスープの辛さの印象が強すぎて、ほとんど意識に上らない。

地域性の違いとはいえ、ダールの人達はよくこれを平気で食べるなあ、と感心するほどの辛さである。

「ねえ、エルトリンデさん。正直な意見を聞きたいんだけど、これもバリエーション作る？」

「……よっぽどスープをいじらないと、入ってるのが鳥系の肉だろうが魚介や牛肉だろうが違いは分からない気がする、かな？」

「だよね～……」

「バリエーション作らないと、怒られそう？」

「なんとも言えないところ」

エルトリンデの問いに、困った顔でそう告げるヴォルケッタ。

今回のラーメンの試作は、パッケージ作成の最中に偉い人同士の外交交渉の巻き添えを食ったヴォルケッタが、強引にねじ込まれたものである。

一応頑張って抵抗し、それなりの期限と必ずしも満足いくものが完成するとは限らないことを飲ませはしたが、それでも今試食した感じでは不安要素が多すぎると言わざるを得ない。

「一応、思ってるようなものになるとは限りませんよ～、っていうのはちゃんと納得してもらってるんだけど、一品で済ませて大丈夫かどうかまでは自信ない」

「そう。でも、単純に具を変えても価値は薄いし……。このレシピって、その偉い人がくれたものをそのまま?」

「うん。正直、食べたことないスープでどんな感じになるか分かんなかったから、これ絶対味なんか分かんなくなるだろうな、って思いつつレシピをそのまま忠実に再現した」

「なるほどね。となると、早急に必要なのはウルスでブラ系のスープを作ってる人がいるか調べるのと、そのスープがダールの人に受け入れられる味なのか、っていうところかしら」

「そうだね。あんまり頼るのもどうかとは思うけど、ハルナさん達も独自レシピ持ってそうだから、アポとれそうだったら聞いてみようよ」

「そうね。ただ、それだけだといくら何でも芸がなさすぎるし、バリエーション一切なしってのも不安は不安だし……」

もう一口食べるかどうか迷いつつ、そんなことを言うエルトリンデ。

これ以上食べると今日一日は舌が利かなくなりそうだが、かといって、たかが二口では調整やアイデアに対する糸口など見つからない。

現時点で分かっていることなど、このイネブラというスープの最大の特徴が、何もかもかき消すほどガツンときて、そのくせ後を引く辛さにあることぐらいである。

それぐらいのことは、ちょっと本格的に料理をしている人間なら、食べなくてもスープを見ただけで分かる。

「……これ、辛さをマイルドにする必要はあるとして、単純にスパイスの量を減らすだけだと駄目よね、間違いなく」

「うん。多分なんだけど、このレシピ自体、スパイスの量も比率もこれといって根拠がないというか、ちゃんと計量してないと思う」

「やっぱり、そんな感じ？」

「うん。多分、作り慣れた料理人に普段作るやり方で作ってもらって、その時になんとなく計量してもらったんじゃないかな？」

ヴォルケッタの意見に、そうだろうなあ、という顔で頷くエルトリンデ。

カレーとは違い、入っているはずのスパイスの特徴が一切分からなくなっているのだから、深く考えずに目分量で作っているのは間違いなさそうだ。

なお、エルトリンデやヴォルケッタはおろか持ち込んだダールの偉い人すら知らない事実だが、実は最近のダールの下町では香辛料の調合や辛さの調整に関して研究が進んでおり、ここまで雑なイネブラを作っている店は減ってきている。

「えっと、結局私達が目指すべきは、このガツンとくる辛さを残しつつスパイスの特徴と麺や具材の味を感じられるように調整することと、可能なら何らかの形でバリエーションを作ること、かしらね？」

「うん。でも、味の調整は他からレシピをもらえば糸口は掴めるとしても、バリエーションのほうはやっぱり難しくない？」

「……そうなのよね。今までみたいに具材や味付けの調整を変えて、ってやり方じゃ、一種類でいいじゃないか、って言われそうだし……」

「根本的に別モノにするぐらいの勢いでないと、無理だよね」

「そうそう」

完全に試食を諦めて、ロードマップを作りつつアイデアを絞る作業に移るエルトリンデとヴォルケッタ。

嫌な予感がしたヴォルケッタが少量で作ってくれたため残りは大したことないが、それでも完食するにはきつい量が残っている。

これを食べきると、辛さに意識を持っていかれて、舌が利かなくなるだけでなく頭も回らなくなりそうだ。

「根本的に別モノ、かあ……。とはいってもラインいじらなきゃいけないほどの冒険は無理だから、今ある基本ラインナップに合わせてアレンジするとして……。……うどん、そば、焼きそば……、……って、焼きそば！」

「焼きそば？　ああ。このスープを汁なしにして麺に混ぜて絡める感じ？」

「ええ。それなら原形を残しつつ別モノって感じでバリエーションを作れるんじゃないかしら？」

「あ〜、いいかもしれない。まずはスタンダードなカップ麺の調整からだけど、それが形になったら試してみよう」

エルトリンデの唐突なひらめきに、ありかもしれないと頷くヴォルケッタ。

バリエーションに関して攻略の糸口が見えたからか、二人の表情が一気に明るくなる。

その時、彼女達の体から発散されていたエネルギーについては、当然のごとく誰も気がついていなかったのであった。

☆

アズマ工房が設立されてから一年と少し。

彼らの行いは、西部諸国の庶民にひそかに、だが無視できないほど大きな影響を与えていた。

例えばここ、ウルス東地区の屋台村では、新たな流行が始まっていた。

「サルヌ鳥の甘辛焼き、一本五チロルだよ～！」

「独自のスパイス調合で生み出したムニエル、一切れ八チロルだ！　どの魚も値段は均一だよ！」

「寒い日はうちの蒸し饅頭《まんじゅう》がお勧めだぜ！　肉と海鮮、どっちも十チロルだ！」

「アズマ工房直伝の唐揚《からあ》げ、一個二チロル！　串カツ一本十チロルだ！」

今、ウルスの屋台村では空前の新作料理ブームとなっている。

屋台村で起こっている流行は大きく分けて三つ。

一つ目は単なる塩コショウでしか味付けしていなかったり、凝ったところでもザプレという包み焼きしかなかった焼き物に、味付けのバリエーションが大きく増えたこと。

特に目立つのが、醬油《しょうゆ》ダレの代わりに様々な果物の果汁で工夫し作り上げた、濃厚で複雑な味わいのタレをつけて焼いた各種肉類である。

他にもハーブやスパイスの組み合わせを日夜研究し、日ごとに味を洗練させていく店もいくつも出てきている。

これにより、塩コショウとせいぜいちょっとハーブを使う程度で似たような味ばかりだった屋台の焼き物が、いろんな味を楽しめるようになっていた。

二つ目は、調理方法の多様化。焼き物と汁物ぐらいしかなかったメニューに、炒め物や揚げ物、果ては蒸し物まで増えていた。

揚げ物に関しては、アズマ工房もひそかに協力したこともあり、半年ほど前に露店商が手を出しやすい値段と性能の各種機材が出回り始め、ここ二カ月ほどで急激に店舗の数が増えたのだ。

蒸し物に関しても、原理自体はそれほど難しいものではないこともあり、専用の機材が作られるのは早かった。結果として、味付けだけでなく調理方法も一気に多様化しているのだ。

そして三つ目が、屋台一軒当たりのメニュー数の増加。今までの屋台はどこもせいぜい二種類か多くて三種類、大半は単一メニューしかなかったのが、今や九割以上が最低でも二種類、多いところでは五種類以上のメニューを用意するようになっていた。

さすがに春菜がやっていたように複数の調理法を駆使するような屋台はまだほとんどないが、それでも以前に比べれば大幅に進化したと言えよう。

「おや、こっちの甘辛焼き、チーズがかかっているようだが新メニューかい？」

「おう！　甘辛いタレとチーズの相性が思った以上に良くてな。一本六チロルになるが、損はさせねえぜ！」

「なら、せっかくだからそいつをもらおうかね」

「あいよ、毎度！」

春菜からヒントをもらい、屋台村で一番最初に醤油を使わない照り焼き風味のタレを作り上げた屋台が、どんどん独自開発の新メニューを売り上げていく。

この屋台がある一角は、春菜が一番よく店を出していた区画だ。

それだけに割と早い段階から新メニューの開発ノウハウを得ており、新作が一番早く、多く出る一帯となっている。

さらに、新メニューの共同開発や合同イベントなども盛んであり、屋台村の中でも特に集客力が強い区画となっている。

最近では、近隣の村からもわざわざここに食べにくる者が出てきており、名実ともにウルス一の屋台区画となった感がある。

もっとも、その一帯でも、不満の声が聞こえないわけではない。

その最たるものが、

「それにしても、カレーパン、またやってくれないかしらねえ」

である。

カレー粉がいまだ高級品である現在、カレーパンを作ろうとするととんでもない値段になる。そのため、カレー粉を材料原価で製造可能なアズマ工房以外、カレーパンを屋台で提供できる値段で作れる集団は存在しない。

カレー粉自体のレシピは公表され、使う材料も安いものばかりではあるが、それでなんとかなるのであればカレー粉が高いままであるはずもない。

よほどカレー粉が安くならない限り、アズマ工房が再び屋台を開くまで庶民がカレーパンを口にできる日は恐らくこないであろう。

「俺らも食えるなら食いたいんだがなあ……」

「頑張って自作しようとした時期もあったんだが、どうやってもちゃんとしたカレー粉にならなくてなあ……」

「食えないようなものができるわけじゃねえんだがなあ……。本物を知ってると、あれをカレーとはとてもとても……」

カレーパンを望む客の言葉に、残り少ない在庫を調理しながら口々に無念を告げる屋台の店主達。彼らもカレーパンがいろんな意味で恋しいのだ。

店主達も、その客の声に無策でいるわけではない。同じものは無理にしても、雰囲気だけでも近づけようとカレーの代わりにビーフシチューやカスタードクリームなどをくるんで揚げたパンを作っており、それらもそれなり以上に市民権を得てはいる。

だが、カテゴリーこそ同じだが、味の系統も雰囲気も全く別物であるそれらの揚げパンは、現状カレーパンほどのヒット商品にはなっていない。

頑張れば頑張るほど、カレーパンというものの偉大さを思い知る。

そんな日々を送る店主達。

「今はえらいさん達の関連でハルナ達も忙しいようだが、情勢が落ち着いたらまた、何らかの形でカレーパンやってくれないものかね」

「あんなデカい鳥を仕留められるようになってんだから、今更屋台なんざやる必要もないだろう。戻ってきてくれたらありがたいが、期待するだけ無駄だよ」

「だよなあ……」

春菜の屋台に対する情熱を甘く見た店主達が、希望と諦めの入り混じった表情でそんな会話をする。

実は邪神のことがなければすぐにでも屋台をしたい、そんなことを春菜がずっと考えていたことを、彼らは知る由もない。

「まっ、俺らは俺らでボチボチやるしかないさ」

「だな。あっちこっちでマシなカレー粉を見るようになってきてるから、近いうちに俺らでも手が届くレベルのまともなカレー粉が出回るかもしれねえしよ」

「違いない」

ないものは仕方がない。そう割り切って、今できる全力を尽くすことにする店主達と、店主達が作り出す新たなメニューに対する期待で胸を躍らせる客達。

そんな彼らの体から、すさまじいまでのエネルギーが立ち上っていた。

☆

ダールの屋台にも、いろいろと変化が起こり始めていた。

「あんたのとこのジャッテ、前に比べてさっぱりした味付けになった気がするねえ」

「今どき、ただ辛いだけのジャッテなんて流行《はや》らねえからな」

「俺は、もっとガツンと辛くて後に引くほうが好みだな」

「だったら、向こうの店だな」

ダールの伝統食であるジャッテ。その味付けに、はっきり店ごとの特徴や傾向が出るようになってきたのだ。

ダールに限らない話だが、もともと屋台の料理は勘と経験だけで大雑把に味付けするため、悪い意味で味のブレが大きかった。

特にジャッテの場合、作るほうも食べるほうも辛ければそれでいいという認識があり、基本的にはただただ辛いだけという深みも何もない味付けになりがちであった。

それが、ここ何カ月かで随分と味付けが安定し、またどこも同じような味だったのが好みに応じて選べるぐらいには違いが出てきている。

春菜の屋台で出されたこだわりのジャッテに衝撃を受け、危機感を覚えた屋台の店主達が当の春菜からアドバイスを受けて、今までのやり方を変え始めた。その成果が完全に定着したのだ。

今ではジャッテ以外の郷土料理にも波及し、さらには屋台だけでなく宿や酒場をはじめとした、ちゃんとした店構えの店もやり方を変えるに至っている。

無論、中にはあえて今までのやり方を維持し、値段を下げることで対応しているような店もある。

それはそれで需要があり、結果として客の奪い合いではなく購買層の住み分けという形に落ち着いていた。

もっとも、ダールの場合は別の形でアズマ工房の活動が屋台をはじめとした飲食店に影響を与えている。それは何かというと……。

「そういや最近、煮込みの店が増えたよな？」

「ん？　……ああ。最近、イグレオス神殿で水生成の魔道具が売られてるだろ？　あれ、ついに品切れ状態が解消して俺らでも買えるようになってな。おかげで、水の値段自体が下がってきてて、屋台で煮込みを出して利益が出るようになったんだよ」

「あ〜、そういうことか」

アズマ工房による、ダールの水事情の改善であった。

この水事情の改善、こっそり頼まれて飲用可能になるまで水質改善をしていたりなど、水生成の魔道具以外の表に出ていない公共事業が結構ものを言っている。

これらの公共事業に関してはファム達の土木まわりのテコ入れを目当てに受けたもので、一日二日で終わる範囲の作業ばかりだった。

そのため、アズマ工房内部ではほぼ話題になっていない。

こういう工事はダール以外からもちょくちょく受けており、よほど大規模なものでなければ話題に上がらなくなって久しい。

日常の一部になった作業など、話題に上がらなくても当然であろう。

なお、この描写もされないような土木作業、『フェアクロ』のゲーム内で宏がスキル鍛錬のためにやったことを、そのままファム達にやらせるために受けている。

なので、大規模なものはスラム区の実験農園以来一度も受けておらず、内容も日本人の生活の知恵的なレベルのことをちょっと大きな規模でやった、というものが多い。

「あとは、あの屋台で出てた、あっさりしてるのにしっかりした味があったスープ。ああいうのを出せるようになれば安泰なんだが……」

「あれは無理だろう。相当レベルの高いモンスターを食材として使ってたらしいから、そもそも屋台で出してること自体がおかしい」

「だよなあ」

などと話しているうちに、広場の中央にハープを持った女性が立ち止まって一つ礼をする。

「今日はあの女か。見覚えはあるんだが、どこで見たか思い出せねえ」

「『真夜中の太陽』で歌ってる女だな。たまに店の宣伝もかねて、このあたりの酒場にも出張してきてる」

「言われてみれば、先月ぐらいに『地竜の瞳亭』で飲んでたときに、そういう自己紹介して歌ってた気がするな」

「『真夜中の太陽』には行かないのか？」

「そんな金はねえよ。あそこ、無茶苦茶高いってわけじゃねえけど、安くもねえんだからよ」

ハープの弾き語りを始めた女を見ながら、そんな話題で盛り上がる屋台の店主と客。

安くはないという店で歌っているだけあって、結構な腕前である。

春菜がダールの屋台区画に残していった、ある意味最大の置き土産。それが、この吟遊詩人や歌姫、大道芸人などのパフォーマンスである。

今ではここの広場だけでなく、様々な場所で行われるようになっていた。

ファーレーンやフォーレでは当たり前のこの手のパフォーマンスだが、ダールは熱帯だけあって昼間は暑い。そのため、春菜が行うまでは、野外で誰かが芸をするなんて風習はなかったのだ。

「……いい歌だが、ちっと物足りねえなあ……」

「まあ、そう言うなって。ハルナがすごすぎるだけで、あれでも普段は滅多に聴けない歌なんだからよ」

「そりゃまあそうなんだが、なあ……」

「何にしても、そろそろ客が押し寄せてくる頃合いだろうから、俺は退散するわ。好みとはちっとずれてたが、これはこれで美味《うま》かったぞ。後味さっぱりなジャッテが欲しくなったら、また食いに来るわ」

「おう、ありがとうな」

軽く手を挙げて立ち去った客を見送り、商売に励む屋台の主。

そんな大盛況な市場のエネルギーが、創造的な波動となって空高く舞い上がるのであった。

☆

そして、フォーレの首都スティレンの屋台。

「ボリュームたっぷり、ドワーフスープ！　一杯十五ドーマ！」

「自慢のマルゲリータ、ひと切れ十ドーマだ！　食ってかないと後悔するぞ!!」

「ダール名物のジャッテ、どれも一つ十ドーマ！　辛くて酒が進むぞ！」

こちらもまた、伝統料理の進化と外来料理の定着が進んでいた。

単に雑なごった煮だったドワーフスープは、ダシを取って旨味《うまみ》を深くするという技法が伝わったおかげで随分と美味くなった。

この技法が伝わるきっかけとなったのは、春菜がアズマ食堂のためにメニュー開発を行ったドワーフスープ。それを適当に差し入れした先で味付けの工夫を聞かれて馬鹿正直に答え、それが一気に広まって屋台のスープの進化につながっている。

春菜は他にもフォーレの伝統料理にいろいろ工夫を加えており、それらを食したゴウト王が自身の料理人に伝え……と、トップダウン型で広まった新たな工夫は数知れない。

だが、一番フォーレという国の恐ろしさを思い知らせるのは春菜の持ち込んだ外来料理の定着、それも特にピザであろう。

何が恐ろしいかといって、ドワーフ達の全面的な協力のもと、人力で引けるピザ窯搭載の屋台が開発されていることだ。

これで、酒場に入らずともピザで一杯やれると、ドワーフ達も大満足だ。

だが、そんなフォーレの屋台、否《いな》、食文化全体において、実は一つ、とても重大な不満が蓄積していた。

「そろそろと思って来てみれば、まだどこもモツ煮を完成させておらんのか！」

お忍びで来ていた老貴族が、屋台村の料理を見て回って、その不満を爆発させる。

「うちの屋敷の料理人ですら、まだ完成させておらんのです。無茶を言うものではありませんぞ」

「とはいうがな。料理で生計を立てておる者達が、需要があって確実に儲《もう》かると分かっておるものをいまだに完成させておらんというのは、不甲斐《ふがい》ないにもほどがないか!?」

「一度二度食ったことがあるだけのものを、手に入らない調味料の代用品を見つけて再現しろ、というのはさすがに簡単な話ではありますまい」

無茶なことを言う主を、お付きの者がそう言って宥《なだ》めようとする。

実際問題、スティレン在住の人間がちゃんとしたモツ煮を食べた回数は、ゴウト王以外は多くて三回程度、大多数は二回だけである。

その二回というのも、どちらも突発的に起こった大宴会によるものである。

一回目はアヴィンとプレセアの結婚式の日。二回目はオクトガル大空爆によりウォルディス戦役が終わった直後のことだ。

どちらもゴウト王がコネを使い倒して手に入れた大量の味噌《みそ》や醤油、みりんを使い、ちゃんとした手順と味付け、材料で作ったモツ煮を振る舞っている。

カレー粉同様、それらの調味料はウルスですら行き渡っているとは言いがたい。

そんなものを使った料理をそうそう気軽に作れるわけもなく、また、元の味付けの印象が強すぎて、まったく違う味付けという発想にもなっていない。

他の味付けに関しては、王宮の料理人がようやく伝統的な調味料で実験を始めたところである。

そもそもの話、フォーレでは骨や爪、牙以外の部位は、内臓も含めて全てソーセージに加工する文化だ。それだけに、モツだけを調理するノウハウがほとんどない。

根本的なノウハウがないも同然なのに、粗野なのに洗練されたモツ煮という料理にまで一足飛びに進歩することなど、ありえるわけがないのだ。

「どうしても我慢できないのでしたら、陛下からアズマ工房に依頼してもらってはどうでしょうか?」

「それはそれで負けた気分になるのがな……」

「でしたら、もっと長い目で見るしかありませんぞ」

「ぬう……」

従者にそう窘《たしな》められ、悔しげにうなる老貴族。腹立たしげにピザを買うと、やけ食いのように熱さをものともせず一気に頬張《ほおば》る。

そんな主に苦笑しながら、主のためにソーセージのジャッテなどというフォーレ独特の進化をした料理と安酒を仕入れておく従者。

そんな従者の陰の努力が実り、この老貴族は三杯ほどの安酒と五品ほどの屋台料理を平らげたところで、ようやく機嫌を直す。

「次に来る頃にはせめて、モツ料理が一品ぐらい出ていればいいんだがな」

「それすら厳しいとは思いますが。まあ、そのうち何か出てくるでしょう」

とりあえず不満はひっこめたものの、こだわりだけは捨てない老貴族。

そんな主を淡々となだめる従者。

「ところで、ウォルディス戦役でアズマ工房から供出された缶詰というもの、あれはどうなっておる？」

「ゴウト王とドワーフ達の並々ならぬ努力と情熱のもと、着実に形になっております」

「ふむ。当然、当家も手を出しておるのだろうな？」

「もちろんでございます。そういえば、近いうちに当家お抱えの鍛冶《か》師《じ》から、缶詰に関して報告できることがあるとのことです」

「そうか。それは楽しみだ」

従者の言葉に満足し、缶詰に対する期待を胸に帰路につこうとする老貴族。

そんな彼の前に、一人のドワーフが顔を出す。

「ここにおられたか！」

「どうした、騒々しい」

「ようやく、ようやく満足いくものが完成した！　主よ、試してくれ！」

そう言って、缶詰と缶切りを差し出すドワーフ。

その言葉と差し出されたもので状況を理解し、震える手で缶詰を手に取る老貴族。

直感的に開け方を理解し、缶切りで缶詰を開封する。

「おお、これは……」

「味のほうはまだまだじゃが、保存性に関しては完璧じゃ。量産にはもうしばし設備開発が必要となるが……。なに、そちらは時間の問題じゃて」

そのドワーフの言葉を聞いているのか、震える指で中の焼き鳥をつまみ、一口かじる。

その様子を、固唾《かたず》を呑《の》んで見守るギャラリー達。

「……美味い。実に美味い」

老貴族の一言に、ギャラリーが沸く。

この瞬間、その場にいる者達から圧倒的なエネルギーが宏のもとへと届けられた。

☆

「今日もご飯の時間～」

「たくさん売上～」

「利益がっぽがっぽ～」

「強盗殺人〜」

「遺体遺棄〜」

「物騒なこと言わないでください」

ローレンの首都ルーフェウス。その中心施設の一つであるルーフェウス学院から通りを一つ挟んだアズマ食堂では、今日もランチタイムが始まろうとしていた。

「出前注文〜、ハーフサイズ三点セット本日のおすすめで〜」

「ビーフシチュー大盛り〜」

「はいよ！」

開店と同時にフライング気味に注文をぶつけるオクトガル。その注文を受け、手早く料理を準備していく料理人達。

裏ではオクトガルが邪神相手に爆撃準備をしていることなど、この場にいる人間は誰一人として想像もしていないだろう。

それだけの数のオクトガルが飛び回っては注文を受け、料理を運び、お駄賃代わりに一口もらっては厨房《ちゅうぼう》に飛び去っていく。

アズマ食堂は今日も今日とて、オクトガルなしではさばききれないほど盛況である。

「予約品の準備できてる〜？」

「あっちに全部並べておいたから、順次持っていってくれ」

「は〜い」

アズマ食堂と銘打たれてはいるが、もはや経営も資金関係も完全に独立して久しいこの食堂。運営が軌道に乗ってから、いくつか新しい取り組みを始めている。

その一つが、オクトガル出前システムを応用した、事前予約システムだ。

仕入れが終わってメニューが確定してから開店までの間に、方々に散ったオクトガルが前払いで注文を集めてくるシステムである。

客の人数の関係で席の確保ができないため、あくまで予約できるのはテイクアウトのみなのだが、勤め人からは会議やちょっとした来客があるときに、学生からは近場でフィールドワークする際に重宝するとのことで、意外と便利に使われている。

「ラーメンお待ちどうさま～」

他にも新メニューにラーメンが追加され、定番として定着しつつあるのも大きな変化の一つであろう。

麺は宏達がテコ入れしたパン屋から、焼きそばパン用の製麺機を単独稼働させて作ったものを食堂で出すパンと一緒に仕入れている。

とはいえ、醤油も味噌もあまり受けがよくないルーフェウスなので、どちらかといえば中華麺で作ったチキンコンソメのスープパスタといった仕上がりになっている。

なお、最初の頃は設定されたとおりに焼きそばパンを作ることしかできなかったパン屋の主人だが、一カ月もしないうちに操作や設定変更の仕方を完全に覚え、今では製麺機だけを独立して稼働させるだけでなく、パスタやうどん、果てはそば粉を使ったそばのような焼きそば用中華麺以外の麺類まで作る技を覚えた。

やはり生活が懸かっていると、人間というのは物覚えが非常に良くなるものである。

「店長～、店長～」

「なんでしょう？」

「今日の営業終わったら～」

「そろそろ新メニュ～」

「おお、そうですな。さて、今回はどんなものがいいか」

「メニュー公募～」

「人気投票～」

「お祭りイベントにするの～」

「おお、それは楽しそうですな」

オクトガルの提案に、料理する手を止めずに感心したようにそう返す店長。

実のところ、ハーフサイズの組み合わせや出前予約、新メニューのラーメンなどは全て、オクトガルの提案から始まったシステムだ。

それ以外にも大小様々な改善やシステムの変更をオクトガルの提案で行っており、もはやアズマ食堂の実質的な運営はオクトガルによって行われているといっても過言ではない状態になりつつある。

最初こそ神の眷属《けんぞく》とはいえ、謎生物の言うがままでいいのかと悩んだ店長だが、改善の提案はほぼ全てが客や従業員の意見を拾い集めてきたものであり、メニュー関係も十のうち七は成功を収めているので、深く考えるのをやめたのだ。

「せっかくですから、ルーフェウス学院だけでなく、様々なところから大々的にメニュー案を募りましょう」

「投票で六つぐらいに絞る〜」

「試食品を期間限定販売〜」

「売上と人気で正式メニュー決定〜」

「なるほど、それは実に盛り上がりそうです。っと、シカ肉のローストが上がりましたので、持っていってください」

「りょうか〜い」

楽しそうに料理を運んでいくオクトガルを見送りながら、どうやって進めていくかをわくわくしつつ考える店長。

そんな彼らの体の中からすさまじいエネルギーが送られていることを、オクトガルだけが知っていた。

☆

「……なるほどなるほど」

ライムやバルシェム、レイオット達。他にも知った顔から見知らぬ人物まで、様々な人々の様々な創造的活動についてのイメージを見ることで、エネルギーの正体や性質を全面的に理解した宏。

それとともに、最大効率でのパワーアップ方法も、その場合どうなるかも同時に察する。

「これで直接パワーアップするんはなしやな。今はともかく、終わった後に間違いなく持て余す」

「ぴぎゅ」

「おう、そうやな。ほな、いったんエネルギーとしてだけ取り込んで、必要以上にパワーアップしてまわんように、さっくり使い切ってまおか」

何事か主張したラーちゃんにそう答え、慎重にエネルギーを取り込みながら春菜達のもとへ帰る算段を立てる。

位置関係を再確認し、できるだけ低コストで『通り道』を作れるルートを探り当て、決めたルートが通れるように地道に少しずつ空間を整えていく。

そのさなかに邪神のほうを確認し、思わず眉をひそめる宏。

「やばいな。思ったよりパワーアップしとるし、結構近くまで来とる」

邪神は、周囲の空間を破壊することで、パワーアップしながら宏に近づいてきていた。一応可能性として想定してはいたものの、予想外に早く進んでいたのだ。

「やっぱ、ゲームで遊んどったんは、余裕見せすぎやったか」

じわじわと『通り道』を整備しながら、余裕を見せすぎたことを反省する宏。あの時点でできることがなかったのは事実だが、それならそれで何か作ったりして時間を潰せばよかったのだ。

だが、邪神がパワーアップしているといっても、倒せなくなるほどではない。

今まで戦ってきたボスで例えるなら、せいぜいがオルテム村のイビルエントがタワーゴーレムに化けた程度。まともに相手をすれば厳しい相手だが、勝てないわけでは決してない。

しかし、それだけのパワーアップを何することもなく見逃していたというのは、やはり深く反省すべき事柄である。

「ぴぎゅ」

「せやな。考えようによっちゃ、これで腹が決まったっちゅうことでもあるしな」

手詰まりになって遊んでいた間、ずっと迷っていたある選択肢。それが考えるまでもなくなったことに、どこかすっきりした様子を見せる宏。

腹が決まったからか、『通り道』を作る速度も上がっていく。

「やっぱ、この手の癌《がん》細胞的な何かは、ちゃんと完全に潰してもうとかんとあかんわな」

「ぴぎゅぴぎゅ」

「そっちも準備整ったか。ほな、まずはあれの回収からやな。ラーちゃんネット《グレイプニル》、発射や！」

「ぴぎゅ！」

突っ込みどころ満載のルビを振られたラーちゃんのネットが、亜空間の空間状態を無視して邪神を絡めとる。

宏達がゲームで遊んでいる間にさらに三玉の神キャベツと世界樹の葉五枚、数本の宏と春菜の髪を食べ、ひそかに力を蓄えていたからこそ可能な荒業だ。

もっとも、空間を無視したといっても、あくまで目視できる相手に直接ちょっかいをかけられる程度でしかなく、この程度の能力では脱出は不可能。言ってしまえば、現状は邪神をお持ち帰りする以外には役に立たない能力である。

邪神相手となると拘束時間もせいぜいそれぐらいが限界の、名前負けにもほどがあるネットだが、神を拘束できるという意味では間違ってはいないところがミソだろう。

「よし、確保。ほな、戻るか」

「ぴぎゅ！」

『ちゅうわけやから、春菜さん。今からそっち戻るわ』

『うん。準備は整ってるから、いつでもどうぞ』

『ほな、いくで』

邪神を拘束したネットを片手に、微妙にワームホール状になった亜空間の『通り道』に飛び込む宏。

飛び込んだ宏の体を春菜の権能がそっと掴み、優しく正確に誘導する。

「ぴぎゅ！」

出口付近で急激に空間が荒れ、春菜だけでは制御しきれなくなったところで、またしてもラーちゃんが糸を吐き出す。

ラーちゃんが吐き出した糸は勝手に束になって布状になり、パラシュートのように広がって宏の移動速度と移動経路を修正する。

そして――、

「ただいま、春菜さん」

「おかえりなさい、宏君」

亜空間に飛ばされてから半日以上。

宏はついに、春菜達のもとへ帰還したのであった。

邪神編 第四三話

「ただいま、春菜《はるな》さん」

「おかえりなさい、宏君《ひろし》」

軽い調子で戻ってきた宏を、万感の思いがこもったその一言で出迎える春菜。表面上は余裕でも、本心ではかなり心配だったのだ。

本音を言うのであれば、すぐにでも抱きしめてその存在を確認したい。だが、まだ女性恐怖症が完治はしていない宏に対して、春菜がハグを行うのはどうにもためらいが先に立つ。

それに、ここでラブシーンもどきを行うのは、間違いなく自分達のカラーではない。

人によってはそれでパワーアップすることもあろうが、ことアズマ工房に限っていえば、ラブシーンでパワーアップなどありえない。

ところどころ脇道にそれた思考は混ざっているが、基本的に宏への気遣いを最優先にした結果、春菜は全力で自制心を働かせることになった。

「みんなにも心配かけたな」

「春菜と澪《みお》はともかく、俺と真琴《まこと》はそうでもなかったがな」

「城が健在でソーセージ食べる余裕があるんだから、そこまで心配する必要はないってぐらいには、あんたのこと信用してるしね」

「で、結局、邪神は連れて帰ってきたんだな」

「せやねん。ほっとったら結構パワーアップしおってなあ」

邪神に視線を向け、渋い顔でそう告げる宏。

その言葉につられ、他のメンバーも邪神を見る。

「そんなにパワーアップしてるのか？」

「パワーアップしたっちゅうても、エネルギー総量に関しちゃ最初の半分ぐらいしかないけどな。亜空間糸電話とかあのへんで削っとったらしい分は、いつの間にか半分以上回復しとるわ」

「それ、具体的にはどんな感じだ？」

「せやなあ。感覚的にはタワーゴーレムんときが近いと思うで。特に、基本カス当たりでもやばい、っちゅうところが」

宏の説明を聞き、大方の感覚を理解する達也《たつや》達。

曲がりなりにも神だけあってか、直接どつきあうとなると、こちらの装備やスキルがパワーアップしていても、今までのボス戦で屈指の苦戦を強いられた相手と同等程度の厳しさはあるらしい。

「そいつはやっかいだな」

「まあ当時とちごて、今回はアムリタとソーマの効果時間内やったら直撃受けても大丈夫やし、春菜さんも権能を七割ぐらい防御寄りにしとけば普通に耐えられるとは思うけど」

「なるほど。まあ、分かってたことではあるが、神酒の効果時間には注意せにゃならんな。で、こっちの攻撃は通じそうなのか？」

「兄貴らの攻撃も通りはするけど、どうあがいても決定打にはならんやろな。……いや、もしかしたら、真琴さんのはいけるかもしれん」

「あたしの？　もしかして、虚神刀のリミッターを外すってやつ？」

「そうそう。今の真琴さんと虚神刀やったら、五秒ぐらいが限界やろうけどな」

「五秒、か。オーバー・アクセラレートかタイム・ドミネイションで加速してもらっても、あれを完全に潰《つぶ》すのは無理そうね」

「いや、リミッター解除中は、その手の超加速系はほぼ意味あらへん。っちゅうか、特殊ポーションとかアムリタみたいな内服系と装備固有のバフ以外、外部からのバフ系統は全部効果がなくなるんよ」

宏の説明に、思わず難しい顔で黙り込んでしまう真琴。春菜からの超加速系補助魔法が使えないとなると、イグニッションソウルとオーバー・アクセラレートの組み合わせのように疑似的に持続時間を引き延ばす真似はできない。

だが、そこまではいい。問題なのは、『五秒ぐらいが限界』というのがどういう意味か、だ。

単純に、スキルの制限時間的な意味で五秒ならまだいい。リミッター解除ができなくなる以外に、戦闘に支障が出る要素はないのだから。

かつての虚神刀の維持のように、制御的な問題で五秒というのもまだなんとかなる。

これが、『何もかもを持っていかれたうえで五秒しかもたない』というのであれば、話がいろいろ変わってくる。

「そういうわけやから真琴さん。リミッター外すんやったら攻撃入れる直前にして、一発入れたらすぐに離脱しいや。最悪、虚神刀はその場に放置するぐらいに考えとったほうがええで」

「……やっぱり、五秒の制限時間って根こそぎ持っていかれるほうか」

「根こそぎ持っていかれるほうやねん」

どうにもやばい予感がひしひしとする話に、虚神刀を見ながら小さくつばを飲み込む真琴。宏が最悪手放せというぐらいだ。下手をすると、使い手自身も巻き込まれる類《たぐい》のものなのかもしれない。

「ぴぎゅ」

思考の海に沈みそうになった真琴を現実に引き戻すように、ラーちゃんが大きく鳴く。

その声に、全員の視線がラーちゃんに向いた。

「おう、そうやな。状況確認と打ち合わせはこんなもんにしとこか。兄貴、澪。ラーちゃんネットが破壊される前に解除したいから、全力攻撃の準備頼むわ」

「分かった。残り時間はどれぐらいだ？」

「……五分はもたんぐらいか。三分ぐらいでなんとかしてくれるか？」

「了解。それだけあれば十分だ」

宏の指示を受け、宏が亜空間に飛ばされる前に放とうとしたのと同じ攻撃の準備に入る達也と澪。

アムリタとソーマを飲み干し、神の城の地脈に自身を接続し、魔力をどんどん圧縮しながら神《しん》杖《じょう》ジャスフィニアの固有増幅エクストラスキル・マジックフォージを展開する達也。

それに合わせて澪が、神弓メビウスの必殺技をチャージしつつ、必殺技を最大限に活かせるように同時展開できる弓系スキルをどんどん重ねていく。

十五秒後。マジックユーザーゆえにもっとも事前準備に手間がかかる達也が、全ての準備を終えた。

「準備完了！　春菜！　俺と澪に増幅系を頼む！　ヒロ、発射指示をくれ！」

「必要だと思って、とっくに準備は済ませてるよ。宏君、合図をお願い！」

「了解！　ほな、ネット解除するから、糸が消えたらすぐに叩《たた》き込んだって！」

「おう！」

宏の指示を受け、邪神本体に絡まっているネットを注視する達也と澪、春菜。

三人の見ている前で糸が消え、邪神が自由を取り戻す。

「行け！　メテオストーム！　エナジーライアット！」

「インフィニティミラージュ！　メビウスショット巨竜落とし！」

自由を取り戻した邪神が動くより先に、達也と澪が放ったエクストラスキルが春菜の増幅魔法陣を通過して、邪神に対して牙をむく。

真っ先に直撃したのはメテオストーム。魔力圧縮に加え様々な補助の影響で、物理的な隕石《いんせき》ではなく純粋かつ高密度な浄化系の魔力の塊が降り注ぐ魔法となったその一撃が、いまだに月ほどのサイズを誇る邪神の表面を余すことなく穿《うが》っていく。

そのクレーターを貫くように、インフィニティミラージュで無数に増えた澪から放たれた矢が突き刺さり、貫き、中心付近でそのエネルギーを全解放する。

巨竜落としの効果で強化された貫通力、それが尽きたところで、メビウスショットの効果である空間湾曲が発生したのだ。

内臓という概念がなく、体のどこの部分を取っても全く同じ性質を持つ邪神とはいえ、破壊力が外に逃げない状態で、しかも神器の固有エクストラスキルが持つ凶悪な浄化能力を発揮しながら空間を捻《ね》じ曲げられたとなると、当然普通に食らうよりダメージ量は増える。

そして、そこに止《とど》めとばかりに、浄化による消滅に特化したエナジーライアットが食らいつく。

他のスキルを準備する十五秒の間、注ぎ込めるだけの魔力を注ぎ込んだエナジーライアットは、単なる生身の人間が叩き出したとは思えないほどの威力を発揮し、邪神の胴体を大きくくりぬいた。

総合的なダメージでいえば邪神の残りの生命力の二割ほど、初期値との比較でも一割前後という大ダメージだ。削った量だけでいえば、神々の攻撃すらも凌駕《りょうが》している。

もっとも、レーフィア、イグレオス、エルザの三柱による共同攻撃と違い、あくまで生命力を削っただけ。能力値そのものには、一切影響を与えていない。

そのうえ、たかが人間がそれだけの結果を出しただけに、いろいろと問題は発生している。

「……やっぱ、ものすごい勢いで回復しおんなあ」

「能力削る種類のダメージじゃないから、これぱっかりはどうしようもないかな」

問題の一つは神々の攻撃よりも早く回復されること。

そもそも、いかに神器によるエクストラスキルといえど、人間が普通に攻撃をして神にダメージを与えているのだ。

ダメージが出ていること自体が異常であり、回復されないように存在そのものを削る、などということができないのは何らおかしなことではない。

与えたダメージ自体は確かに神々より大きい。だがそれは、存在を削ることを考えなかったからこそ出せた結果だったのだ。

達也と澪の持つ神器とエクストラスキルの双方がもう一段階成長していれば、与えるダメージこそ半減するが、相手の存在そのものを削れたであろう。

だが、残念ながら現時点ではこれが限界である。

いくら宏が手を入れていようと、成長が絡む部分ばかりはどうにもならないのだ。

そして、宏達にとってはもっと大きな問題が。

「……神衣以外の装備が、全部沈黙しちまったな」

「……ん。ちょっと無茶しすぎたかも」

達也と澪の神器が、神衣を除き全て灰色になって機能停止しているのだ。

「壊れちまったか？」

「いんや、休眠状態になっとるだけや。ただ、今日明日に復旧っちゅうわけにはいかんけどな」

「そうか……」

「つまり、ボク達はここまで？」

「せやな。これ以上はやばいから、城に引き上げて大人しく待っとって」

「ん、分かった」

宏の指示に従い、素直に神の城へ転移する澪。達也もそれに続く。

さすがに、装備が機能停止した状態で邪神相手にちょっかいを出すほど、二人とも無謀ではない。

事ここに及んで、今更命をかけて行動するのを厭《いと》いはしないが、無理をしたところで宏達の足を引っ張るだけで得るものが何もないと分かっていて、無意味に意地を張る気もないのだ。

「まあ、気休め程度にタイム・ドミネイションで邪神の回復速度を遅らせてはみるよ」

「せやな。で、それで時間は稼げるとして、この後どう攻めるかが問題やな」

「やっぱり、地道に削る？」

「まあ、それしかないわなあ。っちゅうても、天地開闢砲《てんちかいびゃくほう》は多分、二発目は通じんやろうしなあ。本気でどう殴ったもんか」

「でしたら、しばらくはわたくし達にお任せください」

さてどうするか、と話し合いを始めたところで、唐突に現れたアルフェミナがそう口を挟む。どうやら、声をかけるタイミングを探っていたようだ。

「アルフェミナ様のほうには、なんぞええ案でも？」

「案というわけではありませんが、再びエルザ達の手が空きました。それに今度は、文化芸術も含む、物を生み出す側に寄った権能を持つ神を集められるだけ集めています。多少は効く攻撃ができるでしょう」

「それ、最初からやっといたほうがよかったんちゃいます？」

「物を生み出すほうに寄っているということは、戦う能力では劣るということです。ですので、いきなりそれらの神々に攻撃させるのも危険ではないかと考え、戦いに長《た》けているはずの戦神系や軍神系にある程度削ってもらいつつ、特性を見極める予定でした。さすがに、仮にも戦神を名乗っている神の中に、戦いの趨勢《すうせい》も見極められぬ愚か者が混ざっているとは思いませんでしたが……」

「戦神はうちらの世界の神話でも、個人の武芸特化でそういうところの見極めができん戦の神様がたまに混ざっとりますしねえ」

心底疲れたように、実に無念そうに最後の一言を吐き捨てるアルフェミナに、宏が慰めの言葉をかける。

実際、洋の東西に関係なく、多神教の神話に出てくる神というやつは往々にして、自分の専門分野で自滅しており、この世界の神々がそういう間抜けな真似をしても、特に不思議なことでも何でもないのだ。

余談ながら、今回他人を巻き込んで致命的な失敗を犯し、相手をパワーアップさせる形で自滅したのは全部戦神であり、軍神に属する神々はちゃんと命令を守ってノーダメージだったところがミソである。

「とりあえず、そっちで計画とか戦略とか決まっとるんでしたら、しばらくは全面的にお任せしますわ」

「ありがとうございます」

特に方針があったわけでもないので、アルフェミナに丸投げする宏。

とはいえ、相手のタフさとパワーアップ速度を考えると、アルフェミナ達の攻撃だけでは、恐らく勝負は決まるまい。

それに、アルフェミナ達の気の使いようを考えると、一定以上削ったら、こちらに花を持たせようと譲ってくる可能性も否定できない。

高みの見物とはいかないと考えたほうが無難だろう。

「さて、念のために、適当になんか作りながら、こっちからの攻撃も考えとこか」

「そうだね」

「相手のパワーアップにつながっちゃうから、基本は安全第一で考えなきゃいけないわね」

今後の情勢を予想し、余っている素材を適当に取り出して訳の分からないものを作りながら、邪神にどう仕掛けるかを春菜や真琴と相談する宏であった。

☆

「行け！　飛龍昇天編み！」

技芸神セリアンティーナの部下、被服の女神リリアンが牧畜の神モウシからもらった毛糸をその場で編み上げ、大量の編みぐるみを飛ばす。神々の総攻撃は、のっけから妙にファンシーな展開になっていた。

「見るがよい！　これこそ封印されし陶芸技！」

「秘儀・シールド大回転！」

リリアンのファンシーなミニドラゴンの編みぐるみに続き、陶器で作られた森の楽団が演奏しながら邪神へ向かって行進する。

それらをうるさそうに薙《な》ぎ払う邪神の攻撃を、城壁の神オルゴンが盾を大量に回転させるという大道芸じみた方法で妨害する。

さらには、

「「「「遺体遺棄～」」」」

本来予定になかったはずのオクトガル爆撃隊が、邪神の攻撃を器用にかいくぐって司教ポメを叩きつけていく。

それら全てを盛り上げるように、どこから調達したか技芸神セリアンティーナが春菜の般若心経ロックやポップスを再生する。

もはやとても戦闘とも攻撃とも呼べぬ光景とは裏腹に、邪神は少しずつ、そして着実に弱っていた。

「ふむ。やはり、攻撃の意思を持たぬほうが効果は高そうだな」

「そうですね。しかし、よくもまあ、次から次へと使い道のなさそうな技が出てきますね……」

「それだけ、真面目に己の権能を研究した証拠であろう。ああいう技は、高度なテクニックを見出《みいだ》す過程でよくできるものだからな」

「真面目に研鑽《けんさん》した結果、という割にはふざけた技が多いですし、やけに喜々として使っているのですが？」

「むしろ、使い道がなさそうなふざけた技だからこそ、喜々として使っているのだろう。こういう機会でもないと、せっかくできたのに永久に日の目を見そうにないからな」

びっくり箱のように飛び出すなんとも微妙な技の数々に、頭痛をこらえるような仕草をするアルフェミナと、その背景を淡々と分析するソレス。

その間も、容量拡張も使わずに次々に木箱の中から外側と同じサイズの木箱を出したり、切り取った邪神の欠片《かけら》を強引に薬に加工したりと、第二陣に参加した神々はひたすらやりたい放題を続けている。

彼らの生き生きとした表情と、その活力に反比例するように力を失っていく邪神。

正直、最初の総攻撃の意味は何だったのかと小一時間ほど問い詰めたくなる光景だ。

「攻撃に参加させてくださって、ありがとうございます！　おかげで、永久に使う機会がないかと思っていた危険な編み物技が使えました！」

「危険なのか？」

「というより、編み物なのに危険な技を作るのはどうかと思うのですが……」

「編み物だろうが何だろうが、危険なものは危険です」

ソレスとアルフェミナの疑問交じりの突っ込みに対し、やけに力強く言い切るリリアン。

その間にも、

「これぞ、我が料理道の封印されし奥義、かえし要《ぃ》らずの炭火ストーム！」

「道路工事とは、ただ掘るだけにあらず！」

といった、料理の神や道の神などの、そんなのがいたのかと言いたくなるような細かい権能を持つ神々による攻撃（？）が、絶え間なく続けられている。

どれもこれも軍神系や戦神系の神であれば、どんな小物でも鼻で笑って無力化するような代物で、本来ならば神と神との戦闘において攻撃と呼べるような技ではない。

だというのに、邪神相手にはとことんまで効果が抜群だった。

「本当に、最初の総攻撃は何だったのでしょうね？」

「最初の段階では、新神どのの砲撃の分を踏まえても、今攻撃に参加している連中は一瞬で全滅させられかねなかった。レーフィアとイグレオス、エルザの三柱以外は攻撃としてはほとんど意味がなかったとはいえ、あれがなければこいつらがある程度安全に殴るための分析ができなかったから、やはり必要ではあったぞ」

どうにも突っ込みどころが多すぎる展開にぼやくアルフェミナをなだめるように、ソレスが淡々と事実を告げていく。

実際、邪神への攻撃という名目で宴会芸じみた技の数々を披露している神々は、一部の例外を除き、正面からの戦闘では邪神相手に命令違反で突っ込んで消滅した戦神にすら勝てない。

恐らく、最初から攻撃に参加していた場合、比較的安全な距離からセンチネルガードに守られた状態で芸を披露していても、なにがしかの軽い反撃で戦闘不能、もしくは消滅に至っていた可能性が高い。

結局のところ、たとえ神であろうと、基本スペックによほどの差がない限り、生産系や生活系が戦闘特化系に戦闘力で勝つことなどありえないのだ。

因《ちな》みに、実は『フェアクロ』のゲーム内においても、このあたりの構図は変わらない。

こちらに飛ばされた時点での宏が、戦闘特化系である真琴より戦闘能力が上だったのは、単純に持っているエクストラスキルの数による能力値の差が原因だ。

持っているエクストラスキルの数が同じで身につけている装備のスペックが大差ないのであれば、正面から戦って職人プレイヤーが戦闘特化プレイヤーに勝つことはない。

よくてせいぜい、千日手に持ち込んでの引き分けが限界である。能力値こそ勝ちはするが、アクティブスキルで簡単にその差を埋められてしまうのだ。

「それはそうと、そろそろ全体的にネタ切れになっているようだ。我々も適当に一撃入れて、新神どのにバトンタッチしたほうがいいのではないか？」

「……そうですね。とはいえ、何をすればいいのやら」

「私はいい干物ができる太陽光でも照射して、やつの端末でも適当に干物にしてみる予定だが？」

「また、上級神が使うには微妙な技を持っていますね……」

「今回の攻撃を見ていて思いついた。元から持っていたわけではない」

「なるほど。でしたらわたくしも開き直って、醗酵《はっこう》や焼成が最高の状態で進むように時空制御でもしてみますか」

「それでいいと思うぞ」

太陽神がやるようなこととは思えない微妙なやり口を聞き、妙に据わった眼で地味なネタを言うアルフェミナ。

そんなソレスとアルフェミナの動きを察してか、それとも単なる思いつきか、邪神が反撃に伸ばしてきた触手を海水のウォーターカッターで切り落としていた海洋神レーフィアが、実に空気を読んだ行動に出た。

彼女は、自身の巫女《みこ》に制裁を下したときのように、切り落とした邪神の触手を干物にするために、太陽光によく当たるようくるくる回転させ始めたのだ。

ソレスとアルフェミナの行動による相乗効果もあり、瞬く間に完成する邪神の干物。

アミノ酸たっぷりで旨味《うまみ》成分が凝縮されているが、残念ながらどこまでいっても邪神は邪神。瘴気《しょうき》やら何やらもたっぷり濃縮されているため、やはり食えたものではない。

食いたいのであれば、聖水に浸《つ》け込んだうえで一週間ばかり般若心経ゴスペルを聞かせて瘴気を抜く必要があるだろう。

ただし、それをやった場合、高確率で跡形もなく消滅するだろうが。

「さて、作ったはいいですが、どうしたものでしょうね？」

「どう考えても食えんからなあ……」

「浄化して、消滅させるしかありませんね」

レーフィアが手で触れないように持ってきた干物を前に、微妙な表情で処分を話し合うソレスとアルフェミナ、レーフィア。

そこへ、

「そんなときは遺体遺棄～」

「汚物は遺体遺棄～」

すっかりお気に入りとなった聖職者系ポメを持って、オクトガルが乱入してくる。そのまま神々が何かを言う前に、次々とポメをぶつけて浄化してしまう。

「……どうせ浄化するしかないものだから、別にいいのだが……」

「……なんでしょうね、この釈然としない気持ちは……」

やるだけやってどこかへ転移していくオクトガルを見送りながら、複雑な表情でぼやきあうソレスとアルフェミナ。

展開の早さについていけなかったレーフィアは、唖然《あぜん》とした表情を取り繕うことすらできていない。

「……まあ、撤収も終わったことですし、あとは宏殿にお任せしましょう」

「……そうだな」

突っ込みどころ満載の嵐のような時間が過ぎ去り、もうあと一息というところまで邪神を削ったところで、再び宏達に攻撃の手番が回されるのであった。

☆

「よっしゃ。ほなカチコミ行くで！」

「「了解！」」

神々の狂宴が終わったのを見て、いつでも参戦できるように準備していた宏達が神の船から飛び立ち、神衣の機能で推進力を増しながら突撃を開始する。

邪神はすでに、この世界に侵攻してきたときの三割未満にまで削られていた。

「……なんか、すごい密度で攻撃が飛んできてる気がするんだけど……」

「そりゃ、ここまで削られれば、普通のボスだったらリミッター解除とかに移行するわよ」

「邪神にもその類があるっちゅうんやったら、はた迷惑な仕様やなあ」

この期に及んで初めてネトゲのボスらしいところを見せ始めた邪神に対し、思わず不平のようなものが漏れる宏達。そう言いたくなるほどの攻撃密度なのだ。

現段階ではまだ触手の届く範囲外であるため、宏が無意識に進化させたアラウンドガードで全て弾《はじ》くことができている。弾が九割、隙間《すきま》が一割、という密度ではあるが、所詮《しょせん》質量のない瘴気弾なので、攻撃を弾きながら距離を詰めることもできている。

だが、触手となるとなんとも言えない。

神々が普通に加工していたところからも分かる通り、恐らく触手には実体と質量がある。

それを現在と大差ないほどの高密度で仕掛けてくるとなると、ノーダメージで防げはしても、こちらの攻撃を本体に届かなくされる可能性が非常に高い。

その場合、単なるバリアを張っての突撃ではなく、何らかの貫通力がある手段で突破力を高める必要がありそうだ。

「こらあかん。このまま突っ込んでも弾かれるか取り込まれるかしそうや」

宏達を迎撃しようと邪神が触手の海を発生させたのを見て、そのグロさに顔をしかめながら宏が言う。

形状や用途から触手としか言いようがないくせに、異様に名状しがたい感じなのが余計にグロさを増幅させている。

ミミズや蟲《むし》の群れなんて目ではないグロさだ。

「ねえ、宏。これ、間違いなく捕まるパターンだと思うんだけど、このまま無策で突っ込むつもり？」

「通じるかどうかは分からんけど、一応対策は考えとる。まずは軽くやってみるわ」

不安そうな真琴の問いかけに、神斧《しんぷ》レグルスと神槌《しんつい》スプリガンを準備しながらそう答える宏。

とはいえ、宏のほうもそこまで自信はないらしく、あまりいい表情ではない。

「ほないっちょやってみんで。神器合体、ゴッドドリル！」
・・・ドリルの掛け声と同時に、二本の神器を強引にドッキング。物理法則も武器の形状や構造も一切合切無視し、先端を漫画的な形状のドリルに変形させる。神々の狂宴が続いている間、暇を持て余して思いつきでこっそり仕込んでおいたギミックだ。
そのまま、レグルスとスプリガンが不本意な合体を強いられることによる反発力を、先端のドリルを回転させるエネルギーに変換。さらに回転に回したエネルギーを後方に噴出させることにより、突撃速度を強化する。

先端のドリルが回転すると同時に、宏達を守っていた斥力場が錐状《すいじょう》に変化し、螺旋《らせん》を描くように回転を始める。

力場により巨大なドリルとなった宏達は、触れた端から邪神の肉体を引きちぎりすり潰し、巨大な穴を穿つことに成功した。

「……一応上手《うま》いことといったけど、根本的な解決にはなってへんなあ」

「そうね……」

穴は開けたものの落ち着いて殴れそうにない状況に、比較的安全な距離まで離脱した宏達が渋い顔をする。

ある意味邪神に対する反属性の塊であったゴッドドリル。

ダメージだけに限っていえば割と絶大なものはあったが、それでも倒せるほどではなく、攻撃を潰して上陸する、という観点ではほぼ意味はなかった。

穴は開いているがコアからはズレており、致命傷には程遠い状況である。

それどころか、残り二割を切るところまで削られた結果、完全に最終戦闘モードに入った挙句にとうとうこの世界に対する適応が完了し、制限が完全に解除されてしまっていた。

「次、私がやってみようか？」

「いや、この場合、もういっちょ僕がやったほうがええやろう」

「了解。任せるよ」

神器専用のエクストラスキルを使おうとする春菜を制止し、完全に分離した状態で二度と合体しなるものかとへそを曲げてしまったレグルスとスプリガンを手に慎重に距離を詰める宏。

相当削られ大穴が穿たれた邪神だが、それでも距離感を間違えそうになる程度には巨大だ。目測を間違って攻撃がスカッた日には、恥ずかしいとかピンチとかそういう問題ではなくなってしまう。

「やっぱ、コスパとか気にして一気にけりつけようとしたんが間違いやってん」

邪神の触手が届かず、こちらの攻撃は届く。そのぎりぎりの距離を見定めて、まずは両手でレグルスを大きく振りかぶりながらそう呟《つぶや》く宏。

効率を言い訳に横着をすると、かえって手間がかかって効率が悪い。そのことを再確認し、肝に銘じながら必殺技に入る。

「別にもう一回ぐらいやろう思ったらやれんねんから、セコいこと考えんで一気にいくで！　ジオカタストロフ、一発目や！」

出し惜しみはしない。そう心に決めるとともに、最大サイズまで巨大化させたレグルスを、容赦なく振り下ろす。

射程距離こそ砲撃である天地開闢砲には到底及ばない、分類上は白兵戦となる神器専用のエクストラスキル。それが、月を真っ二つに叩き割れるサイズと威力で邪神に襲い掛かる。

十分な質量と運動エネルギー、さらにはエクストラスキルとしての浄化エネルギーが、触れた先から邪神を粉砕し、消滅させ、コアからわずか数十メートルの距離まで亀裂を与える。

残念ながらダメージ自体はゴッドドリルのほうがはるかに上だが、一時的に攻撃を潰すという目的は十分に果たせた。

本来なら、再突撃にはこれで十分だ。だが、効率など気にしない、出し惜しみはしない、と心に決めた宏が、この程度で満足するわけがない。

そのままレグルスを手放すと、さらに追い打ちをかけるようにスプリガンを両手で振り上げる。

「本邦初公開、仕様の隙間をついたジオカタストロフ二連撃や！」

そう叫びながら、今度は打撃面が邪神の表面全体を覆い尽くすほどの面積となった神槌スプリガンを振り下ろす。

神器専用のエクストラスキルのうち、ジオカタストロフが属するカテゴリー技。その系統が有する、技のクールタイムが武器ごとに別カウントされるという仕様を利用した、本来ならまず間違いなく必殺となる大技である。

仕様の隙間をついた技で、攻撃機能を確実に潰す。その目的に全身全霊を注ぎ込んだ宏の一撃。それはついにコアを露出させ、霊的なエネルギーを浸透させ、邪神の触手攻撃を完全に無力化するに至ったのであった。

「これで、あの邪魔な触手はしばらく出てこんはずや！　一気にいくで！」

「了解！　じゃあ、私からいくよ！」

珍しくボス相手に直接攻撃を行うからか、妙に張り切った声で春菜が高らかに宣言する。

邪神関係の相手が多かったこともあり、ボス戦では基本単なるＢＧＭで影が薄かった春菜の、初めての直接攻撃系エクストラスキル《対ボス用必殺技》が、ついに火を噴いた。

「ミーティアライン！」

神剣シューティングスターが持つ固有エクストラスキル、ミーティアライン。

星の光をまとい、自身を流星雨に変えて必殺の刺突を叩き込む、レイピア系固有の派手さと華麗さに必殺の威力を乗せた美しい神業だ。

春菜の持つ剣は便宜上シューティングスターと呼んではいるものの、本来の神剣シューティングスターとは似ても似つかない、完全に春菜専用に一から構築された武器だ。

が、素材にはシューティングスターのコア素材が使われており、ある意味上位互換なので、固有技であるはずのミーティアラインも使用可能である。

もっとも、春菜が放ったミーティアラインは、挙動こそ同じだが最終的な結果は大きく違う。

単純に当たった数だけダメージを与える本来のミーティアラインと違い、春菜が放ったものは邪神の表面に大きくびっちりと般若心経を刻み込んでいた。

「摩訶般若波羅蜜多心経《まかはんにゃはらみったしんぎょう》」

邪神の表面から離脱したところで、春菜が合掌して般若心経ゴスペルを歌い始める。

その歌に呼応するように、邪神の体に刻まれた般若心経が光り輝き、邪神を涅槃《ねはん》へといざなった。

「あとはあたし、ね」

「真琴さん、念のためのアドバイスや。疾風斬《しっぷうざん》とか余計なこと考えんと、コアのあたりにぶっ刺してからリミッター解除するんやで」

「分かってる。五秒しか無理って言われてるようなもの、他の技と併用とか事前に余計な色気出して一発必殺技入れるとか、そんな無謀なことは最初から考えてないわ」

「せやったらええわ。で、虚神刀のリミッター解除に関しちゃ、巻き込まれたら僕とか春菜さんも普通に消滅しかねんから、悪いんやけど少し退避させてもらうわ」

「了解」

「春菜さんももうちょいこっちまで退避し」

宏に促され、小さく頷《うなず》いて春菜が退避する。

それを見届けた後、般若心経の影響で強調されるように浮き上がってきたコアに向かって一直線に突っ込んでいく真琴。

なんとなく嫌な予感がするからと、コアの上ではなくちょっとずれた位置に着地し、両足を踏ん張って気合いを入れて、そのまま容赦なく虚神刀をコアに突き立てる。

「やるわよ、虚神刀！　リミッター解除！」

反動に備えて、自身を鼓舞するように高らかに叫び、リミッターを解除する真琴。

その瞬間、踏ん張っていたはずの足場がきれいに消失した。

「えっ？」

真琴が戸惑いの声を上げる間にも、早送りのようにどんどんと邪神の体が消失していく。

虚神刀の真の力。それは、神も邪神も関係なく、どんなものでも食らい尽くし消失させる、というものであった。

この邪神の攻撃はまだ制御されていた。そんな感想を抱くほど無秩序に、奔放に邪神の体をむさぼっていく虚神刀。

邪神の体だけに限定されているのは、単純に一度に食える容量が邪神の体で満タンになっていたからにすぎない。

しかも難儀なことに、虚神刀は邪神と違い、食らえば成長するわけでも、消失させれば成長するわけでもない。

食って消失させた物体やエネルギーは、質量保存の法則もエネルギー保存の法則も何もかも無視して、何に対してもプラスに働くことなく完膚なきまでに消し去ってしまうのだ。

まさしく、究極の無駄飯ぐらいである。

「くっ！」

そんなものを維持しているのだから、真琴への負担も相当だ。

虚神刀の食らい尽くそうとする機能とは関係なく、リミッター解除状態を維持するためだけに魔力もスタミナも、生命力すらもごっそり持っていかれ、きっかり五秒でついにその場で膝をついて虚神刀を手放す真琴。

真琴の手から離れた瞬間、リミッター解除状態はおろか合体状態も維持できず、虚神刀は二振りの刀に分離してその場に落ちた。

「……離脱しなきゃ」

完全に腰砕けになり、言うことを聞かなくなった体に活を入れて、どうにか立ち上がろうとする真琴。アムリタもソーマも効果が持続しており、すでに生命力もスタミナも魔力も最大まで回復しているというのに、謎の虚脱感が続いて指を動かすだけでもつらい。

どうにもソーマですら即座には回復できない形で、気力とか精神力とかその類のものを根こそぎ使い切ったらしい。

気合いを入れようとしても入れた端から抜けていき、どう頑張っても体が反応しない。

「やばい、わね……」

目の前でゆっくり生え始めた邪神の触手を見て、乾いた声で呟く真琴。

この期に及んで、いまだに体の自由が利かない。

助けてもらおうにも、うかつに近づけば虚神刀に食われかねなかったため、宏も春菜も少し遠くにいてフォローが間に合うかどうかは微妙だ。

逆に、飛び道具で攻撃してとなると、宏の攻撃は範囲が広すぎて真琴を巻き込み、春菜だといまいちパンチ力不足。

権能を使おうにも、このあたりは虚神刀が食い散らかした影響と邪神の至近距離である影響で、宏や春菜の力量ではそれこそ真琴を殺してしまいかねない。

ならば神衣の機能で、と思えば、こちらも先ほどまでの無理がたたってか、防御以外の機能は沈黙している。

邪神と至近距離なのが悪いのか、それとも真琴の不調が原因か、神の城への転移もまるで起動しない。

幸か不幸か、なぜか真琴が倒れている場所を中心に数メートルほどの範囲には触手が生えていないのだが、それはあくまでも抵抗の余地なく体をぶち抜かれることはない、というだけにすぎない。

逃げる手段を完全に失い、邪神のコアの上から身動きが取れなくなっている真琴。

虚神刀に食われ、ほとんどコアだけとなった邪神が、そこまで弱った獲物を見逃す理由もない。

ゆっくり伸びてきた触手が真琴を貫かんと狙いを定め……

「えっ？」

どこからともなく飛んできた一本の矢が、今にも真琴を蹂躙《じゅうりん》しようとしていた触手を正確に消滅させる。

さらに、真琴の背後に生えていた触手も、聖天八極砲と思《おぼ》しき魔法で粉砕される。

『ん、間一髪』

『大丈夫か、真琴？』

『達也？』

『なんとなくヤバそうな気がしてな。ローリエや冬華《とうか》にアドバイスをもらって、武器に応急処置して船に戻ってたんだよ』

もはや諦めの境地に達していた真琴。

そこに唐突に来た急展開と達也と澪からの通信。

その言葉に空を仰ぎ見て、舳先《へさき》に達也と澪、冬華、さらにはひよひよまで立っているのをアムリタの力で強化された視力でとらえる。

彼らの妙に頼もしい姿に、一瞬で絶望がどこかに消え去ることを自覚する真琴。人間も、馬鹿にしたものではないようだ。

『そいつにダメージを与えることはできねえが……』

『真琴姉《まことねえ》を守るぐらいは、ボク達にもできる』

『たつやお兄ちゃん、みおお姉ちゃん、頑張れ～』

『きゅっ』

神々しい光をまとった冬華と神聖的な白い炎に包まれたひよひよの激励に応えるように、真琴の周りに生えた触手を高密度の弾幕で正確に駆除していく達也と澪。

二人の手にある武器には、ひよひよの羽毛を固定するように、何重にもラーちゃんの糸と冬華の髪が巻き付けられていた。

やはりなんだかんだ言ってひよひよも謎生物の頂点の一角・神獣らしく、その体の一部はラーちゃんの糸同様、神器にすら匹敵する何かがあるらしい。

それでも所詮、応急処置。最低限神器として使える程度に機能回復をさせるのが精いっぱいなのだが、宏が直接メンテナンスをしたわけでもないのに、完全に沈黙していた神器を復活させているのだから大したものであろう。

「真琴さん、動けそうか!?」

「ごめん、まだ体が言うこと聞かないのよ!」

「ほな、これしかないか！　ラーちゃんネット、発射や！」

「ぴぎゅ！」

達也と澪の攻撃範囲外から伸ばそうとしていた触手をトマホークレインで潰しながら、真琴を回収するためにラーちゃんに糸を吐き出す指示を出す宏。

いつでも発射できるよう準備を整えていたらしく、ラーちゃんの口からはものすごい勢いでネット状の糸が吐き出され、身動きが効かない真琴を優しく絡めとる。

そのまま一気に巻き上げ、邪神のコアに取り残された真琴を瞬く間に回収する。

巻き上げる勢いが強すぎて宏のいる位置を通り過ぎそうになって、慌てて春菜がキャッチしたのはご愛嬌《あいきょう》であろう。

「みんな、ありがとう。本気で助かったわ」

「っちゅうか、すまんなあ、真琴さん。自分で作っときながら、虚神刀のリミッター解除を甘く見とったわ」

「いろいろ試したんだけど、びっくりするほど制御が上手くいかなくて、下手したら助けようとした真琴さんを潰しそうだったんだよ……」

心底申しわけなさそうにする宏と春菜に、思わず小さく苦笑する真琴。見通しが甘かったのは、リミッター解除を使った真琴も同じことだ。

ボスの体に取り付いて直接物理的な攻撃を叩き込むのだ。リミッター解除をしていなくても、同じぐらいのピンチに陥った可能性は高い。

「そうね。見通しが甘かったのはお互い様だけど、あたしに悪いと思うんだったらとっととあれ、潰してきなさい。あたしには正確なエネルギー量とか分かんないけど、その気になれば一撃でいけるぐらいなんでしょ？」

「せやな。サイズもおあつらえ向き、っちゅう感じやし、いっちょ一発で消滅させてまうわ」

「あ、だったら念のために、白兵戦用の増幅魔法、一番いいやつをかけとくよ」

「おう、頼むわ」

「あと、真琴さんは転移で城に送るから、動けるようになるまでは安静に」

「言われなくても、動けないって」

真琴の一言に、意識と行動指針をさっくり切り替える宏と春菜。

無事に救助できたのだ。反省や謝罪ならあとでいくらでもできる。

「……準備完了。宏君、お願い！」

「おう！　ほな、全部終わりにしてくるわ！」

こちらの世界に侵攻を開始し、自身を生み出した創造神を食らい尽くしたときから見て、もはやエネルギー総量も最大能力も一パーセントを下回るほど弱っている邪神。

それに止めを刺し、いろんな因縁を終わりにすべく、レグルスを構えて突撃を開始する宏。

いまだにジオカタストロフのクールタイムは終わっていないが、もはや、そんなものは必要ない。

宏には、こちらに飛ばされてから身につけた必殺技がある。

宏にとって初めての必殺技と呼べるエクストラスキル。

二桁に届かない程度とはいえ、最も使用回数の多い必殺技。

ここまで弱体化した邪神など、それで十分だ。


「とっとと往生せいやあ！」


コアの上に降り立ち、その勢いを殺さずにタイタニックロアを発動させてレグルスを振り下ろす宏。

振り下ろした斧刃《ふじん》がコアを叩き割った瞬間、神と世界の意思がこもったエネルギーが爆発的に広がっていき、邪神のコアをひとかけらも残すまいとばかりに焼き尽くし粉砕していく。

「確かに、強かったし面倒やったしホンマのこと言うたら結構怖かったけどな」

タイタニックロアの破壊力と浄化の光が、いまだにしつこく復活しようとしている邪神のコアを

根こそぎ粉砕していくさまを眺めながら、これまでのことを思い出すように何かを呟く宏。

「……お前なんぞ、チョコレート無理やり食わされたときに比べたら、なんぼのもんでもないわ」

なんだかんだ言って当初の予定よりはかなり余裕で、だが見た目ほどには余裕がなかった邪神討伐。

そんな経過を示すがごとき宏の言葉を受けながら、邪神は破片すらも残さず完全消滅するのであった。

邪神編 エピローグ

「家族を、友を、故郷を守るために命を捧《ささ》げた英霊達よ……」

マルクト東部、最大の激戦地となった草原に、エアリスの可憐《かれん》な祈りの声が響き渡り、慰霊碑に吸い込まれていく。

年明けから十日ほど。各国は新年を迎え、無事に慰霊式典へとこぎつけていた。

「……なんかさ。ああいう姿を見てると、本来なら遠い存在なんだって実感するわよねぇ」

会場の最後尾、光学迷彩で隠した屋台の前で式典の様子を見守りながら、思わず真琴《まこと》が正直な感想を漏らす。

そんな真琴の気持ちを強調するように、エアリスの体や慰霊碑、お供え物、果ては草原全体から荘厳《そうごん》で幻想的な光が立ち上り、小さな光の玉となって漂い始める。

その光景に、参列していた遺族達の間からもどよめきが起こった。

「あんまり神々しくなられると、いろいろ不安になってくるよね」

年齢に見合わぬ重い立場に立たされ、それにふさわしいだけの威厳や神々しさといったものを身につけてしまったエアリスを見て、どことなく心配そうな表情で春菜《はるな》が言う。

社会構造の問題もあって全体的に成熟が早いこの世界においてさえ、エアリスの歳でここまでの実績と威厳を身につけた人物は、歴史を振り返っても数えるほどだ。

彼女が本当の意味で年相応でいられた時間というのは、恐らくその人生において一度もなかったのではないか。そのひずみが、いずれどこかに出てくるのではないか。

春菜がそんな不安を抱いてしまうのも、無理はないだろう。

「まあ、下手したらここにいる女神様より神々しいんだから、不安にもなるわな。主に立場がないとかそっち方面で」

「いや、別に女神としての立場なんてどうでもいいんだけどね」

心配しても無駄なことに不安を覚える春菜を、達也《たつや》が軽い口調でわざとらしくからかう。

さらにそこに、澪《みお》が余計な口を挟む。

「大丈夫。春姉《はるねえ》もエルも、一皮むけば同等レベルで残念だから」

「ねえ、澪。それをあんたが言うの？」

明らかにお前が言うな、という突っ込みを待っている類《たぐい》の澪の発言に、とりあえず義務感から一応突っ込みを入れる真琴。

残念さに関していえば、澪は春菜やエアリスなど可愛《かわい》いものに思える次元にいる。

そんなくだらない話をしている間にも式典は粛々と進み、浮かび上がる光の数はどんどん増えていく。

草原から浮かび上がった光の玉が、まるで軍隊か騎士団のように整列したところで、エアリスの祈りの言葉が最後を迎える。

「……英霊達よ、どうか安らかにお眠りください」

万を超える兵士や遺族、各国の王族や外交官が見守る中、エアリスは堂々と、粛々と、祈りの言葉を最後まで唱え終える。

その最後の一言と同時に輪郭だけ生前の姿を取り戻した兵士達が、騎士団の礼の姿勢を取った後に一斉に天へと昇っていった。

「姫巫女《ひめみこ》様に感謝を！　英霊達に、敬、礼!!」

神聖かつ幽玄、幻想的なその一連の流れに、今回の国家側の総代表に選ばれた、とある部隊の兵士長が感極まった声で敬礼を宣言。

その合図に、参列した王族や貴族、騎士団、果ては末端の兵士まで、練習をしたわけでもないのに一糸乱れぬ動きで騎士団の礼を取る。

その中に白くて巨大でつぶらな瞳がラブリーなワイバーンとその家族がいたが、一応彼らもこの件においては戦友なので問題ない、ということにするしかない。

なお、王族や騎士団長などを差し置いて満場一致で代表に選ばれたこの兵士長は、今回のウォルディス戦役において最大の激戦区で戦い抜き、他の隊が全滅に近い被害を受けた中で、唯一損耗率を一割未満に抑えた猛者だ。

無限に湧くウォルディス軍相手に半ば孤立した状態に追い込まれ、どんどんと倒れていく友軍を助けるべく奮闘し、一人でも多くの部下や他の部隊の兵士を生きて帰らせるために最後まで戦場に残り、その助け出した部下が連れてきた援軍により救出されたという、壮絶な経験をした人物である。

文字通り化け物の集団であったウォルディス軍相手にそれだけのことをした結果、この兵士長は左腕を完全に失い、右足の膝も歩くのがやっとというレベルで壊れている。

救出され神の城に搬送された時点ではまだ間に合ったため、当然三級ポーションで治療することを申し出たものの、部下達を多数失ったことや、所詮《しょせん》大した技量でもない自分が特別扱いを受けるいわれはない、などの理由で全面拒否され、治療できなかったのだ。

戦闘能力だけでいうならドーガなどには足元にも及ばないが、間違いなく今回の戦役における英雄の一人であろう。

宏《ひろし》達の視点では割とのんきなことをやっていたウォルディス戦役だが、最前線はやはりかなり悲惨な戦いを強いられていたのだ。

「……とりあえず、一つだけ言えるんは、や」

恐らく、後世において神話か伝説となるであろう慰霊式典。その一部始終を最後まで黙って見ていた宏が、その間ずっと思っていたことを言うべく口を開く。

「屋台隠しといたん、間違いなく大正解やったな。これ最初から表に出しとったら、いろんな意味で台無しやった」

何を言い出すのかと身構えていた一同が、宏の言葉に複雑な表情を浮かべて脱力する。

確かに、宏の感想は一切間違っていない。間違っていないのだが……。

「それを口に出して言っちまったら、それこそいろんな意味で台無しだろうが……」

台無し感あふれる言動に、その場にいた人間を代表して一応達也が突っ込む。

正直、ここにいる皆は式典の最中にほんの少しとはいえ余計なことをだべっていたのだから、宏に対して突っ込む資格がないのは分かっているが、それでも誰かが突っ込まねばならない気がしたのだ。

結局、真面目な式典の間ですら、その残念さとマイペースさは変わらぬアズマ工房であった。

☆

「くださいな」

一般参列者の献花と屋台がスタートしてから一時間。

どうやら、社交とか外交とかそういった要素のある付き合いを終えたらしく、エアリスがドーガとアンジェリカを伴って屋台にやってきた。

「はーい。どれにする？」

「そうですね……」

並んでいる料理をじっと見て、真剣に悩むエアリス。

ここで売られている料理は、どれを選んでもハズレはない。それが分かっているからこそ、悩みが深いのだ。

屋台で提供されるだけあって、並んでいるものは下ごしらえにかかる手間を度外視すればどれも簡単な料理ばかりである。

だが、簡単な料理だからこそ腕や素材の差がはっきりと出るもので、ここで出されるものを一番最初に食べてしまえば、少なくとも今日一日は、他の屋台で提供されるものを美味《おい》しく食べることはできなくなるだろう。

もともとここ以外の屋台など触らせてもらえないエアリスには関係ないことだが、なかなかに罪作りな話ではある。

「決めました。ローストベヒモスサンドとリヴァヒレスープのセットをお願いします」

意外にも割とがっつりしたものを注文してきたエアリスに微妙に驚きつつ、手早くサンドイッチとスープを用意する春菜。

因《ちな》みにこのサンドイッチとスープ、素材とかかっている手間から予想できる通り、今回の屋台で最も高額なグループに属する料理だ。

神小麦を使い製法にこだわりぬいて作ったパンで挟んであり、マヨネーズをはじめとした調味料も神の食材フルコースである。

中に挟んであるローストベヒモスやリヴァイアサンの白身フライなどの具材も、いい部位を手間暇かけて調理しており、普通なら屋台で売る軽食に使うなどもってのほか、という出来栄えになっている。

リヴァヒレスープも、ふかひれスープのふかひれの代わりにリヴァイアサンのひれを使った最高級スープで、体が温まるのはもちろん、極上の旨味《うまみ》なのに何杯食べても飽きないという究極の料理となっていた。

神の食肉シリーズを使ったサンドイッチとスープはいずれも一つ六十五チロル、セットで一クローネと二十チロル。屋台で売るには高すぎるとかそういう次元を超えた値段設定になっているが、この値段設定に誰も文句を言わない。

結果として、当初の予定とは裏腹に、最も高いものから順番に飛ぶように売れていくという厄介な現象が起こっていた。

そもそも、アズマ工房のネームバリューに加え、一部例外を除きモンスター食材というのは基本高級食材だ。

リヴァイアサンがどうとかに関係なく、モンスター食材を使ったサンドイッチ六十五チロルは普通に安い範囲に入るのだから、ある意味当然ではある。

「は〜い、かしこまりました。ドルおじさんとアンジェリカさんも同じでいいの？」

「そうじゃのう……。儂《わし》はそれに醤油《しょうゆ》味のモツ煮もいただこうかのう」

「我はスープをミネストローネにしてもらって、あとはじー様に持って帰るモツ煮、だな。味噌《みそ》のほうで頼む」

ドーガとアンジェリカの注文を聞き、手早く商品を用意する春菜。

その手さばきはもはや熟練の領域だ。

「はい、どうぞ」

「ありがとうございます。あの、それで……」

「私達もお話したいことがあるから、これが終わってから……。そうだね、晩ご飯の時間にお城に来てよ」

「はい、分かりました」

春菜の言葉に頷《うなず》き、料金を渡したあと素直に引き下がるエアリス。

自身の後ろにも続々と客が並び、また他の売り子達も忙しく動き回っているこの状況で、あまり長話をするのは気が引ける。

それに、屋台をやっているときの春菜は、宏と一緒に作業しているときとは違う方向で、同じぐらい輝いているのだ。

ここのところなんだかんだとストレスが溜《た》まることが多かったのだから、こういう楽しみを邪魔するのはエアリスとしては最も避けたいところである。

なので、屋台がよほど暇そうでもなければ、もともとアポイントを取る以上のことをするつもりはなかったりする。

「よっ。お兄ちゃんにも売ってくれよ」

「あっ、バーストさん。来てたんだ？」

「おう。お兄ちゃんも、なんでこんな厳粛な式典に呼ばれたのか意味不明なんだけどな」

「それ、自分で言っちゃうんだ……」

エアリス達と入れ違う形で、相も変わらず仮面をつけたままのバーストが春菜に声をかける。

その後ろではシームリットとマーヤの夫妻が、どことなく不安そうな表情でバーストを見守っている。

「それで、ご注文は？」

「ワイ太郎達の分も欲しいから、大量注文になっちまうけど大丈夫か？」

「ちょっと待ってね、在庫確認するから。……ちょっとここにある分を出しちゃうと他のお客さんに影響しちゃうから、ワイ太郎達の分はあとで別に作って持っていくよ」

「おう、すまねえな」

バーストに問われて、素直にそう答える春菜。

春菜の答えに、特に文句を言うでもなく納得するバースト。そのままざっとメニューを見てから注文を出す。

「俺の分はサンドイッチ各種一つずつ頼むわ。あっちの二人は、ローストベヒモスサンドとリヴァヒレスープにモツ煮をどっちも二人前ずつ、ってところか？」

「バーストさんはともかく、シームリットさん達も結構食べるんだね」

「そりゃ、鍛冶《かじ》屋ってのは肉体労働だし、マーヤちゃんもああ見えて戦士だからな。どっちも食わねえと体がもたねえよ」

「なるほど、言われてみればそうだよね」

「つっても、モツ煮は大部分が弟のつまみに化けるんだがね」

「あはははは」

バーストの言葉に朗らかに笑いながら、手早く料理を用意して渡す春菜。

それを受け取って料金を支払い、バーストが立ち去ろうとする。

「……むう、変態が大人しすぎる……」

その後ろから顔を出したレイニーが、やたら不満そうにそうぼやく。

「いやいやいや。お兄ちゃんだってこういうときぐらいは控えるって。つうか、触診とかマッサージはこのあと本格的に必要になってくるしな」

「変態のくせに、まともなこと言ってる。というか、私、標的にされたことがない」

「お前さん、あの工房主の兄ちゃん以外の男が触ると反射的に相手の首はねるだろ？　さすがにお兄ちゃんも、そんな命知らずなことはしないぞ」

　バーストの主張に、あ～、という表情を浮かべる春菜。タイプの近さに加え警戒心と反射行動の差もあって、バーストの技量をもってすらレイニーを触診するのは難しいらしい。

「前にどっかで、女性の美のためなら何度でも死ねる、って言ってたのに、死にたくない？」

「そりゃ、女性の美に貢献できるなら喜んで死ぬけどよ、正直メンテ不要ならともかく、必要なのに触診で死ぬのは、無駄死にもいいところだからなあ。せめて必要な措置を教えられるぐらいの時間生きてられるんだったらともかく、お前さんに首はねられたらそんな暇もなく即死だからなあ」

　レイニーからの素朴な疑問に、何が嫌かを説明するバースト。

　任務の合間にしたたわいない話で確かにそういうことは言ったが、いかにバーストといえど、任務でもなければ他に任せられなくもないことで、後につながらない死に方は勘弁だ。

　同じ死ぬと分かっていて挑むのなら、万が一の奇跡を期待できるうえに後につながる可能性がある、素材集めとかその類にしたい。

「その話は長引きそうだから、それぐらいで。これ、レイニーさんの分。お代はさっき殿下からもらってるから、そのまま持っていって」

「ありがとう」

そのあまりにもバーストらしい理由に思わず苦笑しながら、とりあえずレイニーの分を用意して話に割り込む春菜。

春菜に言われ、素直に料理を受け取るレイニー。それを見ていたアンジェリカが呟《つぶや》く。

「こうしてみると、ハルナも妙な知り合いが多いのう。あんな物騒な連中と仲良くやっておって、大丈夫なのか？」

「バーストとレイニーは、かなり特殊事例じゃし、それを言い出せばアンジェリカ殿も人のことは言えんのでは？」

「ふむ、それを言われるとつらい……」

ドーガの突っ込みに対し、思わず答えに詰まるアンジェリカ。そのまま逃げを打つように話題を変える。

「それにしても、本気で屋台をやっておるとはな……」

「そういえば、アンジェリカ殿はハルナの屋台に遭遇するのは初めてじゃったか」

「ああ。話を聞いたときは、女神なのに屋台をするのか？　と、耳を疑ったものだぞ」

「女神になる前からやっておった、というより、アズマ工房にとっては原点のようなものじゃからな。人間を卒業しようともやめられんのは仕方あるまい」

異常なまでに活き活きと商売を続ける春菜に、思わず生ぬるい視線を向けながらそんな会話を続けるアンジェリカとドーガ。

その間も、どんどん商品は売れていく。

「ここであまりのんびりしていても、迷惑になるだけです。早くお兄様の元へ戻りましょう」

「そうだな。だが、王太子とリーファ王女の分はいいのか？」

「それについては、あれをご覧ください」

エアリスに示された方向を見て、思わず納得と呆《あき》れの入り混じった表情を浮かべるアンジェリカ。視線の先には、いろんなものが入ったレジ袋をぶら下げて、各国の王族のもとへ飛んでいくオクトガルの姿があった。

転移でもよかろうにあえて飛んでいくあたり、間違いなく遊んでいる。

本来なら、エアリスもあれを受け取るべきなのであろう。

だが、今回の一連の件で最も頑張ったのもエアリスであるだけに、これぐらいのわがままは許されたようだ。

「それにしても、オクトガルもすっかり馴染《なじ》みましたなあ……」

「そうですね。なんだか昔から身近にいたような気がしてしまいますが、よく考えたらウルス城に出入りするようになってから、まだ一年も経《た》っていないのですよね」

「言われてみれば、そうですな」

人懐っこさと便利さから、ものすごい存在感なのに普通に生活の一部として溶け込んでいるオクトガル。その脅威的な馴染みやすさに、なんとなく遠い目をしてしまうエアリス達。

「それを言い出せば、我と王女が知り合ってから、まだ三カ月ほどしか経っておらん」

「エアリス様がヒロシとハルナに助けられたのも、大体一年と三カ月ほど前ですしな」

「……どれもこれも、もっと昔のことのような、それでいて、つい先日のことのような気がしています」

「それだけ、王女が密度の濃い日々を暮らしている、ということだろう」

アンジェリカとドーガの言葉を聞いて、思ったよりも経過していない時間にしみじみと驚きの言葉を発するエアリス。

それに内心で共感しつつも、エアリスの日々の暮らしを思い出して遠い目をしながら、ありがちなコメントを返すアンジェリカ。

「それでも、もう一年以上経っているのですね」

「なんだかんだ言っても、時の流れは早いものだからな。我など、もう何千年も生きておるものだから、本当に一年ぐらいはあっという間よ」

宏達と出会った頃の懐かしい日々を思い出しながら、少し寂しそうに微笑《ほほえ》むエアリス。

もはやどう頑張っても、立場的にも気持ち的にもあの頃に戻ることはできないし、仮に戻れるとしても戻るつもりもない。

それでも、エアリスが初めてただのエアリスでいられたあの宝石のような時間を、もっと長く過ごしていたかったという気持ちもある。

そんなエアリスの姿をファーレーン王やレイオットが申しわけなさそうに、寂しそうに見守っていたのだが、エアリスがそれを知ることはなかった。

☆

「うちらが向こうに帰るんは早くて今月末、延びても二月の中頃やな」

式典が終わったその日の夜。神の城でファム達やアルチェムを交えての夕食の席で、宏からついに帰還のスケジュールが告げられた。

「……結構すぐだ」

「せやで」

「まだ引き継ぎも教えてもらいたいこともたくさんあるのです。せめて、あと一カ月余分にいてもらえないのですか？」

「そうしたいんは山々やねんけど、その期間を外したらなんぞややこしいことになりそうな感じでなあ」

一番長くてもあと一カ月ほど。その事実に動揺を隠せないファム達。

邪神がいなくなれば宏達が故郷に帰ってしまうのは分かっていたが、なんとなくもうちょっと猶予があるものだと思っていたのだ。

「ほんまやったら、もうちょっと早いうちに言いたかったんやけどなあ……」

「アルフェミナ様達も頑張ったんだけど、日程が確定できたのが昨日だったんだよね」

「理由が、邪神戦に他の世界の神とかが関われんかったんと同じ種類のもんやから、これぱっかりはしゃあないしなあ」

ノーラ達の不満を聞いて、苦笑しながらそう告げる宏と春菜。

大体、その期間しか帰るための道を作れないのは、半分ぐらいは宏と春菜のせいである。

特に春菜の因果律攪乱《かくらん》体質は、この世界だけでなくあちらこちらの因果律をバタフライエフェクト的に乱しまくっている。

それを邪神戦の時にやりたい放題やりまくった宏がさらにかき乱したのだから、かなり大事《おおごと》になっているのだ。

道を作ることすら宏達の手に余る現状、多忙を押してちゃんと道そのものは作ってくれるアルフェミナ達に文句を言う筋合いはない。

「まあ、いっぺん帰りさえすれば、今度は割と自由に行き来できるようになるから、安心し」

「逆に言うと、一度は帰らないと、行き来するための道が完成しないんだよね」

「割と自由にということは、すぐに戻ってきてくださるのでしょうか？」

「いろいろあって、最初の一回はすぐにってわけにもいかないんだよね」

「せやな。それに、行き来そのものは自由にできるようになっても、四六時中こっちと向こうを行き来するんは無理や。僕らにも向こうでの生活があって、それにスケジュールが拘束されるから」

エアリスの問いかけに、現在確定していることを告げる宏と春菜。

向こうでの生活について言及され、思わず黙り込んでしまう工房職員達。

宏達にもこちらに飛ばされてくる前の生活がある、という当たり前のことに意識が向いていなかったのだ。

「それでは、最短でこちらに再び戻ってくるのは、いつになるのでしょうか？」

「向こうに戻ったときの日付が四月末だから、多分五月の頭になるかな？」

「五月、ですか？」

「うん。こっちと向こうとで暦がずれてるとややこしいから、ちょっとそこのところを調整することになったんだ」

「最初の一回がすぐ戻ってくるわけにいかん、っちゅうんも、結局はそういうことやしな」

「そう、ですか……」

日付と理由を聞き、手元の料理を見つめるような形で顔を伏せ、力なくそう呟くエアリス。

宏達が一月末に向こうに帰ったとしても、たかだか三カ月ちょっと。

大した期間ではなく、最近の忙しさならばあっという間に過ぎ去ってしまうことも分かっている。

だが、その間、どうやっても会うことはできないというのは、とてつもなく寂しく心細い。

なんだかんだと言って、一カ月以上顔を合わせなかったことなど今まで一度もなかったのだ。三カ月というのは、未知の領域となる。

それはファム達工房職員やアルチェムも同じのようで、エアリス同様、小さく顔を伏せている。

たった三カ月、されど三カ月。現時点でのエアリス達の気持ちをくじくには、三カ月というのは十分すぎるほどの期間であった。

「……あの、一つだけ気になったんですが」

「なんや？」

「向こうに戻る日付が、どうして四月末なんですか？」

話を聞いて、途端に味気なくなった料理をもそもそと口にしていたアルチェムが、思い切って四月末という日付の理由を聞く。

他のメンバーもそのあたりが気になったのか、宏達の回答に注目する。

「うちらがこっちに飛ばされたんが、向こうの日付で四月二十七日やったからや」

「行方不明とかの騒ぎにならないように、飛ばされてから十分ぐらい経った時間に戻ることになってるんだ」

「僕らはまだしも、兄貴はそれぐらいの時間に戻るようにせんと、無断欠勤で失業確定やからなあ」

「……そういうこと、ですか」

全てのことに、重要な、もしくはどうにもならない理由があることを知り、それ以上駄々をこねるような形の追及はやめることにするアルチェム。

それに倣い、とりあえず泣き言を飲み込んで食事に専念するこの世界の住民達。

そんな彼女達に、達也がさらに爆弾を投げ込む。

「そうそう。その時間軸に合わせて肉体年齢とかが一時的に戻る関係で、澪だけはこっちに戻ってこれんのが早くて七月か八月、下手したら年末頃になるかもしれん」

「……それはまた、どうして？」

「澪は、日本にいた頃は治療法が発見されてない難病を患ってたうえ、事故で首から下が動かなくなってたんだ。こっちに飛ばされたときにそのあたりは治ったんだが、治ったままで向こうのその時間軸に戻ると騒ぎになるから、一週間か二週間ぐらいかけて奇跡的にどっちも回復した、って流れでちょっと時間をかけてこっちの体に状態を合わせることになってる」

「同じ原因不明の奇跡でも、医学的にある程度納得いく形で兆候とか経過とかを確認できないと、かなり洒落《しゃれ》にならない騒ぎになるのよね。日本、というか地球の先進国の場合」

反射的に聞き返したテレスに対し、ことの背景を全部説明する達也と真琴。

かなり不安をそそる達也達の説明に、先ほどまでとは違った意味で顔が不安にひきつるエアリス達。

「私達が五月頭までこっちに来れないと思うっていうのも、そのあたりの偽装工作をしなきゃいけないからだし、ね」

「ん。しかも、そこまでやってもいきなり体が普通に動くと不自然だから、そこそこの期間のリハビリが必要」

「さらに、澪は一人娘でしかも今まで健康だった時間が一秒たりともなかったからな。ご両親が過保護なんだよ」

「うちの両親、すごく心配性。多分監視の目がなくなるの、早くて秋頃」

いろいろ手遅れで残念でダメな感じの澪だが、その半生はなかなか壮絶だ。正直、この性格でこの言動でなければお涙頂戴系の物語で主役ができる、そんな人生を過ごしてきている。

「まあでも来年には、こっちに常駐はしないってこと以外は、大体元通りになる感じね」

「真琴さんはプーやから、こっち入り浸っとっても問題あらへんしな」

「その世知辛い事実を突きつけるの、やめてくれないかしら……」

どうにも盛り下がってしまった場を少しでも軽くするために、余計なことを言う宏。

割と本気でグサッときながらも、宏の意図を酌んで雑談に乗る真琴。

そんな中、珍しく黙ってひたすら食事に専念していたライムが、最後のひと口を平らげたところでおもむろに立ち上がる。

「親方！　ライム、親方が戻ってくるまでもっとべんきょーする！」

「えらいやる気やな」

「ライムがりっぱになれば、親方安心できる！」

「別に、そんなに気合い入れて早くに立派になろうとせんでもええんやで？」

「ちがうの！　ライムがりっぱになれば、親方が安心してライム達を連れまわせるようになるの！　はなれてる時間が少なくなるの！」

「……今回は、そういう種類の話やないんやけどなあ……」

「いままで親方から置いてかれたの、大体そういうりゆうだったの！」

ある意味、事の本質を突いたライムの言葉に、思わず天を仰ぐ宏達。

何が問題かといって、基本反論できないところが問題だ。

子供というのは見ていないようでよく見ており、分かっていないようで案外よく分かっているものだ。

「てか、三カ月も間が空くっていうのはいいの？」

「ライムいい子だから、それぐらいがまんする！　だって、親方達、帰ってくるってやくそくはぜったい破らないもん！」

「だって。エル様もアルチェムもファムもノーラも、ライムがここまで言ってるんです。私達も大人として恥ずかしくないよう、胸を張って頑張らないと」

「そうですね。ライムさんに恥ずかしいところは見せられません。私も、ヒロシ様のお側《そば》にいられるような、手放せなくなるような立派な人間にならないと」

ライムに触発されて、テレスの言葉に何やら入ってはいけないスイッチが入った様子を見せるエアリス。

「なんか、ある意味では安心して戻れるけど、ある意味では戻るんがむっさ不安になってきたで……」

「そうだね……」

どうにも明後日《あさって》の方向に気合いが入ってしまったエアリス達に、一抹の不安を感じざるを得ない日本人チームであった。

☆

新年のドタバタも慰霊式典の後処理も終わったある日のこと。

宏達が帰る日が決まったからといって、それまで何もないなどということはなく、女性陣だけが集まっているウルスの工房の食堂で、ノーラとテレスが嘆いていた。

「……ついに、この日が来てしまったのです……」

「……あまり後ろ向きなことは言いたくないけど、上手《うま》くいく気が全然しないのはどうしてかしら……」

ウォルディス戦役に絡むたくさんの事件、その影響で延期に延期を重ねたアズマ工房と各国の合コン。それがついに開催される運びとなった。

とはいえ、今回に関しては各国首脳部もあまり期待はしていない。

というのも、女性がテレスとノーラ、レラの三人なのに対し、男性の候補が各国から数人ずつ出される流れになってしまったため、男女のバランスをとるために、有力貴族の未婚女性も出席することになったからだ。

もはや合コンではなく、お見合いパーティと称したほうが実態に合っている。

そんな規模になった今回のイベントに、テレスとノーラの不安は深まるばかりであった。

「とりあえず、今回アタシは蚊帳《かや》の外でよかった」

「王様達、すごく謝ってたもんね～……」

「本当に、一体どんな男が来るのやら」

「真琴姉《まことねえ》。ろくでなしが男だけとは限らない」

正直な感想を漏らすファムに対し、思わず遠い目をしながら昨日のことを思い出す春菜と真琴。

春菜が口にしたように、昨日の晩、各国の王が一斉に訪れて土下座せんばかりに謝罪していったのが、テレスとノーラが不安を抱く最大の理由だ。

「ファムも明日は我が身なのです」

「我が身って言っても、あと十年ぐらい猶予あるから大丈夫じゃない？」

「十年なんて、あっという間よ？」

時の流れを甘く見ているファムに対し、テレスがそんな風に釘《くぎ》を刺してくる。

「それにしても、レラさんもお見合いするのに、やけに落ち着いてるのですね？」

「そりゃ、それで母さんが幸せになれるんだったら、アタシが反対することはないよ。それに
……」

「それに？」

「二人の相手にも言えることだけどさ、アタシやライムや母さんを蔑《ないがし》ろにするような男が、ここで

上手くやっていけるわけないじゃん。そもそも、アタシとライムにはいっぱいお父さんもお母さんもお兄ちゃんもお姉ちゃんもいるんだから、母さんが結婚しても寂しくはないし」

「ん～。実際にそうなってしまうと、そんな簡単に割り切れるとはノーラにはとても思えないのですが……」

「そうかな？」

ノーラの指摘に首をかしげるファムに対し、テレスが静かに頷いてみせる。

今が平穏で幸せだからそう思わないだけで、実際に環境が変わればまず間違いなくファムも面白くない思いをするだろう。

しかもあと何日かで宏達が帰るので、しばらくはそのあたりをケアできる人間がいなくなる。

どうせ今回は不発に終わるとほぼ確信しているが、絶対と言えることでもない。

なので、割り切りすぎなファムに関して、テレスもノーラも不安でしょうがないところはある。

「前にライムが言ったと思うんだけど、アタシ達の今のお父さんでお兄ちゃんは、親方とタツヤさんなんだ。その二人と、ハルナさんとかマコト姉さんとかがいてくれたら、それで寂しくない」

「ミオさんの名前が挙がっていないのですが、どうなのです？」

「ミオさんは、ちょっと方向性とかそういう部分が別枠、って感じかな？　いてほしいかって聞かれたらすごくいてほしいけど」

「まあ、先輩とか師匠とか身内とかではあっても、保護者枠ではないのは分かるかな」

ファムの言い分を理解し、苦笑しながら同意するテレス。

ノーラも異論はないらしく、テレスと同じように苦笑しながら頷いている。

「結構すごい言われようだけど、澪はそのあたりどう思ってるのよ？」

「ん。実に正当な評価」

「いや、家族扱いされてない感じなのはいいの？　って話なんだけど？」

「身内扱いはされてるから、別に問題ない」

一人だけ家族という方向で名前が挙がらなかったことに対し、割とドライな反応を見せる澪。

そもそも自分が春菜や真琴に対して、限りなくそれに近いとはいえ実の姉という感覚を持っていないのだから、ファムやライムがそういう気持ちなのは特に気にもならない。

「それにしても、二人ともその服で行くんだ」

「そりゃ、ノーラ達の正装はこの工房の制服なのです。これ以外を着る理由がないのです」

「まあ、そもそも他の服をあまり持ってないから、これ以外の選択肢がほとんどない、っていうのもあるけどね」

なんとなくおかしな流れになったと見て、ファムが話を変える。

そのファムの素朴な疑問に対し、やたら誇り高い建前を言い切るノーラと、女子力の低さを感じさせる切実な事情を口にするテレス。

実際問題、最近はファム達の服は糸を紡いで布を織るところから自作していることもあり、それほどの数は持っていない。

さらに言えば、作る服はいずれも下町で浮かないことと生活がしやすいことを最上位に置いた普段着用のものばかりであり、正式な社交の場に着ていけるようなものではない。

その観点でいえば、アズマ工房の制服も社交に使えるような服ではないのだが、こっちは使っている素材が霊布だ。作業に影響が出ないようシルエット自体はシンプルになっているが、その分刺繍《ししゅう》や染色などには凝っており、作業服という表現が疑わしいぐらいには美麗な服となっている。

宏達が悪ノリして決めた階級制度。その上から四番目ぐらいのランクに与える衣装だけあって、そんじょそこらの正装などよりはるかに品がよい服だ。

恐らく他にドレスなどを持っていても、これ以外の選択肢はなかったであろう。

余談ながら、最上位は自動的に宏達五人となるうえ、その装備は全て神器だ。なので、アズマ工房の階級制度においては、実質的な最上位は上から二番目ということになる。

また、管理人の服は固定でまた別に用意している。こちらも普通に霊布製の服で、素材の時点ですでに高級感あふれる、やたら防御力の高い服となっている。

なお、ファム達が上から四番目ぐらいの衣装になっている理由は非常に単純で、所詮まだ製作物が五級に手が届いていない集団だからである。

本来ならもっと低いランクの服を与えたいところだが、対外的なものやら防衛的なものやら、また工房に対する貢献度的なものも踏まえて、とりあえず特例として四番目ぐらいにしているのだ。

当人達もそれぐらいは理解しており、アズマ工房の名前に泥を塗らぬよう、また、一刻も早く与えられた服に釣り合うよう、常に知識と技術の研鑽《けんさん》を忘れていない。

宏達がそこまで工房の名声にこだわっていないことは知っているが、それとこれとは別問題らしい。

「とりあえず、いい人が見つかることを祈ってるよ」

「いくら同僚とはいえ、子供に上から目線で祈られるとか、なかなか切ないのです……」

「多分駄目なのが分かっているのが、さらに切ないよね……」

ファムの言葉に微妙にうなだれつつ、髪型だけ手早く整えるノーラとテレス。気合いを入れたら負けのような気がして、メイクは一切しない。

そうやって明らかに手を抜いた準備を終え、現実逃避するように業務に没頭するレラを捕まえて、さっさと会場であるファーレーン城へ向かうテレス達であった。

☆

「……やっぱり、予想通りだったのです……」

「……どういう基準で選ばれたのかしらね……」

早くも混沌《こんとん》としてきたお見合いパーティに、思わずノーラとテレスが同時にため息をついてしまう。

すでに会場の隅に置かれた椅子に腰を据えてしまった二人の手には、ペンと紙がしっかり握られていた。

「……それで、聞くまでもないけど、どう?」

「……テレスこそ、どうなのです?」

牽制《けんせい》しあうように、お互いの思っていることを相手に言わせようとするテレスとノーラ。その間も、紙に何かメモる手は止めない。

「……一番マシなのが、フォーレの人達。ついでファーレーンかしら」

「……ローレンとファルダニアは、微妙なところなのです」

「……ダールは論外、ね」

一通りメモを終えたところで、腹の探り合いのようなことをやめて、参加した男性についてざっくりした評価を口にするテレスとノーラ。その表情は、実にうんざりしたものであった。

なおこの評価、容姿や身分、実績などではなく、態度と言動に関してのものだ。

どうせ社交の場になど出るつもりはなく、そのことについて各国の王から言質をしっかりとってある彼女達にとって、旦那の容姿や身分、財産などは基本的に何の価値もない。

また、実績は男の収入とか出世の可能性という面では意味があろうが、配偶者が出世しようがしまいがあまり影響がないテレスやノーラには無意味な項目だ。

必然的に、選ぶ際には性格を重視することになるのだが、その判断基準となる態度や言動が、全般的にどうにも思わしくないのだ。

「今回、規模が大きすぎて、女性サイドにもろくでもないのが混ざっているのです。おかげでファーレーンやローレンの男達が、やたらと態度にとげが出てしまって判断できないのです」

「フォーレの人達も、早々に見切りつけて飲み食いに専念しちゃってる感じだものね」

「いずれにしても、レラさんを侮辱したダールの連中には男女関係なくとっとと退場してもらうのです」

そんなことをこそこそ話し合い、またしても違う集団に詰め寄られて困ったように対応しているレラを救出するために立ち上がるテレスとノーラ。今回は男女入り混じった集団である。

もはやうんざりするという次元を超えて半ば悟りの領域に突入しているが、少なくとも自国であるファーレーンの貴族は男女関係なくレラに絡みに行こうとしていない、というより巻き込まないようにしている感じで距離を置いている点だけは気分的に救いになっている。

そんな二人がレラのもとにたどり着く前に、

「招かれた他国の地で、平民とはいえその国の重要人物を侮辱するとは、それでも貴公らは貴族なのか！　恥を知れ！」

「この場においてその言動、ミシェイラ陛下の顔に、ひいてはダールという国そのものに泥を塗ったと知りなさい！」

一組の男女が凛とした態度でレラに群がっていた連中を追い払っていた。

「……出遅れたのです」

「……なんだか、このパーティが始まってから、初めてまともな言葉を聞いた気がする……」

レラを救出したファーレーン人男女の言葉、その一部分を耳にして思わずそんなことを呟くノーラとテレス。早くも成立したカップルなのか、実に仲がよさそうである。

「アズマ工房の方ですよね？」

「本日は、何重もの意味で申しわけありません」

レラを安全圏まで連れ出そうとしたらしい男女が、テレスとノーラに気がついてそばまで歩み寄り、実に申しわけなさそうにそう頭を下げてくる。

その言葉の意味を理解できずに、きょとんとしてしまうテレスとノーラ。

レラを救出してもらった以上、二人にとっては謝られるようなことは何もない。

「今回、余計な人員が増えたのは私達の……いえ、私達の父を筆頭に、同じ立場にある家の家長が陛下にお願いした結果でして……」

男女のうち男のほうが、どこまでも申しわけなさそうにそう告げる。

名も知らぬ相手から唐突にそんなことを言われ、さらに深々と頭を下げられたのだ。テレスとノーラが反応に困るのも当然であろう。

「はあ……」

「というか、お二人はどういう立場でどんな関係なのです？　ここで知り合ったにしては親密そうなのですが？」

「あ、名前も告げずにこのようなことをいきなり申し上げてしまって……」

「私はファリン、子爵の身分をいただいているマクレスター家の長女です。こちらは兄のジョナサンです」

「ご兄妹《きょうだい》でしたか。どうりで仲がいいのですね」

「はい。兄にはよく面倒を見てもらっております」

そう言って、淑女の礼を取るファリン。その横で、ジョナサンも騎士の礼を取っている。

よくよく見ると、二人ともあまり質のいい服は着ていない。

もとより厄介ごとを避けるため、今回はそれほど爵位の高い貴族は出席していない。その中で子爵といえば、ほぼ最上位にくる。これ以上となると、訳アリの伯爵家が一家参加しているだけである。

なのに、階級が低いとは言えない子爵家の子女が、粗末とまでは言わないがそこらの騎士でも背伸びすれば買えるような安物を身にまとっている。

そのことに気がつき、さりげなく参加者の着ているものを観察すると、まともだと分類した人間は件《くだん》の伯爵家を除き、例外なく服装が質素であった。

むしろこの会場にいる人間で、アズマ工房組が着ているものよりいいものを身につけている者など一人もいないのだが、そこは気にしないことにするテレスとノーラ。

気にしたらろくなことにならない。

「あの、なんとなく分かってしまったのですが、お二人が原因で、というのはどういうことなのです？」

「はい。恐らく服装から察していただけるとは思いますが、我がマクレスター家は、子爵といってもそれほど力がある家ではありません。そのため、発言力の強い家からの要請には逆らえず、あまり好ましいとは言えない家に婚約者がいたのですが……」

ジョナサンの言葉で、全てを察してしまうテレスとノーラ。レラのほうは囲まれているうちにそのあたりの事情をほぼ理解していたらしく、特に驚いた様子は見せない。

「もしかして、カタリナの乱で婚約者がいなくなった？」

「はい。力がなくいいように使われていたとはいえ、陛下に弓引くような真似は矜持《きょうじ》が許さず、反乱には一切加担しておりませんでした。なので、我が家は特にお咎《とが》めなしで済んだのですが……」

「婚約者とその家が反乱に加担していたとなれば、やはりいい目では見られませんか……」

「ええ。今となっては、私達と婚約しようなどという家はどこにもなく、私もファリンも諦めていたのですが……」

テレスの確認の言葉に、本当に恥ずかしそうに申しわけなさそうに答えを告げるジョナサン。それを聞き、思わずため息をつくテレスとノーラ。

「ジョナサン様、ファリン様。もうこれ以上、頭を下げるのはおやめになってください」

「……ですが」

「その件は、お二人が悪いわけではありません。それに、私が二人の子持ちの後家で、たまたま運よくアズマ工房に拾われただけの下層民であるのは事実です。陛下に命じられこのような場に来ていますが、場違いなのは確かなのです」

「ですが、いくら成り行きとはいえ、ヒロシ様があなたを大事になさっているのは事実です。それを侮辱するのは、祖国に対する裏切りでもあります。また、私達個人としても、あなたを侮辱した連中よりも、アズマ工房の皆様のほうが人柄も態度も比較するのもおこがましいほど品性を感じさせると思っております」

やたら熱意あふれるジョナサンの言葉に押され、思わず三歩ほど下がってしまうレラ。

その様子を、苦笑しながら見守るテレスとノーラ。

とりあえず、そろそろ移動しようと周囲に目を向け、自分達が囲まれていることに気がつく。

避難場所まで移動せずにそんなことをしていたからか、どうやら問題児達に再びロックオンされてしまったようだ。

「おやおや。貧乏子爵は庶民にもすり寄らねばいけないのですねえ」

「貧民窟の女なんぞに頭を下げるなんて、貴族の誇りをどこに置いてきたのやら……」

ファルダニアの子爵令嬢の言葉に、ダールの有力部族の一人が本心から嘆かわしそうに乗っかってくる。

それを皮切りに、上流階級とは思えない品性の感じられない罵詈雑言《ばりぞうごん》の嵐が吹き荒れそうになり……。

「お黙りなさい！」

今まであいさつ以外では動こうとしなかった伯爵令嬢が、ついに我慢の限界を超えたとばかりにその場を一喝する。

「先ほどから黙って聞いていれば、愚にもつかぬことをごちゃごちゃと！」

「し、しかしティーナ様……」

ティーナ様と呼ばれた伯爵令嬢はそのまま、あまりに見苦しい問題貴族達と、我関せずを決め込んだ面倒くさがりの一団、双方に対して説教を開始する。その途中で、テレス達三人にそっと目配せをして退避させることも忘れない。

「予想通りっちゅうたら予想通りやけど、なんぞろくでもないことになっとるみたいやなあ」

「……本当に、面目ない……」

「まあ、こういうことができるっちゅうんも、平和の証《あかし》っちゅうことにしときましょうや」

様子を見に来た宏とレグナス王が、会場の惨状を見てそんな話をする。

「親方？」

「ちょっと神殿のほうに用事があってな。ついでやから様子見に来てん」

唐突に現れた宏に、思わず怪訝《けげん》な表情を浮かべるノーラ。テレスに至っては、あまりに予想外の登場人物に反応を決めかねている。

二人が驚くのも当然で、この会場には宏が苦手とするタイプの女が山ほどいるうえ、それを最初から想定できる環境である。

そんな天敵の集団の前に顔を出すなど、予想だにしていなかったのだ。

「そこの二人とあっちで説教してる姉さんも含めて回収して、とっとと引き上げやな。これ以上居《お》っても何も実ぃあらへんやろうし」

「えっと、それでいいんですか？」

「主催者がＯＫ出しとんねんから、問題ないでな」

「ああ。ティーナ嬢のあとは、余が引き受けよう」

そう言ってティーナが説教を続けているところに割り込むと、彼女より何倍も厳しい言葉で出席者を叱《しか》り始めるレグナス王。

まさか自国のトップが割り込んでくるとは思わず、目を丸くするティーナ。

その手をレラがそっと引いて、宏達のほうへと招き寄せる。

「全員揃《そろ》ったことやし、とっとと引き上げんで」

そう言って、サクッと工房まで転移する宏。

転移先では、春菜が何やら布に刺繍を入れていた。

「あれ？　宏君？」

「おう、春菜さん。ただいまや」

「おかえり。で、どうしたの？」

「神殿での用事が終わってな。王様とちょっとお見合いパーティ覗《のぞ》いたら揉《も》めとったから、テレスら回収して戻ってきてん」

「なるほど。それで、そっちの人達は巻き込まれてた感じ？」

「せやな。まあ、どんな感じやったかだけ適当に聞いて、そのまま解散っちゅうとこやろ」

「了解。じゃあ、お茶とお茶菓子用意しとくね」

宏の言葉に何やら納得し、準備のためにその場を立ち去る春菜。

それを見送った後、宏が食堂へと案内する。

第一回目のお見合いパーティは、こうして盛大な大失敗で終わりを告げるのであった。

☆

「まあ、大体予想通りだったかな？」

「言うたらアレやけど、あんな規模になっとる時点で、大部分があかんタイプの売れ残りやわな」

帰還から数十分後。ウルスの工房の食堂。

顛末《てんまつ》を聞いた春菜と宏が、やっぱり、という表情であっさりそんなことを言ってのける。

宏と春菜、および宏と転移してきたお見合いパーティの参加者だけが集まってのお茶の席では、早々に給仕に逃げたレラ以外で話し合いが続いていた。

「予想がついていたのなら、最初から阻止してほしかったのです……」

それを聞いたノーラが、ジト目を向けて二人に文句を言う。

「早い段階で聞いとったらなんとかできたかもしれんけど、さすがに聞いたんが先週ではなあ」

「それに、他の国がねじ込んできた最初の口実が、ウォルディスとの戦争で功績があった騎士や貴族への褒賞だったって話だから、どうにかするにしてもよっぽどおいしい交換条件を出さないと難しいと思うよ」

「功績があった貴族の関係者があれですか……」

春菜からもたらされた驚きの情報に、思わず乾いた声でそう愚痴ってしまうテレス。

ファーレーンとフォーレはまだしも、他の国の貴族はよくあれを国外に出そうと思ったな、と言いたくなるほど出来が悪い。

それとも、脳筋すぎて礼儀を覚えられないから嫁の当ても嫁入り先もないのだろうか、などと失礼なうえにかなりきついことを考えてしまう。

そんなテレスの疑問に、今まで対応に困って黙り込んでいたティーナが答えにつながりそうなことを告げる。

「恐らくですが、何かの交換条件をもって強要されたのでしょう。その証拠に、まともに参戦していないファルダニアからも参加者がいましたし」

「「なるほど」」

「それを口実にされてしまったのも、元をたどればうちの父の責任ですね……」

「本当に申しわけございません……」

ティーナの説明に納得したテレスとノーラに対し、ジョナサンとファリンが神妙な面持ちでそんな補足を入れる。

それを聞いた宏が、何かに思い当たったようで、いきなり一つ手を叩《たた》く。

「ああ、なるほど。最初に褒賞で婚活パーティに参加させてくれっちゅうたん、マクレスター子爵やったわけか」

「はい。正確には見合いの場だけでもいいのでなんとかしてほしい、という内容でした。当家の場合、私も父も戦地に赴いて少数ではありますがモンスター兵を仕留めています。ですので、褒美をいただくこと自体にはなんの後ろめたさもないのですが……」

「いや、それは自分らが頭下げるようなこっちゃないで。どっちかっちゅうたら、なんでファーレーン王家がうちの従業員の婚活に自分らをねじ込んできたんかのほうが問題であって、カタリナの乱の影響で婚約関係が全部パーになったんをなんとかしてほしい、っちゅう頼みは何ら問題ない話や」

本気で申しわけなさそうにするジョナサンに、あっさりそう言い切る宏。

もっとも、ファーレーンからの参加者に関しては、少なくともテレスとノーラの評価を見る限り男性側は割とまともだったようだ。

なので、テレス達に提示する選択肢として十分考慮に値していた可能性は高い。

となると、女性側のほうが問題になるのだが……。

「正味な話、あの戦争に行ったファーレーンの人らだけやったら、多分そんな問題になってへんかったんちゃうかなあ」

「うん。私もそんな気がする。あと、なんとなくだけど、女の人もファーレーンとフォーレの人はそんなに問題はなかったんじゃないかな?」

「そうなん?」

「あくまでも婚活関係で聞きかじった知識から私が勝手に推測しただけなんだけど、女の人ってああいうシチュエーションだと、見栄《みえ》と焦りですごく高望みする傾向があるみたいなんだ。そうでなくても派閥闘争になりやすい環境だから、張り合っておかしな態度になるのは集団心理としてしょうがないのかも」

「やっぱり、最初からでかい規模で国またいでお見合いパーティっちゅうんが無理あったわけやな」

「うん、多分。でも、裏でどんなやり取りがあったのかとか分かんないから、王様を軽々しく責めるのもね」

苦笑しながらの春菜の言葉に、同じく苦笑しながら頷く宏。

さすがに責任者が国王となると、テレス達もあまり文句を言おうという気にはならないらしい。

「ただ正直、今回のこと見てる感じでは、僕らが帰る前にこけてくれてよかったわ」

「そうだね。いないときに話が進んで、戻ってきたらもはやどうにもできない、ってとこまでこじれてたら目も当てられないところだったよ」

「「「本当に申しわけございません……」」」

宏と春菜の言葉に、なぜか揃って頭を下げる貴族達。

「いや、せやから、自分らには責任ないやん……」

「そうだね。でも、どうしても気になるんだったら、今後もテレスさん達と仲良くしてくれると、私達としても助かるかな？」

「えっと、あの、それはどういうことでしょう？」

春菜の言葉に、戸惑ったように聞き返すティーナ。

その問いに答えるために、少し考え込みながら春菜が話を始める。

「うちは成り立ちの影響もあって、王家とずぶずぶな関係になってる割に親しい貴族がほとんどいないんだよね」

「せやな。こっちにも出入りする貴族なんざドルのおっちゃん……っちゅうても分からんか。ドーガ卿ぐらいやねんわ」

「それ以外で親しく話すのって、ジェクト君とシェイラちゃん、それからあとはユリウスさんだけだよね」

「あとは全部兄貴の人脈やから、うちらはたまに顔合わすだけやな」

「そうそう。他の国も似たようなものだから、いわゆる普通の貴族って、達也さんがいなくなるとうちの人脈から消えちゃうんだ」

国の中枢を担う大貴族と、貴族とは名ばかりの貧乏な底辺貴族。

そのあまりにも両極端な人脈に、思わず唖然《あぜん》とするティーナ、ジョナサン、ファリン。

「だから、あんまり多くは望まないけど、ずれたときに軌道修正を図ってもらうためにも、うちと仲良くしてくれるとすごく助かるの」

そう言って、真剣な表情で頭を下げる春菜。

その表情と態度に、同じぐらい真剣な顔で頷いてしまう貴族組。

「……私のような行き遅れと仲良くしていただけるなど、望外の喜びです。ただ、実家は伯爵家といっても売れ残りの身の上ですので、家に厄介ごとを持ち込まないためにも、製品を安く融通するなどの便宜は図らないでいただけたら助かります」

「それを要求してくるあたり、ティーナ様は実にうちとの取引に向いている方なのです」

「お友達なのですから、公の場以外では呼び捨てで結構。その代わり、こちらも呼び捨てにさせていただきます」

「「それはもちろん」」

ティーナの言葉に、嬉《うれ》しそうにそう言い切るノーラとテレス。

出遅れた感じのマクレスター兄妹が微妙に哀れである。

「にしても、こんなことで揉める余裕ができたっちゅうんは、ほんまに平和でええなあ」

「そうだね。いろいろ頑張った甲斐《かい》があったよ」

「テレスらにもええ友達ができたし、これで安心して帰れんな」

「だね」

テレス達のやり取りを見て、しんみりとそんなことを言う宏と春菜。

そんな工房主達に、複雑な表情を浮かべるテレスとノーラ。

思うところはあれど、今日会ったばかりの仲ゆえ、何も言わない貴族達。

そんなこんなでテレスとノーラに末永く付き合えそうな友人ができ、宏達の心配事が一つ軽くなるのであった。

☆

「急に泊まらせてもらって、悪いな」

「別に構へんけど、珍しいやん」

お見合いパーティの日の夜、宏の部屋。

珍しく工房に泊まりに来たレイオットに、不思議そうな表情で対応する宏。

慢性的に忙しいレイオットが工房に宿泊したことなど、わずか数回である。

そのほとんどが緊急事態だったり他の国の王族との話し合いが長引いたりといった理由であり、何もないのに泊まりに来るというのは初めてだ。

「今回のことは、本当にすまなかった」

「そんな、何度も謝ってもらわんでもええで。そもそも権限的にも状況的にもレイっちが関わってへんことやねんし。っちゅうか、今回の話でうちらに頭下げやんとあかんのは、むしろダールの女王様とファルダニアの王弟殿下やん」

「そうなのだが、あくまで我が国が主催だ。原因や関わっていたかどうかに関係なく、私にも責任はある」

生真面目な表情でそんなことを言い出すレイオットに、思わず苦笑する宏。

本題に入る前の枕なのだろうが、謝罪案件をいちいち蒸し返して謝ってくるあたり、今回のことは相当こたえているようだ。

「終わってもうたうえにどう転んでも不毛な話にしかならん話題はええから、本題に入ろうや。なんぼ何でも、見合いのこと謝罪するためだけにわざわざ泊まっていくわけやないやろ？」

「……そうだな。といっても、別に重大な用件があるというわけではなく、きわめて個人的な理由なのだが……」

「そっちのほうが僕としては喜ばしいことやけど、また珍しいやん」

「ああ。正直、間違いなく忙しいであろうこの時期に、しかも不祥事を起こした直後にというのはどうかと思ったのだが、お前達が帰るまでにあまり日がないと聞いて、な」

「せやな。で、今日はどないしたん？」

「本当に大したことではないのだが、今までお前と一対一で話す機会があまりなかったから、な。帰る前にもう一度だけでもいいから、立場も何もない一人の人間として、男同士の話をしたいと思ったのだが、迷惑だったか……？」

恐る恐るといった感じで問うレイオットの言葉に、嬉しそうににやりと笑う宏。

こっちに飛ばされてから、親友と呼べる程度に信頼できた男はレイオット一人だけだ。

その気持ちが宏の一方通行ではなかったことが、言いようもなく嬉しい。

「そういうことやったら、大歓迎や。せっかくやから、腹割って話そうや」

「ああ。とは言ったが、よく考えると私の場合、王族という立場を切り離すと、案外話題などないのだが……」

「レイっちは忙しすぎて、四六時中王太子殿下やっとるからなあ。っちゅうて、男同士の話としては、好みの女のタイプとかが鉄板らしいんやけど……」

「お互いに、その話題は地雷が多すぎる。さすがに避けるべきだろうな」

「せやわなあ。いくら腹割って話すっちゅうても、春菜さんのことどう思ってんねんとかエルのことどうするつもりやねんとか聞かれても、やし……」

「そうだな。私のほうも、どんな女が好みかと問われても、国政の邪魔にならなければどうでもいい、というのが本音だからな。それだけに、リーファ王女のことをどう思っているのかという質問にも、正直答えようがない」

互いに苦手なジャンルである女性関係について自爆気味のネタを振り、思わずため息をつく宏とレイオット。

理由は違えど、どちらも好みの女性のタイプ以前の問題である、というのが共通しているあたりが難儀な話だろう。

当然のことながら、エロトークの類もできるわけがない。

「……そうだな。聞かれても困る、と言われているのにすぐにこの話をするのもどうかと思うが、兄としてエアリスの話をさせてもらってもいいか？」

「……別にええけど、嫁としてどうかとか、そういう方向で考える気があるんか、とかは答えようないで」

「ああ、分かっている。我々の間ではエアリスの年齢で婚約者がいることなど珍しくもないが、そのあたりはそこまで急ぐ話でもない。そもそもいくら良くなったといえど、ヒロシが女性恐怖症を抱えている以上、いくらエアリスの側がそのつもりであってもな……」

「僕としてはありがたい判断やねんけど、それ、レイっちゃなかったら僕なんぞには妹はやれん、っちゅうてるようにしか聞こえんで」

非常に言いづらそうに言葉を選びながらそう告げたレイオットに対し、面白そうに笑いながらそう茶化す宏。

実際、レイオットの表情や口調からは、宏が駄目だと取られないようにどう言えばいいか、と苦心していることがありありと伝わってくる。

「……まあ、兄としてはそういう気持ちが全くないとは言いがたいのだが……」

「そら初耳やな。無条件で賛成しとるわけやないんは分かっとったけど」

「ああ。本当に苦しんでいるときに可愛《かわい》がってやれなかった、愛を示してやれなかった、という後悔がどうしてもなくならん。我ながら見苦しい話だが、エアリスが惚《ほ》れた男がお前でよかったと思う反面、たとえ誰が相手でもまだ嫁には出したくないという気持ちがな……」

「まあ、末の妹が彼氏連れてきたら、男親とか兄貴とかが総出で潰《つぶ》しにかかるっちゅうんはようある話みたいやからなあ。それに、実際婚約者がおるんは珍しないっちゅうだけで、嫁に出す出さんの話がまだ早い歳なんは事実やし、レイっちがそうなんもしゃあないんちゃう？」

「だがな、その気持ちの中に、お前に対する嫉妬があるのも事実でな……」

全力で情けない顔をしながら、レイオットが本音を漏らす。

その言葉に思わず目を丸くする宏を見ながら、レイオットは苦い胸の内を漏らしていく。

「結局私達は、最後までエアリスを年相応の子供に戻してやることができなかった。お前のおかげで一時は子供でいられたのに、それすら長続きさせてやることはできなかった……」

「それは状況的にどうにもならんかったやん」

「そうだがな、家族であるはずの私ができなかったことを、命の恩人だとはいえ当時赤の他人であったお前が、あっさりやってのけたのだからな。己の不甲斐《ふがい》なさを痛感しながら、どうしてもお前への嫉妬を抑えきれなかった」

「そうなんや。全然分からんかった」

「当たり前だ。恩人相手に、そんな身勝手な感情をぶつけるわけがないだろう。こんな機会でもなければ一生言わずに済ませただろうな」

思ってもみなかったレイオットの葛藤を聞き、人間というのは分からないものだという感想を抱く宏。レイオットはそういったコンプレックスの類とは無縁だと、なんとなく根拠もなしに思っていたのだ。

「にしても、レイっちがそんなことに悩んどったとはなあ。結構好き勝手注文投げてくるから、そういうことは全然気にしてへんかと思っとったわ」

「最初の頃は、こんなことを考えている私が親友面《づら》をして勝手な頼みをしてもいいものか、迷いもあったが、頼んだほうがお前が喜んでいるようだったから遠慮するのをやめた。迷惑だったか？」

「いんや。レイっちに頼まれんかったらやってへんやろうっちゅうこともあったし、人に頼まれてもの作って感謝されるんは楽しいからな。レイっちは好き勝手注文はするけど、やって当たり前とは思ってへんし、完成したらちゃんと感謝してくれるやん。作る側としてはそれが一番ありがたいんやで」

「そうか……」

「せやで。たとえ国が買えるほどの金積まれてもな、やって当たり前、完成してから注文に一切ないことで大量に文句つけまくった挙句、しゃあないから使ったるわ感謝せい、みたいな態度のやつにもの作っても楽しくもなんともない」

「それは……、すごいな……」

「すごいやろ？　これがまた、案外珍しくもないから難儀やねん。ジャンルは違うけど、レイっちも似たようなタイプに覚えあるんちゃう?」

「……ああ。確かに言いがかりでケチをつけてから、恩着せがましく引いたように見せかける、という人物は割と見かけるな。特に古参の貴族で最近これといって実績のないタイプに多い」

宏に指摘され、言われてみればと納得するレイオット。

宮廷闘争という名の足の引っ張り合いにおいて、よく見かける光景である。

「だが、我々も完成品に結構ケチをつけている気がするのだが……」

「レイっちのは、ケチっちゅうより要望とか改善提案の類や。そもそもレイっち、納品したもんに不満があったとしても、それが改善できへんって分かったらあっさり諦めるやろ?」

「自前で開発しているのならともかく、購入品に対してできもしない要望を強制してもコストが無駄にかかるだけで非効率だからな。ならば、不満点を運用でカバーできないか検討したほうがはるかに早くて建設的だ」

「そこを分かってくれとるだけでも、作る側としてはありがたいしやる気になるもんやで。それにレイっちの場合、何ができるか一緒に検討したうえで、必要やったらちゃんと追加費用払ってくれるやん」

「それはむしろ、払わないほうがおかしいだろう」

作る側としては案外当たり前ではないことを、当たり前だという顔で断言するレイオット。

いずれ国を預かる身として、そういう協力関係にある取引相手が一方的に不利益を被《こうむ》るようなやり方を、目先の利益だけ見て行うのはどうしても気分が落ち着かないのだ。

汚いことをするのを厭《いと》いはしないが、やる相手は選ばなければいけない。

「それを言い切る相手やから、安心して仕事できんねんで。それに、僕のほうかて思いつきで作ったとか春菜さんとかファムらに練習で作らせたものとかで、使い道なくて死蔵しそうになったもんを無理やり押し付けたりしとるし」

「こちらとしては大変助かっているのだが、本当にあれらの対価はあの値段でいいのか？　今更言うことではないが、さすがに安すぎるものがかなり多いのだが……」

「あんまり現金でもろうてもしゃあないからなあ。それに、今後調達の時の値段で苦労かけるかもしれんから、差額は迷惑料としてとっといて」

「お前がそう言うのであれば、ありがたく受け取っておくが……」

宏の言葉に、本当にいいのかと思いつつありがたく心遣いを受け取っておくレイオット。

いつの間にかエアリスのことから話が逸《そ》れていることに気づかぬまま、その後もずっとそのまま思い出話のようなことで盛り上がる宏とレイオットであった。

最終話

時は流れて二月三日。

いよいよ、宏《ひろし》達が日本へと帰る日がやってきた。

「豆まきもした。今年は恵方巻も食った。やること大体やったから、そろそろ向こうに帰るわ」

「ローリエちゃん。私達がいない間のこととか、こっちに戻ってくるときの時間軸調整とか、よろしくね」

帰るために何か特別な作業をする様子も見せず、夕食の後片付けを終えて全員が集まったところで、そんな風に軽く宏と春菜《はるな》が切り出す。

「時間軸の調整と、こちらに残る者達のことはお任せください」

「特に時間軸のほうは頼むぞ。一年間違えた、とかいったら、下手したら澪《みお》とエルの歳が逆転するからな」

「そういや、一年半ほど巻き戻るから、澪とエルは学年でいうと同じになるんだっけ？」

「ん。不本意ながら、同学年。胸はもっと差が……」

現在の、澪の手のひらならややこぼれるぐらいの大きさの胸を名残惜しそうにこね回しながら、本気で不本意そうに言う澪。

最終的に、ボリュームはともかく比率やら何やらは普通に巨乳のカテゴリーに入ることは分かっていても、せっかく育ったものがまた無いよりはまし程度までしぼむのは悲しいらしい。

「まあ、澪の名残惜しさは置いとくとしてや。エル、しばらく会えんけど、ほどほどにな」

「はい。お待ちしております」

「ファム、ライム。自分らも、焦って大人になる必要はないで。あんまり一気に物事進めると、大概ろくなことにならんしな」

「そうだぞ。お前達はもう、生活って面では立派に一人前なんだからな。焦らなくても、誰もお前達を軽く見たりはしない」

「でも、アタシは早く大人になりたいよ」

「……ライムも」

「焦んなくても、あんた達なら時が来ればちゃんと大人になれるから。今は、今しかできないことを楽しみなさい」

「せやで。僕らが帰ったあと、自分らが最優先でやらなあかんことは、後ろで寂しそうにしてるお母さんにちゃんと甘えたげることやで」

しゃがみこんで、子供達に目の高さを合わせて、その頭をなでながら優しく語り掛ける真琴《まこと》。

ファムもライムもまだまだ子供だが、保護した当初と比べればずいぶん大きくなった。体つきもしっかりしてきているし、親離れ、親方離れもそれほど先のことではなさそうな気がする。

「テレス、ノーラ。あとは任せんで」

「テレスさんとノーラさんは、もう工房の日常業務は完璧にこなせてるから、不安がらずに胸を張って、ね」

「ええ。留守中はお任せください」

「ファムとライムも、ちゃんと無理しないように見ておくのです」

「ん。あと、留守中にいい人ができたら、紹介よろ」

「「そっちは余計なお世話です（なのです）!!」」

せっかくいい雰囲気で進んでいたのに、澪の余計な一言に思わず全力でかみつくテレスとノーラ。

そんな二人をスルーして、最後に一番後ろに控えているレラに声をかける宏。

「レラさん。こいつらが無理せんよう、目ぇ光らせといてな」

「あと、私達とか王家とかに遠慮せずに、ちゃんとファムちゃんとライムちゃんを可愛がって甘やかしてあげてね。二人とも、頑張りすぎるぐらい頑張ってるから」

ちょっと名残を惜しむようにファムとライムの頭をなでる宏と春菜に向かい、無言で侍女の礼を取って承知したことを告げるレラ。

今まで意図して目立たない立場に徹してきたレラだが、なんだかんだと言って彼女もこの一年ちょっとで随分と成長している。

折に触れ他の管理人達や王宮から来た使用人などに教えを請い、今では王族が出入りするフロアに控えることもできるほど、ハウスキーパーや側仕え《そばづか》としての能力を磨き上げていた。

彼女に任せておけば、無理をしそうな弟子達についても不安はない。王族が出入りするフロアで側仕えができる、というのはそういうことだ。

「ほな、行くわ」

「また五月にね」

「達者でな」

「って言っても、あたし達の感覚だと何日かしか変わらないんだけど、ね」

「ボクはもっと先になるけど、忘れないでね」

そう口々に言って、転移光とともにその姿を消す宏達。

そんな風情も何もない、ありふれた日常の一コマという感じであっさり立ち去った宏達を見送ると、黙って自分達の部屋に戻っていくエアリス達。

口を開くと余計な泣き言を言いそうで、そして、誰か一人がそれを口にすると、連鎖して泣き言が続きそうで、誰も何も言えない。

必ず戻ってくる。

それは分かっていても、今までとは何かが決定的に変わってしまった。

そのことを誰もが自覚していた。


「お早いお帰りをお待ちしています、ヒロシ様」

ウルスまで帰る気力もなく、神の城に与えられている自室に戻ったところで、こらえていた何かとともに小さく呟《つぶや》くエアリス。

こうして、アズマ工房の関係者全員にとって一つの大きな節目となる出来事は、これまでの日常と大して変わらないような、あっさりとした形で終わりを告げるのであった。

☆

ゲームからログアウトするような感覚。

それが終わったと同時に、宏は自室のベッドで体を起こしていた。

「…………ちゃんと戻ってきたみたいやな」

ヘッドギアを外し、大して広くない懐かしの自室をぐるりと見渡して小さく呟く。

ご丁寧に、着ていたものも神衣からゲームをするときに普段着にしている安物のパジャマに替わっている。

達也《たつや》達のトラウマ克服に付き合っていた期間などを含めると、主観時間でいえばすでに三年近くが経過している。

そのため、部屋の一つ一つがただただひたすら懐かしい。

「なんかこう、ここまでなんも痕跡ないと、あれは夢やったんちゃうか、っちゅう錯覚起こしそうになるなあ」

そんなことはありえないと分かっていながら、あの日ログインする前と何一つ変わっていない部屋を見ていると、ついそんな気になってしまう。

夢なら夢で構わないと思う自分もいるが、神の城とのリンクがはっきりと感じられる時点で夢などではないことは明白だ。

時間を確認して——と思ったところで、メール着信の音。

送り主は春菜。件名はフェアクロ世界のことと今後のことについての話し合い日時の相談。

「……まあ、今日すぐにでもええけど、兄貴のこと考えたら明日以降がええやろな」

候補に挙げられている日付を見て、そう返信しておく。

そのあと、一瞬考えてから、再びゲームにログイン。

『あ、ヒロ！　大丈夫だったか!?』

『思いっきりクライアントエラーと強制ログアウト食らって、復旧に今までかかったわ』

『そうか……』

『多分大丈夫やけど、今日はもうちょっと動作確認だけやって落ちるわ。なんか微妙に不安定な感じやし』

『そうだな。そのほうがいい』

『悪いけど、ダンジョンはまたの機会にさせて』

いろいろと心配をかけていたであろうゲーム内の友人達にそう告げ、データや挙動などを確認してからバグ報告その他を済ませて、さっさとログアウトする宏。

スキル欄にタイタニッククロアをはじめとしたあれこれが増えていたので、一応バグ報告に追記しておいたが、きっと問題なく通ってしまうだろう。

そんな予感がしている。

「さて。かなり間が空いてもうたから、思い出すために入試の勉強しよか……」

自分は一応受験生。

そんな世知辛い事実を思い出し、もう一通来ていた春菜からのメールに返事を出したあとは、夕飯の呼び出しがあるまで素直に受験勉強を行う宏であった。

☆

「……詩織《しおり》」

「どうしたの、タッちゃん？」

「……会いたかった、詩織」

「会いたかったって、先にログインしてた時間を含めても、まだ一時間も離れてないよ？」

夢にまで見た妻が目の前にいるのを見て、達也の理性はあっさり崩壊した。

「……ずっと、ずっと会いたかったんだ」

それでも、ギリギリのところで嫁を抱き潰《つぶ》さぬよう力を加減する達也。むしろ、そのあたりのリミッターは本能に組み込まれているようだ。

仮にそれがなければ、嫁を抱きしめたせいでスプラッター映画のような惨劇が起こり、今度こそ達也は精神錯乱に陥っていたであろう。

そう考えれば、人間を抱き潰さないようにするリミッターが本能に組み込まれているのは、ある意味では当たり前だったのかもしれない。

「……ん～。タッちゃん、なんだかさっきまでとちょっと違う感じだけど、どうしたの？」

「……駄目か？」

「駄目じゃないよ。私の大好きなタッちゃんだよ。ただ、たった何十分かで変わっちゃった感じだから、何があったのかなって」

「……いろいろあったんだ、いろいろ」

一向に腕を緩めようとしない達也の背中をあやすように軽く叩《たた》きながら、ほんわかとした態度で詩織が言う。

実際、詩織としては不思議ではあっても好き嫌いに直結するようなことではない。

少なくとも、自分を裏切ったとかそういう感じはしないし、この様子ではそういったことがあったとしても不可抗力だろう。

それが分かるぐらいには、詩織も達也を知り尽くしているのだ。

「何があったか、本当に気になってはきたけど、無理はしなくていいよ」

「無理？」

「うん。まだ新婚さんだけど、私はタッちゃんの奥さんだから。タッちゃんがどうしたいのかとか、少しぐらいは分かるつもり」

達也の体温や鼓動、息遣い、ほんのわずかな体臭などからいろんなことを察してしまった詩織が、思わず顔を赤くし少し恥ずかしそうにしながらも、そんなことを口にする。

「さすがにここでは嫌だけど、それ以外は遠慮しなくていいから」

そんな風にささやいて誘ってくる妻に、達也に残ったほんのわずかなブレーキがあっさり解除される。

肉体的な時間はともかく、精神的には三年もお預けを食らっていたのだ。妻からそんな誘いを受けて、達也に我慢できるわけがない。

一応妻の要求に応えるべく、割と強引にお姫様だっこの姿勢で抱きかかえると、わき目も振らずに寝室に飛び込む。

達也が春菜からのメールを確認したのは、詩織が限界を迎えた十一時前のことであった。

☆

「……この部屋は、駄目ね」

ベッドで身を起こしてすぐ、真琴は己の自室についてそう結論を出していた。

あちらに飛ばされて主観時間で三年。その間にいろんな意味で精神を鍛え上げられた今の真琴にとって、この殺風景で生活感のない部屋は、人間を駄目にする監獄にしか見えていないのだ。

「こんな部屋で将来のこと考えたって、碌《ろく》な未来は思い浮かばないわ」

生活感だけでなく、若さや希望といったものも感じられない部屋。ほとんど牢獄《ろうごく》と変わらないようなところで物事を考えれば、絶望的な未来しか見えなくなるのも当然であろう。

もう夜も遅いのですぐにできることなどほとんどないが、せめて何か小物の一つでも並べないと、いかに鍛え上げられた真琴の精神といえど、いずれまた元《もと》の木阿弥《もくあみ》になりかねない。

「まあ、本格的に何かやるのは明日からでいいとして、まずは何かちょっとした小物か、何だったら母さんに頼んで一輪挿しでも借りて飾るとしますか」

真琴が引きこもりになったとき、その一連の事情を聞いても誰を責めるでもなく、ただただひたすら娘のことを心配してくれた両親。

強引に外に引っ張り出すような真似をせず、だが、唯々諾々と情けない娘に従うでもなく、細心の注意を払いながら自然体で接してくれた素晴らしい両親。

同じ家に住んでいながら、最後に顔を合わせたのはこちらの時間軸で半年近く前のこと。主観時間だと、下手をすれば五年は会っていない。

そんな時の長さに気まずさを感じるも、今の真琴はそのぐらいでひるむこともへこたれることもない。

何しろ、一度死んでいるのだ。しかも、邪神相手に見切りを間違えて、もう一度死ぬところだったのだ。その時のことを考えれば、別に両親と顔を合わせることぐらい、どう考えても大したことではない。

「ねえ、母さん」

「ま、真琴!?」

これから夕飯の準備だからか、ちょうどエプロンをして台所に向かおうとした母親を呼び止める真琴。

部屋から出てきて自分に声をかけた真琴に、思わず驚いて動きを止める母親。

「出てきて……大丈夫なの!? 怖くないの!?」

「うん、大丈夫。その節はご心配をかけました」

「いいのよ、心配ぐらいいくらでもさせてくれれば……」

トイレと風呂以外で部屋から出てこなかった娘が、何を思ってか自発的に出てきて声をかけてくれたのだ。母親からすれば、これほど嬉《うれ》しいことなどない。

「それで、どうしたの……?」

「あたしの部屋、あまりに殺風景だから、一輪挿しか何か借りれないかな、ってね」

「……ちょっと待ってね。一輪挿しはあるから、お花を見繕ってくるわ」

そう言うと、戸棚の奥から可愛らしいガラスの一輪挿しを取り出して流し台のそばに置き、勝手口から庭に出ていく。

外はもう完全に日が落ちているが、家の窓から漏れる明かりで鉢植えやプランターを確認するぐらいは問題ない。

「これなんか、いいんじゃないかしら」

「あっ、可愛い」

母が一輪挿しに挿した白い可愛らしい花を見て、思わず黄色い声を上げてしまう真琴。

親指の指先ほどの大きさの花が三つほどと、小さなつぼみがいくつかついた可憐《かれん》な花。花の名前が分からないのはともかくとして、母がこんな花を育てていたこと自体まったく知らなかった。

同じ家に住んでいる母親相手ですら、これだ。世間が今どうなっているのか、正直考えるのも怖くなる。

今にして思えば、くだらない男のことでかなりもったいないことをしたとしみじみと感じてしまう。

「母さん。今日からあたし、引きこもりはやめることにしたから」

「……そう。……そう！」

これまでの言動や雰囲気から察していたのか、先ほどと違い少し落ち着いた様子で真琴の宣言を聞く母親。それでも、目じりに涙が浮かぶのまでは止められない。

「あたしね、大切な友達ができたんだ。少し年上の男の人が一人と、年下の男の子が一人、女の子が二人。残念ながら、男はどっちともお互いそういう目で見る気が起こらない関係だけどね」

「……いい友達ができたのね」

「うん。で、引きこもってたら会いにも行けないから、引きこもりをやめることにしたのよ。相手次第だけど、今度紹介するわね」

「母さんからもお礼が言いたいから、ぜひ連れてきてちょうだい」

そこで、母と娘の会話が途切れる。

お互い話したいこと、話すべきことはいくらでもあるのに、面と向かってまともに話すのが随分久しぶりであるため、話題が出てこないのだ。

「……これ、ちょっと飾ってくる」

「ええ。すぐに夕飯を用意するわね」

「は〜い」

いったん仕切りなおして気持ちを落ち着けよう。そう意見の一致を見た母娘が、中断していた作業を口実にそれぞれ自身のテリトリーへと引っ込む。

猶予は夕食ができるまでだが、それだけの時間があれば十分だ。

「この花はここらへんでいいとして……」

他に飾りになりそうなものはないかと、引きこもり開始当時荒れた気持ちのままいろんなものを雑多に突っ込んだカラーボックスを漁《あさ》ろうとしたところで、VRギアにメールが届いていることを示すランプが点滅していることに気がつく。

「このタイミングだと、多分春菜ね」

ゲーム内ならともかく、ゲーム外となると他にこの時間にメールを送ってくる相手がいないことに微妙にへこみつつ、ヘッドギアをかぶってメールの受信操作を済ませる真琴。

メールは予想通り春菜からのもので、内容も予想通りのもの。

それに返事をしてから、母親から呼ばれるまで再び部屋のプチ模様替えにいそしむ真琴であった。

☆

「……むう」

分かってはいたものの、首から下が一切動かない不自由さに、思わずうなる澪。

再び動けなくなってみると、怠惰で爛《ただ》れた生活への未練など一瞬で吹き飛んでいた。

「……むう」

どうにか少しぐらいは動けないものかと奮闘してみるも、ピクリとも動かぬ体に再びうなる澪。

長くて二週間ぐらいのこと。そう分かってはいるが、それでもほんの数分前までは自由に動けていたのだ。

澪が感じているもどかしさは、筆舌に尽くしがたいものがある。

「……二週間は、長いかも……」

仕方がないこととはいえ、少々認識が甘かった。そう後悔するも後の祭り。指一本動かせぬ体に、澪は途方に暮れていた。

そんな澪のもとに、一通のメールが。

「……春姉《はるねえ》からか」

動かぬ体に飽きて絶望した、ちょうどそのタイミングで、澪のVRギアにメールが届く。

内容は事前に話していた通り、今後の予定を組むための話し合いについて。

どうせ明日の朝まで、いや、下手をすれば昼過ぎまで、達也は使い物にならない。

なので、話し合い自体は明日の晩を指定しておく。

返信を出して少ししてから、澪に対し個別で春菜から連絡が届く。

その内容と、同時に入ってきた別の人物からのメールを見て、少し考え込む。

「これ、間違いなくボクの独断では決められない」

恐らく、今後の澪の不自由さを少しでも軽減するため、早いうちから春菜が手を打ってくれたのであろうが、話が大きくなりすぎるうえ、間違いなく医者の判断が必要な内容になっている。

多分、段取りした春菜も、それに付き合ってくれた別の人物も、それぐらいのことは分かっているだろう。澪以外も見ることを前提としたものになっている文面からも、その推測はまず間違いないはずだ。

それでも、勝手に第三者にメールを見せるのははばかられるため、双方にこれをそのまま見せていいかを確認。ほとんどチャットと変わらない速さで了承の返事が来たのを見て、すぐさまナースコールをする。

『澪ちゃん、どうかしましたか？』

『大至急、先生に相談したいことができた。メール見せるから、先生呼んできて』

『相談？』

『ん。できたらパパとママも呼びたいけど、時間が惜しいからまずは先生から』

『ご両親なら、ちょうど来院されて先生とお話ししてますので、一緒に呼びましょうか？』

『お願い』

いつになく真剣な様子の澪に頷《うなず》き、澪とのコールをつないだまますぐに主治医と両親を呼び出す看護師。

ナースコールから五分半、何事かと速足で澪の病室に入ってきた医者と両親に、よく見えるよう拡大した二通のメールを見せる。

「……澪ちゃん。これは本当かい？」

「ん。春姉はこんな手の込んだいたずらはしないし、この人がこんなばれやすい嘘《うそ》をつくメリットもない」

「私はその人達のことを知らないからね。悪いけど、鵜呑《うの》みにはできないよ」

「だったら、先生のアドレス教えて。この人と直接連絡取れるようにする」

「……ああ」

やはり信用できるものでもないか、と、次の話を進めようとしたとき、タイミングを計ったかのように一通のメールが。

医師や両親に気づかれぬよう手早く目を通し、メールの最後に設定されていたＹＥＳボタンを思念操作で押すと、ＶＲギアのアクセスランプが忙しく点滅を開始。すぐに通信用のウインドウが病室の壁一面に展開される。

『夜分失礼します。そちらは水橋《みずはし》澪さんの病室で間違いないでしょうか？』

その通信用ウィンドウに表示された人物、それを見た医師と両親が息を飲む。

「やっぱり、今回の春姉は仕事が早い」

明らかにスタンバってなければできない対応の早さに呆《あき》れながら、ウィンドウ越しに声をかけてきた世界的な有名人と、その有名人に半ばパニックを起こして思考停止に陥っている大人達を観察する澪。

それから数分後、澪の入院している病院は大騒ぎになるのであった。

☆

「おかえり、春菜」

「……ただいま」

VRギアを外して身を起こすと同時に、春菜の母・雪菜《ゆきな》がそう声をかけてきた。

主観時間ではかなり久しぶりとなる母の姿。こちらでは十分ほどしか経《た》っていないのだから当然だが、相変わらず高三の娘がいるとは思えない容姿をしている。

髪を銀髪に変え、十年ほど歳を重ねればこうなる、というぐらいには春菜にそっくりな母だが、本人は上でも三十ぐらいにしか見られないことがひそかなコンプレックスらしい。

もっとも、春菜は今となっては十年歳を重ねるどころか、そもそも見た目を老化させることができるのかどうかすら怪しくなっているため、今の母と髪の色以外そっくりになる、という未来が来るのかどうかは不明だ。

「というか、お母さん。おかえりってことは、知ってたの？」

「さっき聞いたところ。で、天音《あまね》姉さんがそろそろ帰ってくるはずだって言ってたから、ここで待ってた」

天音をはじめとした化け物勢には全てお見通しだった風情の回答に、やっぱりという感じで思わず頭を抱える春菜。

こうやって常に手のひらで遊ばれている感じが、春菜の妙なコンプレックスというか達観につながっているのは間違いない。

「そういえば、私の体ってどうなってた？」

「戻ってくるまで、着てるものも含めて半透明って感じだった。ただ多分、普通の人には普通に見えてたんじゃないかな？」

「……私としては、お母さんが実はそういうの見える人だったことに、ちょっとした衝撃があるんだけど……」

「ん～、幽霊とかその系統が全部見えてるわけでもなかったし、特に何かの役に立つわけでもないから、別に言う必要もないなって思って黙ってた」

あっさりとそんなことを言ってのける雪菜に、妙に納得してしまいそれ以上の追及をやめる春菜。

今更母親が霊的な視力を持っていたことが分かったところで、正直どうでもいいのは事実だ。

それこそ、実は超能力者だったとかこっそり魔法が使えましたとか本性はタヌキで人間の姿は単に化けているだけだったとか、そういう事実が判明しても驚くに値しないのが、母・雪菜である。

霊視ごときでガタガタ言ってもしょうがない。

「それで、今回一緒に巻き込まれたお友達に連絡するんでしょ？　それが終わってからでいいから、打ち合わせしたいからパソコン持って降りてきて、って天音姉さんが」

「はーい」

本当に何もかもお見通しだと悟り、抵抗するよりは日程だけ決めて丸投げしたほうが手っ取り早いと、素直に指示に従う春菜。

まずは帰還前に教えてもらったアドレスに、どんどんとメールを送っていく。

「後始末とか偽装工作の類《たぐい》が終わってからでいいから、お母さんにお友達を紹介してね」

「……別にいいけど、変なこと考えちゃだめだよ？　みんな、芸能界とか政財界とかと無縁な人なんだからね？」

「分かってるって。お母さん、いろいろ前科はあるけど、本当の一般人をそっち方面で巻き込まないぐらいの良識はあるから」

「お母さん自身は信用してるけど、周りの関係者のせいで信用しきれない」

「その節は、本当にいろいろご迷惑をおかけしました」

最初のメールのやり取りを行いながら、母とそんな会話を続ける春菜。

隠し通せるものでもなく、隠すつもりもないが、宏を紹介したあとはいろいろ面倒なことになりそうだ。

そんな予感から、個別で打ち合わせすべく宏にもう一通メールを送っておく春菜。

それを見とがめた雪菜が、ちょっと意味深な顔で再び春菜に声をかける。

「真っ当すぎる恋愛観のおかげで男運が悪かった春菜を射止めた未来の旦那様って、どんな人なの？」

「……何の話かな、ってとぼけても無駄だろうからはっきり言っておくけど、まだそういう関係でもなければ、そういう関係になれるかどうかも分かんない相手だからね？　いろいろ複雑な問題があって、無理に進めようとしたら縁を切られかねないから、そういうのはやめてね？」

「分かってるって。人の恋路にちょっかいを出すような野暮な真似はしませんって。ただ、母親としては、ちゃんとどんな相手かを知っておきたいだけ」

「だから、そういう関係になれるかどうかは……」

「私が生きてる間に引っつくかどうかだけの問題で、逃がす気とか全然ないんでしょ？　百年単位で時間かかるかもしれないってだけで、いずれ引っつくんだったら未来の義理の息子っていうのは変わらないじゃない」

「……なんでそういう想定？」

「そりゃ、私は春菜が生まれる前からあの人達と付き合ってきたんだから。大昔にそういうのは、見れば大体分かるようになったよ」

「うっ、すごい説得力……」

「因《ちな》みに、今のお母さんの心境を簡単に言うと、『藤堂《とうどう》、人間やめるってよ』って感じ」

「なんでどこかの本のタイトルみたいに言うかな、この母親は……」

やはり、母親にはどうあがいても勝てそうにない。

事情をほぼ完璧に理解したうえで、何一つ変わらず普段通りに娘を構い倒す母親に対し、心の底から降参する春菜。

結局、天音との打ち合わせまでに、母・雪菜の手によって女神になったという自覚や実感を完膚なきまでに崩される春菜であった。

☆

「いろいろお疲れさん」

「本当に、疲れたよ……」

帰還した日の午後十時半。

ゲームを介さない個別チャットルームに宏と澪を呼び出した春菜が、小さくため息を漏らす。

一応達也と真琴にも声をかけているが、真琴は先に風呂とのことで参加はもう少し後。達也に至っては、恐らく嫁と夜のプロレスごっこの最中で、メールを見てすらいない感じだ。

なので、今の段階でここに揃《そろ》っているのは、学生組の三人だけだ。

因みに宏達は全員、エラーでログイン時間満了前に接続を遮断されている。そのため、この日はあと一時間半ほど接続時間が残っているのだ。

「それで、念のために確認しておくけど、明日の午前中に、天音おばさんと一緒に宏君の家に行くのは、問題ないんだよね？」

「大丈夫や。おとんらも連休前納期の仕事はあらかた終わっとるらしくてな。もともと明日は昼からの予定やったらしいわ」

「それならよかったよ。お仕事が大丈夫か、とか、あとの予定があるからって午前中から押し掛けるのは迷惑じゃないか、とか、いろいろ心配してたんだ」

「まあ、その辺はもともとどうとでもなるから大丈夫やで」

いろいろ細かいところに気を使って心配していた春菜に対し、なだめるようにそう告げる宏。そもそもの話、零細の自営業の強みは、そのあたりの調整をどうとでもできることにある。

天才・綾瀬《あやせ》天音の名を使い、息子の治療に関する話があると告げた以上、もし仕事がいっぱいだったとしても明日の午前中は休んでいただろう。

「それにしても、うちの両親と綾瀬教授が顔見知り程度やない仲やったんはびっくりしたわ」

「症状が症状だから宏君とは一度も顔を合わせてないけど、天音おばさんは宏君の治療に主治医と同等ぐらいの深さで関わってたんだって。だから、今までも何度も会っては治療状況について説明してたらしいよ」

「システム開発に関わっとったらしい、っちゅうんだけは聞いたことあったけど、そこまでとは思わんかったで」

「宏君の症状はかなり深刻なものだったから、万が一にも間違いがあっちゃダメだって、いつでも責任とれる立場にいたんだって。天音おばさんも子供の頃は結構いろいろあったから、宏君みたいな事例にはちょっと深入りしすぎる傾向があるんだよね」

「なるほどなあ」

意外なところでつながっている意外な縁に、しみじみと頷く宏。

これだけのつながりがあったというのに、フェアクロ世界に飛ばされていなければ、春菜とはただのクラスメイトで終わって卒業後は一生関わり合いにならなかったであろうあたり、人の縁というのは本当に不思議なものだ。

「ほんで、澪のほうはどないなったん？」

「綾瀬教授のいる大学、確か……海南大学？　その敷地に隣接してる大学病院に転院することになった。移動は綾瀬教授の発明品で一瞬の予定」

「原因不明の多臓器障害に関しては、実は前々からいろいろ特効薬になりそうな薬の開発が進んでたんだって。で、その中に、弱った臓器の機能回復と一緒に、頚椎《けいつい》とかも含む損傷した神経を修復する作用がある薬があったらしくて、似たような症例の人を集めて治験する、ってことになってたみたい」

「また、やたら都合のええ展開やなあ……」

「宏君のことはともかく、澪ちゃんのほうは完全に偶然らしいけどね。複数の臓器の機能を一気に回復させる薬って、難病関係なくいろいろ需要あったって言ってたし」

嘘か本当か分からない春菜の説明に眉を寄せていると、入室音とともに真琴が入ってくる。

「ごめん、遅くなったわ」

「真琴さんも、お疲れさま」

「それで、案の定、達也はこの場にはいない、と」

「達兄《たつにい》は、新婚さんだからしょうがない」

「あれだけ我慢したんだから、今日ぐらいは何も言わないわよ。よく分からないまま付き合わされてるだろう奥さんは、ちょっとかわいそうな気がしなくもないけど」

ようやく念願かなって嫁といちゃつける達也について、全員がどことなく生暖かい気持ちになりながらそっとしておくことで同意する。

その代わり、早めに決めておかねばならない類の日程その他については、基本的に達也の発言権はなしの方向になりそうだが、時間的な余裕が少ない現状では仕方がない。

特にここ数日は非常に忙しいし、一部は明日から行動開始だ。明日明後日の話となると、達也の復帰を待っている時間はない。

主に澪について、次いで宏と春菜の学校での立ち回り、達也や真琴に対してどんなフォローが必要か、といった話を日程も合わせて大まかに詰めていく。

最後に、全員のこちらでの顔合わせと、主に澪の両親を中心としたそれぞれの関係者への紹介について大体の流れや日程を決めたところで、何かを思い出した宏が話の切れ目に合わせて口を開いた。

「あ、せやせや。ちょっとお願いがあるんやけど」

「何？」

「大阪におる友達にみんなのこと紹介したいから、澪の体が動くようになったら、どっかで集合写真何枚かとりたいねんわ」

「あ、その写真はあたしも欲しいわ。あたしも親とか友達とかにいろいろ心配かけてるから、そういう写真があるとちょうどいいのよねえ」

「ボクも」

「達也さんも別に反対とかしないだろうし、夏休みぐらいに写真撮りに行こうよ」

宏の頼みに、全員嬉しそうに食いつく。

またもこの場にいない達也の意見が無視される流れだが、日程調整の時に意見を聞けば、基本いやと言われるようなことではない。

「細かい日程調整は澪の体が治ってからでええとして、場所どこにする？」

「神の城は避けたいわね」

「あと、宏君はまだ、電車に乗って長距離移動とか繁華街をうろうろするとかはちょっと厳しそうだから、申しわけないけど私達の地元に来てもらえると助かるかな」

「あたしは構わないわよ。どこ集合になっても、多分移動することになるから」

「ところで真琴姉《まことねえ》はどのあたり？」

「南関東ね。前にちらっと聞いた話から考えると、多分春菜達の地元ともそんなに離れてはないと思うわ」

そう言いながら、日本地図を表示して大体の位置を示す真琴。

その位置を見て、なるほどと頷きながら自分達の地元と澪が移る予定の病院を表示していく春菜。

「大体の場所は分かったけど、真琴姉。なんでそこでどこの県かとかを伏せるの？」

「場所見て分かる通り、あたしの地元って規模はともかく位置的には微妙なのよね。正直、県のイメージとかなり外れる場所だから、県民と思われたくないのよ。正確には、うちの県で一番有名な街の人間と同じ人種だと思われたくないって感じね」

「ん、納得した」

真琴の言い分を聞き、心底納得して頷く澪。この手のちょっとした対立は、日本どころか世界的によく聞く話だ。

「まあ、そういうわけだから、そっちの地元で宏がうろうろするのに問題がなさそうな観光地とか、そういう方向でセッティングお願い」

「了解。だったら、コネとか澪ちゃんの病院からのゲートも使えるし、あそこがいいかな？」

「春姉、いいところがあるの？」

「うん。うちの地元が誇る観光名所なんだけど、その中にちょうどいい穴場があるんだ。一応一般の観光客も入ってはこれるんだけど、有料ゾーンなうえに広い庭園の奥だから、地元の人も含めてほとんどの人が入らない場所があるんだよ」

「ふーん？」

「資料は送っておくから後で確認してね」

そう春菜が告げ、公式サイトをはじめとした各種資料を全員の端末に送り付けたところで、入室音とともに達也が入ってくる。

「わりぃ、遅くなった」

「あら〜、達也。もういいの？」

「いくら飢えてたっつっても、さすがにダウンした後まで無理させる気はねえよ」

「ダウンはさせたわけね……」

予想外に早く達也が参加してきた理由を知り、思わずジト目で見てしまう真琴。いくらなんでも、ダウンさせるほどというのはいただけない。

「それで、今後の予定はどれぐらい決まったんだ？」

「明日明後日のはほぼ決まってるよ。申しわけないとは思ったけど、達也さんの意見とか都合を反映させる余裕はなかったんだ」

「ま、そりゃしょうがない。そっちをほっぽり出して嫁に突撃した俺の責任だから、どうにか合わせるさ」

「悪いけど、そうしてくれると助かるよ。で、具体的に明日どう動くか、なんだけど……」

ゴールデンウィーク前半の三連休、それが全てびっちり埋まったスケジュールを達也に説明する春菜。

そんな非常に忙しいスケジュールを再確認しながら、元の世界に戻ってきたことをもう一度実感する宏達であった。

☆

そして季節は夏、一学期の終業式。

「なあ、ちょっと由香里《ゆかり》……」

大阪府下の某公立高校。

いつものように生活指導の先生に懇願交じりの声で絞られていた松島《まつしま》由香里と、それに付き合って今まで居残っていた河野《こうの》志保《しほ》を、二人の男子高校生が待ち構えていた。

どちらもかつてのクラスメイトで、すでに人間関係という観点では完全に断絶して久しい相手だ。

一方は同じ高校だが、もう一方は一駅隣のもっとレベルの高い高校に通っており、距離的にも生活圏の面でも断絶している。

もっとも、例の中学の由香里の学年に限っていえば、あの事件以来クラスに関係なく男女の間には一切の交流はないのだが。

「……横山《よこやま》君?」

「よう。久しぶりやな、松島。田岡《たおか》から聞いとんで。なんぞ、あほなことしてるらしいやん」

懐かしさと気まずさを感じながら声をかけたその瞬間、待ち構えていた横山秀臣《ひでとみ》がそんなことを言ってのけた。

その失礼な言葉にカチンときて、反論しようとした由香里を遮って秀臣が言葉を続ける。

「まったく反省も後悔もしてへん連中よりは何倍もましやけどな。そんなこと続けとったら、東《あずま》の立場がまた悪なるで」

「……えっ？」

「考えてもみぃや。人一人の人生をパーにしたっちゅうてもやで、積極的に手ぇ出しとったわけでもないやつがぼろぼろになりながら悲壮感たっぷりに償いなんぞしとったら、何一つ得してへん一番の被害者に非難が集中しかねんやん」

考えてもみなかった秀臣の指摘に、思わず言葉に詰まる由香里。

そんな由香里に追い打ちをかけるように、秀臣の隣に立っていた田岡瞬《しゅん》が思うところを口にする。

「こういうのんって、加害者側のその後に美談みたいなんがあったら、一切関わってへんはずの被害者側にやたらあたりがきつくなりおるからなあ」

「マスコミも面白がって煽《あお》りおるから、完全に縁切れてその後どうなっとるかなんざ知らん、っちゅうても通用せえへんし」

「週刊誌とか、絶対えぐいことになりおんでな」

瞬と秀臣の言葉に、由香里の顔が青ざめる。

それを見かねた志保が、横から口を挟む。

「なあ、横山。あたしらが悪いっちゅうんは言われんでも分かってんねん。それ、今更わざわざ隣駅からつつきに来たんか？」

「ちゃうちゃう。これ以上こいつ追い詰めたら、それこそ東に迷惑がかかるからな」

「せやで。っちゅうか、ホンマの加害者どもが一切謝ってへんのに、松島程度でそこまで追い詰められなあかんっちゅうんも不公平や、っちゅうぐらいには、俺も横山も松島の頑張りは認めてんねんで？」

「せやったら、何の用でわざわざこんなとこまで来とんねん」

志保の言葉に、少し人の悪い笑みを浮かべながらお互いの顔を見合わせる秀臣と瞬。秀臣がモニターを展開し、その場にいる四人に見えるように設定してから何かの画像を表示する。

「お前らも区切りが必要や、って西岡《にしおか》に言われてな」

「……これ……！」

「まあ、そういうこっちゃ。正直、田岡と西岡の話がなかったら、俺はお前らの顔なんざ見に来る気ぃなかったんやけどな」

「カッコつけとるけど、横山もお前らダシにして区切りつけたがっとってんで」

「言うなや……」

秀臣と瞬の会話など耳に入らない様子で、表示された写真を食い入るように見つめる由香里。志保も、驚いたような、それでいてほっとしたような表情で、何枚かの写真に見入っている。

あの時の後悔を忘れるつもりはない。

この問題に生涯かけて挑むつもりなのも変わらない。

本人以外からどれほど求められても、宏の前に一生姿を現そうとは思わない。

だが、今までの在り方は変えるべきだ。秀臣から見せられた写真を前に、由香里はそう素直に思えた。

「よかった……。ホンマ、よかった……」

「ホンマに、この人らには足向けて寝れんわ……」

社会人らしい日本人の男女と、中学生ぐらいの大人しそうな女の子。そして、外国人らしく見える大学生ぐらいのちょっと童顔の見たこともないほど美しい女性。彼らとともに、いろんな表情で写真に写る宏。

特に目を引く、外国人女性と宏が魅力的な笑顔でハイタッチしている写真と、全ての写真に添えられた一言。

「素敵な親友ができました」

その一言に、彼らのチョコレート事件はようやく終わりへの一歩を踏み出せたのであった。

素敵な親友が
できました

MFブックス

フェアリーテイル・クロニクル ～空気読まない異世界ライフ～ 20

2020年1月25日　初版第一刷発行

著者　埴輪星人
発行者　三坂泰二
発行　株式会社KADOKAWA
〒102-8177　東京都千代田区富士見2-13-3
0570-002-001(ナビダイヤル)
印刷・製本　株式会社廣済堂

ISBN 978-4-04-064321-2 C0093

企画　株式会社フロンティアワークス
担当編集　下澤鮎美／佐藤 裕(株式会社フロンティアワークス)
ブックデザイン　ragtime
イラスト　ricci

魔物を倒す＆調理する
万能スキル持ち冒険者の
グルメコメディ！
万能スキル『調味料作成』で
異世界を生き抜きます！1
著：あろえ　イラスト：福きつね

『フェアクロ』のその後の物語
日本と異世界で二重生活をおくる
宏たちは――
春菜ちゃん、がんばる？
フェアリーテイル・クロニクル 1
著：埴輪星人　イラスト：ricci

好評発売中!!

MFブックス

MFブックス既刊

異世界薬局 ①～⑦
著：高山理図／イラスト：keepout
異世界チート×現代薬学。人助けファンタジー、本日開業！

復興名家の仮名目録《ルールブック》～戦国転生異聞～ ①～②
著：シムCM／イラスト：巌本英利
信長に敗れた名家の復活劇。戦国転生歴史ファンタジー、開幕！

異世界だから誰かに従うのはやめにする ①～②
～チートスキルでヒャッハーする～
著：神無月紅／イラスト：Mo
異世界でも誰かに従うなんて御免だ！

家業が詰んだので、異世界で修理工始めました ①～②
著：秋ぎつね／イラスト：鉄人桃子
目指すは借金完済！　女神の斡旋で異世界就労!?

初めての旅は異世界で ①
著：叶ルル／イラスト：れいた
ソロキャンプ好き高校生が、自由気ままに異世界を旅する！

異世界で手に入れた生産スキルは最強だったようです。①～②
～創造&器用のWチートで無双する～
著：遠野九重／イラスト：人米
手にした生産スキルが万能すぎる!?　創造したアイテムを使いこなせ！

限界レベル1からの成り上がり ①
～最弱レベルの俺が異世界最強になるまで～
著：未来人A／イラスト：雨壱絵穹
レベル1で最強勇者を打ち倒せ!?　最弱レベルの成り上がり冒険譚！

人間不信の冒険者たちが世界を救うようです ①
著：富士伸太／イラスト：黒井ススム
最高のパーティーメンバーは、人間不信の冒険者!?

最強ハウジングアプリで快適異世界生活 ①～②
著：うみ／イラスト：村上ゆいち
転移した先は戦場!?　チートアプリで目指せ、快適な異世界ライフ！

異世界で姫騎士に惚れられて、なぜかインフラ整備と内政で生きていくことになった件 ①
著：昼寝する亡霊／イラスト：ギザン
平凡なサラリーマン、異世界で姫騎士に惚れられ王族に？

殴りテイマーの異世界生活 ①
～後衛なのに前衛で戦う魔物使い～
著：くろかた／イラスト：卵の黄身
常識破りの魔物使いが繰り広げる、異世界冒険譚！

アンデッドから始める産業革命 ①
著：筧 千里／イラスト：羽公
貧乏領主、死霊魔術の力で領地を立て直す!?

バフ持ち転生貴族の辺境領地開発記
著：すずの木くろ／イラスト：伍長
転生貴族が奇跡を起こす！　いざ辺境の地を大都会へ!!

異世界の剣豪から力と技を継承してみた
著：赤雪トナ／イラスト：藍飴
剣のひと振りで異世界を切り開く！

万能スキル『調味料作成』で異世界を生き抜きます！ ①
著：あろえ／イラスト：福きつね
魔物を倒す&調理する、万能スキル持ち冒険者のグルメコメディ！

最高のパーティーメンバーは、
人間不信の冒険者!?
人間不信の
冒険者たちが
世界を救うようです①
～最強パーティー結成編～
著：富士伸太　イラスト：黒井ススム

最弱レベルの
成り上がり冒険譚！
限界レベル1
からの成り上がり①
～最弱レベルの俺が異世界最強になるまで～
著：未来人A　イラスト：雨壱絵穹